人山人海

林东林 著

A Sea of Faces

中国友谊出版公司

图书在版编目（CIP）数据

人山人海 / 林东林著. -- 北京 ：中国友谊出版公司，2019.1

ISBN 978-7-5057-4593-3

Ⅰ. ①人… Ⅱ. ①林… Ⅲ. ①散文集－中国－当代 Ⅳ. ①I267

中国版本图书馆CIP数据核字(2019)第018474号

书名 人山人海

作者 林东林

出版 中国友谊出版公司

发行 中国友谊出版公司

经销 新华书店

印刷 北京中科印刷有限公司

规格 880×1230毫米 32开

9.25印张 180千字

版次 2019年3月第1版

印次 2019年3月第1次印刷

书号 ISBN 978-7-5057-4593-3

定价 42.00元

地址 北京市朝阳区西坝河南里17号楼

邮编 100028

电话 （010）64678009

如发现印装质量问题，可联系调换

电话 （010）59799930-601

你远在人类之中！

——济慈，《伊莎贝拉》（1818）

目录

自 序

最近一段时间，我在修订一本旧书。之所以修订，一是因为有出版社要出，二是因为现在对那时候写的东西有很多不满意。修订的方式是这样的，除了单篇修改润色之外，也删掉一些篇章同时增加一些篇章。这件事情历时三周左右，最后浏览目录时，我发现那本书原有的篇章已经所剩无几，新增加的同时也是最后呈现出来的，几乎全是最近几年写的东西。理所当然，沮丧、挫败、懊悔等情绪都是题中应有之义。一个人对自己的否定，对自己过去的否定，何以到了这个地步？应该说，也不是我在否定，而是时间。时间并不改变事物本身，它改变的是我们对事物的看法。

最后“修订”完的这本集子，也就是此时此刻你正在阅读的，它的名字你在刚拿到它还没来得及撕开那层塑料薄膜时就已经看到了——人山人海。跟里面的内容一样，这个书名也是“修订”之后的。至此我终于可以这样说了，虽然它诞生的起因是为了凑成另外一本书，然而我的不愿意“凑”，又使这些篇章被单独拎了出来，归置在一起。的确，应该称之为一本新作，它来自我最近几年的零敲碎打。书中的这近三十篇文字，长短不一，风格不一，写作的时间和地点也不一，但是当把它们放在一起时，却又构成了一个并不是为了整体的整体，框定了一个共同的终极指向：人。

之所以会写人，可能跟我近几年所干的两件事有关。其一是写诗，其二是摄影。写诗，写的是自己；摄影，拍的是别人。无论是写自己还是拍别人，本质上来说，都是对人之为人的命运、人之为人类的命运的寄情。事实上，当你与他们一起置身于某个时空之中时，你并不会也不能在百米之外、经年之后打量他们——以及你自己。而一旦时过境迁，当他们不经意地游移进你回望的视线之中时，你又会产生一种奇异的感觉：茫茫大地上虚无缥缈的生存，漫漫岁月中难以名状、不可思议的恐惧。棺木中的亡人，记忆里的过客，墙壁上的名字，这里屋檐下的身影，那里厅堂间的微笑。是时间或者说命运，出其不意把他们送到你身边，却又悄无声息地把他们带走。

写了一些活着的人。其中的一些，我们曾经朝夕相处或者偶然相识，然后又擦肩而过，现在他们都还活着，但将与我再无相见，也就相当于死了，而对他们来说，我也如此。另外一些是经常往来的朋友，是文字或者某种高于文字的东西把我们从人群中抓取出来，放到同一个篮子里，于是我们以虚无强化着友谊，同时也以虚无抵抗着命运。还有一些素不相识却让你经常想起来的人。因为某种机缘巧合，你知道了、爱上了或者恨上了他们——他们并不知道，然后他们就此成了你的一部分。因为人就是人所爱、所恨的东西，你之所以爱那东西、恨那东西，即是因为你就是那东西的一部分。

也写了一些死去的人。死去并不是消失。事实上，在某些时刻他们又会朝你重返而来。在某次午后的眺望中，在某个行走的刹那间，或者在一片朝阳的金辉里，你与他们迎面相逢，一种久违的感觉又重新走在你身心之间。但这种相逢很短暂，你也并不能抓住他们，只好眼睁睁地看着他们又离开了，一种怅然的心绪充满你周围。可以说，我们是在某些瞬间得到了他们并意识到了这种得到，又在得到之后遗忘或者麻木了。我们背叛了我们得到的那个瞬间，同时也背叛了无数瞬间组成的过去。

最后一点，如果说这些文字与我之前的文字有什么不一样，可能在于之前的更多是作业，而这些或许能称为作品。写下它们的出发点，既不是向杂志、报纸或出版社交作业，也不是向读者交作业，甚至也不是向写作和文学交作业——如果非说是作业的话，那也是我向自己交作业，向人交作业。事实上，与其说是我写下了这些文字，倒不如说是这些文字自动冒了出来。很多个灰蒙蒙的下午、弥漫着饭菜香的傍晚或者孤灯独擎的深夜，我独自坐在宽大的橡木桌前出神，那些人就过来了，拿起我的手，打开电脑，敲击键盘，通过我写下了他们自己。

如果说相聚是一种幸福，那么我们得以在字里行间进行的这种相聚，其幸福程度一点儿也不亚于当年现实里所发生的那一种。

深夜电话

1

在我高中校园操场的东北一角，曾经先后矗立过两栋楼。前一栋是破的、矮的，后一栋是新的、高的。我之所以说“曾经”，是它们都已经不复存在，同样的地方如今开发成了一处高档楼盘。

第一栋楼高三层——使用“矗立”一词其实很不形象，老旧，破败，灰头土脸的。外墙是用水泥掺杂细碎沙石粉刷而成的那种，摸上去涩手，正因为涩手所以也很有质感。这栋楼同时也构成了那片空旷操场的一截围墙，因为它代替着铁栅栏所空缺的曲尺形部分。楼下的院子里靠大门边上是一个常年屎尿横流的公共厕所。雨季来临之时，院子里就全是积水，把屎尿、手纸、塑料袋、袜子、烂球鞋等五颜六色的垃圾冲刷得到处都是，奇臭难闻，来往出入其间的人都一边捏着鼻子一边踮起脚跟快速通过。当然，也不乏一些想快速通过以少闻点儿臭气而滑跌在地者，其状甚是惨烈。

那栋楼里住的全是男生。一楼是高三男生，二楼是高二男生，三楼是高一男生。每个房间十二个人，上下铺。我住的那一间，后窗正对着北方，紧挨着一条宽阔的公路，公路那边是一大片长满了芦苇、在当时看来很是浩渺无垠的湖水。两扇窗户上的玻璃基本还算完整，有两块碎了的位置，不知被谁用两片塑料布钉上去代替玻璃。所以每当秋风乍起或者北风呼啸之际，那两片塑料布就一吸一鼓的，一吸一鼓之间还带着颇有节奏的声响，在我们单调而寂寞的宿舍生活中也算是难得的一景。那栋楼，那个房间，我是高一开学的第一天搬进去的，是在高一没读完时搬出来的。为什么搬出来？是因为有更好的住处了。时至今日，我对那段生活差不多全忘了，还没忘的也就上述这么多。

第二栋楼是在第一栋楼扒掉之后原地重建的。重建的原因有二：一是之前那栋楼太破太旧太矮，超负荷运营了很多年；二是我们学校的生源越来越多，不够住。与旧楼相比，新楼有那么几点变化。首先是地势垫高了，公共厕所也搬到了楼里面，所以前面所说的那种每逢雨季就要捏着鼻子踮起脚跟出入，稍有不慎就会滚落屎尿汤儿的场面也就成为绝迹。其次是新楼有六层之高——让“矗立”一词稍稍切合了实际，这样一来容纳的人也就更多了，容纳的人的性别也就发生了变化，半栋楼住男生，另外半栋住女生。最后，每个房间还是十二个人，还是上下铺，不同的是多了一部绿色电话机。

事实上，那也是我最早真正接触到的电话，之前所见到的电话基本上都是在电视里、电话亭里、小卖铺里或者别人家里。当时，我家里没有装也装不起电话，因为每月七十五块钱的座机费对我的农民老爹来说是一笔不小的负担，而且最重要的是装了也没人打，更不知道打给谁。学校给我们宿舍里安装的是一部插卡电话，卡，就是多年之后范伟在《天下无贼》中所说的“IC、IP、IQ卡，统统告诉我密码”的那种IC卡。面值不等，以20元、30元、50元、100元居多，但是对我们这样的穷学生而言，这无疑是一种奢侈消费。也就是说，除了可以作为一件颜色鲜艳的床头摆设之外，那部电话对我们并没有真正的用处，至少对我没用。在我的印象中，差不多有两个礼拜的时间，那部电话不仅没人打过，而且也从来没有响过。在最初摸摸弄弄的新鲜劲儿过去之后，它也差不多被我们遗忘了。

2

有天晚上，一个同学兴冲冲跑进宿舍说——他也是刚刚听说来的：“好消息啊好消息，不插卡也能打电话啦。”

“怎么打？”我们集体问。

“直接打啊，我们这栋楼里可以互相打，免费的，”他又补充道，“前面四位号码都是一样的，直接拨后三位就行了，后三位就是宿舍编号。”

于是我们都很兴奋，马上就派了一位同学去隔壁宿舍通知他们接电话。然后，就由这位带来好消息的同学开始拨打，我们其他人从旁围听（可以想象出来，隔壁应该也是一幅这样的画面）。打通后的对话是这样——

喂，你好！

喂，你也好！

喂，你是谁啊？

喂，我是你爹！

然后，隔壁宿舍的人马上就笑骂着冲过来了，问刚才是谁打的电话，于是大家一阵嘻嘻哈哈、打打闹闹。但是“辈分问题”很快就被打电话的热乎劲头冲淡了。接下来，我们每个人都试着给熟悉的宿舍打了一通电话。有人打通后直接就说：“喂，我是你爹啊！”由于太紧张，还没等对方开口说话自己就先挂了；有人刚说出“我是你爹”，还没想好接下来一句要说什么，对方立马也回敬了一句“我也是你爹呢”；有一位同学很搞，他拨通电话之后指名道姓地说“我要找某某某（住在那间宿舍里的一个同学）”，然后捏着嗓子说：“我是某某某（我们班主任的名字），现在有事情找你，你马上下楼，我就在楼下等着你！”接到电话的那个同学也挺笨的，还真下去了，等了十几分钟才发现被捉弄了。

顺便说一句，那位带来打免费电话消息的、也是第一个在电话中“当爹”的同学，后来虽然没能考上大学，但是确实早早就实现了他“当爹”的梦想。高中毕业后还没几年，再见面时他就一儿一女了。

后来，给熟人打电话已经不过瘾了，我们就开始按照宿舍编号胡乱拨打。那时候我们十六七岁，正处于骚动不安的青春期，所以一个心照不宣的想法就是最好能把电话打到女生宿舍去。如果拨到了男生宿舍，就直接挂掉，或者说一句“打错了”；如果拨到了女生宿舍，那就聊下去，而且还要想尽一切办法聊下去。接下来，在对男生宿舍扫视过一遍之后，我们就大致掌握了女生宿舍的编号区间，所以基本上每次都能准确无误地把电话打进女生宿舍。至于结果，则大多以对方骂出“神经病”“有事吗”“不说啦”“睡觉了”等而结束。但是也不乏一些跟我们同样好奇同样骚动不安的女生，会在电话中和我们就食堂饭菜、生活习惯、模拟考试、高考目标或人生理想等展开全面深入的交流。

有那么几次，我们宿舍还在晚自习之后举行过打电话比赛，也即看谁能在电话中和女生聊得最久。惭愧，最后的胜利总是属于我。但这并非是说我当年就拥有多么高超的交际能力，或者多么会讨女生的欢心。事实上，我那时候整天一副沉默寡言、郁郁寡欢的样子，而且脸皮儿巨薄——面对面跟女生说话就会心跳不止、脸红不已，一度还充满了出身乡村和贫寒家庭的深深自卑感，再加上因为学习成绩不好而自觉低人一等（那是一所成绩等于一切的学校）。那么问题在于，我和那些之前素不相识、之后也从未谋面（即使在校园里谋过面，众生芸芸，人山人海，我也无从得知哪个是“她”，“她”也无从得知哪个是我）的女生在电话中都说了些什么？又以什么样的方式说了那么久呢？

要澄清的一点是，我们并不是在电话中谈恋爱，甚至也从未涉及过恋爱这个话题——尽管我们可能彼此都骚动不安。因为在我们当时的观念中，“恋爱”几乎就是“变坏了”“耍流氓”“不道德”的代称。一个细节可以佐证：每当有早恋的男女在校园中牵手招摇而过时，我们大老远看见了总是会躲开，绕着走，甚至比恋爱中的本人还要觉得羞愧、丢人。应该说，我和那些女生的电话聊天，在内容上跟同宿舍其他人也并无太多不同。唯一的不同之处，可能在于我有话要讲，而且敢于不管不顾地讲出来，同时她们也正好乐于倾听。借助于电话这个神奇之物，我讲我的小时候、成长、糗事、家庭、成绩、苦恼、自卑、理想乃至梦想，给她们听；反过来，她们也讲她们的这些，给我听。气氛真诚，言辞热烈，那条从集线器中分出来的穿过一个又一个房间外壁又准确连接我们彼此耳边的细长而曲折的电话线犹如一根炸弹导火索，而我和“她”则互为引爆对方的点火员。

在电话中，我们从没询问过对方的名字、班级、相貌等一切可以在现实中互相辨认的内容，也从没约过见面。至于原因，经历过那段时间和那种校园生活的人应该能够理解。不过，我那时候的确热衷于打电话，几乎到了废寝忘食的地步。夜里，为了不打扰室友休息——同时也担心被偷听，我每次都把电话拿到阳台上，拨之前拨打过的那些号码，或者胡乱拨一个女生宿舍编号，就开始聊。我有很多话要说（对方也是如此），幸运的是，也总能找到可以说话的人（对方也是如此）。很多时候，熄灯很久了我还在打着漫长的深夜电话，楼下偶尔呼啸而过的车辆和从湖面上集结而至的冷风都不能分散我的注意力。同理，你应该能想象得出这样的画面，同一栋楼上，当时也正有一个熄灯很久后还在阳台上抱着电话跟我聊天的女生，冷风钻进了她的碎花睡衣，但她却不时心头一热。

当年我们的作息时间是这样的，早上五点半上早自习，晚上九点半下晚自习。每天早晨铃声一响、电灯一亮，所有人就迅速爬起来穿衣洗漱，然后或成群结队或三三两两地奔向灯火通明的教学楼。在一同下楼的那些黑压压的人群中，在教室里那些埋首习题或摇头晃脑地背单词的人头中，或者在往返于饭堂、开水房、厕所和教室之间的那些干瘦身影中，我知道肯定就隐身着跟我打过电话的“她”，但是我并不确定“她”是哪一个。当然，“她”也不确定在那些人群、人头和身影中给“她”打电话的“他”是谁。就像人群之中两个互相闪耀的光点，我们只是肯定地知道对方的存在，肯定地知道对方的性别，但是性别那时候还没有赋予我们更多的含义，我们经历的还是爱情之前的那一页。

另外，在电话刚刚普及、互联网还在酝酿阶段的当年，交笔友的风潮虽然已近尾声，但还是被我赶上了。我也交过一个笔友，贵州遵义的，她的地址是我从一本不知道从哪里找到的中学生杂志上抄下来的。跟我一样，她也正在读高中，年级比我低还是高我忘了，但是她的名字我记得很清楚——张茜。因为我觉得这个名字真好听，尤其是那个“茜”字，比我周围那些以玲、凤、娜、丽、静、琴、雪、华等字眼作为名字的同学立马显示出了气质和内涵。我们通过好几封信（并没有夹带照片），也互留了对方宿舍的电话号码。打过几次，打的时间也都比较长，不过话题和范围并没有超出我和之前打电话的那些女生所交流的那些。但是这给我带来的一个影响是，直到今天，每当看到“遵义”和“茜”这三个字时，我就会条件反射般想起我那唯一的、后来不知为何断了联系的笔友。

再后来，学业一天比一天重，我们既要全心应对被分数所左右的前程，同时也都丧失了初打电话时的那股热乎劲儿。所以，那部绿色插卡电话才终于恢复了它作为一台通信工具的本来功能。

3

几年之后，准确地说是在经历过炼狱般的高中生活而考上大学之后，我的宿舍里也安装了一台跟此前那台一模一样的电话。作为过来人，在住进去的第一天，我就和室友们通报了它的拨打窍门，然后我们又集全体之力，在最短的时间内搜集到了我们那栋宿舍楼每一间宿舍的编号。介绍一下那栋楼，第 14 栋，同时也是整个校园里海拔最高的一栋。那栋楼旁边的风景真是“绝佳”——起伏的山坡、干枯的荒草、崩裂的山石、几粒若隐若现的坟头，外加山顶上一座高高竖起的电视塔。跟我们高中后来的那栋宿舍楼一样，这也是全校唯一一栋男女混住的宿舍楼，半栋男生，半栋女生。我们住在顶楼，735 房间，五个人六张床铺，两个安徽人、一个广西人、一个云南人，再加上我。

在初来乍到的陌生和新鲜（同时也是一种无聊）鼓动下，我们决定给女生宿舍打电话，同时也是比赛给女生宿舍打电话，看谁聊得最久。惭愧，胜利再一次属于我，而且我还一再刷新纪录，最长一次打了三个半小时。再后来，比赛已经失去意义，而且也因为性别赋予了我们另外的含义，我们就开始渴望比赛性质之外的一对一男女电话交流。但到了这个时候，也还不是在电话中谈恋爱，仍属于谈人生谈理想的性质，外加天南海北的闲聊神侃。而我们开头的第一句话，也总是从广告中学来的那句“喂，小丽啊”。有时候去校外消夜，结束后我们还会在街头玩一下投币或插卡的公用电话，随便拨个号码就聊，或者给墙上换煤气、收破烂、装宽带、搞装修甚至治疗阳痿早泄和不孕不育的小广告打电话。我有个同学甚至隔三岔五就去拨打一次，把对方搞得不胜其烦。

每年寒暑假，我总会晚几天回去或提前几天返校，白天一个人到处溜达闲逛，晚上就胡乱拨个女生宿舍号码聊天。有一次，遇到美术系的一个山东女生，聊着聊着，我们发现彼此竟然还在一起上公共课。那天我们聊了很多，从童年往事到高中生活，从她的父母离异到我的几门补考，从山东的风土人情到校门口的羊蹄板面，等等。望着窗外隐隐起伏的山际线和那几粒磷火莹莹的坟头，我产生了一种和她“同呼吸共命运”的剧烈感觉。恍惚之间，我觉得自己在黑暗中仿佛化身成一只蜘蛛，顺着那根电话线破窗而出，爬过阳台来到外墙，又沿着墙壁上的雨水管道准确地爬到她的阳台外并破门而入，然后和期待已久的她并排躺下，孤独的共鸣让我们紧紧相拥甚至抱头痛哭。

然而，即使这样的交流也不足以让我卸掉现实中沉默腼腆的甲壳，我和电话那头的“她”仍然还处于爱情之前的那一页，所以也就谈不上更深一步的发展——见面、约会。对我来说，最多是在两百多人的公共课堂上，越过那一排排黑压压的头颅朝美术系和音乐系女生扎堆的那片区域望一望，对着她们紫色、黄色、粉红色或大红色的衣衫和马尾式、波浪式或齐耳式的发型猜测一下，到底哪个才是“她”，她们中的每一个好像都是，又好像每一个都不是。事实上，坦白地说，我也约见过几个打电话的女生，然而无论她们是不是我想象中的那般模样，我都不再有那种连绵不绝的倾诉动力和内容了，就像丧失了语言能力。然而一旦回到深夜之中的电话机旁，我就又可以“满血复活”，对着电话线那头一个既真实存在着的同时又虚无缥缈着的“她”滔滔不绝，不眠不休。

我不知道缘由何在，就在这种不知道之中，开始流行起了手机和电脑。有了手机，我们宿舍那部插卡电话基本上也就无人再打了，它只被那个来自大山深处的云南同学所独享，他家乡的地址我还清晰地记得——云南省曲靖市罗平县阿岗镇阿窝村。而后来，在他从大学参军入伍之后，那部电话就更无人使用，以至逐渐蒙上一层灰尘。我拥有的第一部手机，是一个叫迪比特的牌子，二手的，黑白屏，极为小巧。它的键盘在被我按得连一个字母都看不清之后，还继续被使用过一段，最后才被从我堂妹手里低价购得的一部三星手机所取代。因为接打双向收费，且费用不菲，我的手机只是用来收发短信，那时的我人称“拇指王”，左右都可开弓，且速度远超我当时正在练习的电脑打字速度。也就是说，在用上手机之后，我那些深夜电话都不再打了，既不用手机打，也不用插卡电话打。那一句句沿着电话线传输出去的热烈话语，逐渐被一行行通过无线电波传输的文字信号取代了。

4

很快，因为电脑和网络的兴起，手机和短信的交流也不再新鲜了。电脑对我们的吸引要远超手机。当时，我们宿舍凑钱买了一台二手 586 电脑，那可能也是整栋楼里最早的一台电脑。每天晚饭过后，一人操作，众人围观，但也无非是 QQ 聊天、看电影或玩玩连连看、祖玛、坦克大战之类的弱智游戏。因为人多电脑少，很不过瘾，后来我们就去网吧。无数个夜晚，我们去校园外那些充满一股股年轻人气味的小网吧里包夜，在校园 BBS、“榕树下”等论坛上写帖子、发评论或者与人骂战，就一首诗、一篇文章或者几句话拼命地挥发着自己的热情和理想，无休无止，日复一日。到了这时候，深夜电话已经成为历史，我和我的那些“她”，也都转移到了一台台电脑之前，键盘敲得山响，光标到处游走，屏幕的蓝色荧光照亮了我们群情激愤的小脸儿。

直到多年之后我才意识到，城市街头巷尾原来每隔几步就树一个的那些插卡电话、投币电话和电话亭，不知什么时候已经被拆光了。即使侥幸还剩下一两个，也从不见人打，而更像一个怀旧的标志、一个公共艺术作品，其外壳要么锈迹斑斑，要么被涂满“某某某是傻蛋”或办证电话之类的小广告，垂下来的那截话绳也有气无力的。早些年公用电话边那些轻声细语、嘤嘤啜泣、高声咒骂，或者边打电话边用高跟鞋尖来回磨蹭地面、打完后狠踢一下电话亭的场景更是销声匿迹，而是换成了这样的街头画面：行走在你旁边的某个年轻貌美、双手插兜、昂首挺胸的女子，貌似在自言自语，突然又会呵呵一阵傻笑。

是的，现在几乎每个人都用上了手机。年轻人用的是潮牌，中年人用的是老牌，老年人用的是按键巨大、音量巨大、屏幕上的字巨大的老人机，就连小孩子也用上了小孩子版的。就拿我自己来说，从十四年前的那只迪比特手机，到后来的三星、阿尔卡特、诺基亚，再到全键盘、智能、大屏、不用抠电池的那些，最后再到苹果系列，我至少换过几十部手机。性能越来越好，功能越来越强，更新换代的速度也越来越快。但是，这么多年来我接打电话的数量呈逐年下降的趋势——既没有人打过来，我也没有人可以打过去，以至于现在我每月接打的电话不超过个位数。此时此刻，我也瞟了一眼安静地躺在桌子一角的苹果 X 手机——平时我用它上网、下棋、发微信、看新闻、拍照、收付款、抢红包、秀照片等，却很少用它接打电话。

写到这里，想起高中和大学深夜打电话的那段经历，我有点羞愧。事实上我也一直不明白，那时候怎么有那么多话？又怎么那么想跟素不相识的人说？究竟是电话本身的魔力、电话那头的“她”的魅力还是我凭空释放的动力？我不知道。此时此刻，我突然产生了这样一种想法，如果能有一种让两个时空同在的技术，那不妨让过去的我给现在手拿苹果 X 的我打个电话，想必过去的我一定会有很多话对现在的我说，一定会滔滔不绝、口若悬河，一点一滴讲述着“我”在那个年龄的苦闷、忧伤与喜悦。但是现在的我在电话这头会是什么样的表现呢？我想了一下，很有可能听不下去，也许会敷衍地说上几句“嗯”“额”“呀”“喔”，也许会匆匆挂断，或者在勉强听完之后对着那个矫情的家伙暗暗地骂上一句“傻 ×”。这足以说明的一个问题是，跟那时候的我相比，现在的我的确已经长大了，或者说开始变老了。换言之，早年在我身上那种虽然笨拙、粗糙、慌乱但不失真诚、饱满、新鲜乃至于疯狂的东西，至此终于荡然无存。

董小姐

不是那首歌里唱的那个，也不是卖空调的那个，而是我的一个高中同学，姓董，女的。

时至今日，她可能已经结婚了，也可能一直没有结，就像我一样。具体我不知道，也没有知道的渠道。关于她，我记忆之中最近的一幅画面仍停留在八年前的那个下午：北京东四十条的街头，路边的车川流不息，五官精致、举止洋气的她还像读高中时那样一跳一跳地走路，两只脚就像踩在弹性极好的弹簧垫上，额前的一两绺头发也随之弹起来。

那时候我已经毕业好几年了，南北辗转地混过几个地方，刚刚去北京谋职一年。在那年春节回老家时，不知道从哪里找到了她的QQ，就闲聊，有一搭没一搭地聊。失散了那么多年，我们第一次知道彼此原来都在同一座城市。具体点说，她知道我在北京做编辑，而我知道她已经考进了北大读研。但是这并不重要，重要的是我们知道了彼此都在北京。春节过后我先回去，过了几天她也回来了。跟我一样，也跟与我约定的一样，她一下火车就直奔东四十条大街上我租居的某栋楼房而来。我下楼来时，她正守着一只硕大的拉杆箱四处张望，为了表示某种热烈之意，我一手提起她那沉重的箱子，一手揽着她上了电梯。无论是她还是我，我们都清楚地知道，在十二楼某个房间的大床上，一场那么多年来我从未幻想过的亲密在等着我们。

完事之后，迅速整理好衣衫的我打量着窝在沙发一角的她，我第一次突然发现她其实并没有我想象的那么好看，甚至越看越不好看，我陷入了某种恍然和某种得到之后的空虚。我不知道她当时是怎么想的，反正她也并没有拿这场亲密说事，譬如发展一下恋情、谈谈男女朋友什么的。就这样坐着，沉默着，阳光洒在我们身上就像多年之前透过那间教室的窗户玻璃洒在我们身上那样。然后她说，我要回去了。我说，那你就回去吧。于是我又帮她把拉杆箱送下来，但是并没像上楼时那样揽着她的肩头。一辆出租车载着她消失在了车水马龙的北京街头，之后我们再也没联系过，甚至连彼此的电话也没有存。按照正常的逻辑，她应该接着读了博士，毕业后做了一名大学老师、外企白领或者翻译，如果运气好点也可能去了外交部之类的机构。可以想象，在一些地板明亮、灯盏辉煌的场合她被唤作“董小姐”或者 Miss 董。我所知道的和能想象到的也就这么多。

现在说说当年。2002 年秋天，我是在第一次复读时认识董小姐的——暂且这么称呼她吧。跟你想象的一样，我之所以说第一次复读，潜台词是还有第二次复读。多年以来，我的母校一直都以一台超级高考机器而知名于周边地区，不但本县的学生挤破头想进来，就连邻县甚至外省的学生也会攀各种关系转学进来，似乎只要进来了就能考上好大学。事实上，它每年出产的众多大学生也正来源于这么一个庞大的毕业生基数——譬如在我们那会儿，应届生有一千五百多名，复读生有两千多名。但是在第一次复读时，我并没有选择去那十几个复读班——每个班有接近两百名学生，而是找关系插班去了应届班。应届班的学生少一点儿，不到一百名吧。我坐在第二排，董小姐坐在第三排，尽管不在同一行，却在同一列。换句话说，她就坐我背后。

读过高三的人应该永远都不会忘记，在备战的那一年里我们个个面如菜色，终日埋首于山坳似的书堆和卷子里，反反复复就在讲习题、做卷子、搞复习、模拟测验、食堂打饭、早晚自习这么几件事情中来回穿梭，而带有“放风”性质的体育课是早已取消了的。对于那段把大把美好时光浪费在学习上的日子——我后来一直这么认为，现在回忆起来它无疑是模糊而苍白的，我几乎想不起任何与之相关的实实在在的细节，只剩下大段大段的灰白与空白。在那些灰白中，董小姐是难得的一抹明亮。这种明亮源于一个家庭优越、容貌姣好的县城女生和一个衣着永远灰扑扑的乡下穷小子的差异，也源于一个众星捧月的优等生和一个乏人问津的中等生的差距。所以她轻而易举地就成了我的光源。

另外，我大概还记得那么一件事。在某次摸底测验中，成绩平平的我，语文竟然破天荒考了一百三十多分，而董小姐却只考了九十多分。在老师念完分数之后，董小姐深埋到桌面书堆里的头再也没抬起来过，我一度还听到了她的嘤嘤啜泣。下课后，同学们或春风得意或垂头丧气地端着搪瓷饭缸陆续走出教室，最后只剩下董小姐，以及她前面的我。我不记得是否安慰过她，说过些什么，也许什么都没说。那顿午饭我们都没有去吃，就那样一前一后地坐着，空空荡荡的教室一下子把相距如此之近的我们凸显了出来。或许，她能感觉到我在陪她坐着，我也应该能感觉到她能感觉到我在陪她坐着。就那样，我们一直等到同学们又陆续回来，把座位填满，把孤零零的我们重新融入人海。

至此你应该已经明白了，当年我确乎对她滋生过某种类似于爱情的情愫。准确地说，那一年我都在暗恋着她。对于这一点，她或许知道，我或许也知道她知道，但是谁都没有挑破，就那么纸包着火包了几乎整整一年。在高考前两个月，为了考一所名牌大学，父母把她的户口迁去了新疆（边疆地区分数线更低）。后来她果然不负所望，作为一名新疆考生如愿考进了她想考的那所学校。而我，则如前文所言，又开始了第二次复读。事实上，当时我们作为前后桌的关系还算不错，会互相请教习题和借还文具之类，也会开开玩笑，课堂上我偶尔在老师眼皮子底下打盹她还会踢踢我的椅子。而她在不愿意去食堂打饭打水时，我也会义不容辞地一次次为她代劳，一只手提一只暖水瓶（或者饭盒）在密密麻麻的学生中间挤来挤去，挥洒着我年轻的蛮力——而我能奉献的也只有这一点。

但是我从来没和她说过，我也不知道她是不是知道——我和她还做过一年的邻居，因为我后来寄宿的堂哥家和她家仅仅一墙之隔。事实上，每天五点半去学校上早自习时，我都会以她拉开大铁门时的吱呀声作为出门的信号。有时候出来太早了，我还会在门楼里猫着等她，目送她从巷子的最深处先走出来，走过去，我再悄悄跟上。就这样，我们一前一后地穿过漆黑的巷子、清冷的街头和拥挤不堪的学校大门，走进人声鼎沸的校园和朗朗读书声的教室，一前一后地坐在各自的座位上。而每天下了晚自习，我们又会将同样的路线反过来再走上一遍。那么多次，我不知道她是不是知道我就隐藏在她身后十几米的距离，步履轻缓，动作敏捷，眼神坚定，视线须臾不离开人群中的她，却从来不走到她前面去，就像一只鹰隼屏息凝视着多年后的猎物。

房客

1

我没有房，也没有买房的打算，至少目前如此。这与贫穷有关，但又不只是因为贫穷，而是我从未燃起过这份渴望。作为一个懒散、消极、得过且过的人，我不愿意操弄与买房（尤其是外地人买房）相关的一系列琐碎而复杂的手续，其次也难以应付把一套毛坯搞成很有格调品位的样子这个过程。而如果能做到这些，我想说我还不愿意为了漫长的还贷之路而整天披星戴月地奔走劳碌。我很厌弃那种生活所养成的谨小慎微和积极劲儿。至于在那个被视作“成功”的斗室里迎娶一个女子然后生儿育女过上老婆孩子热炕头的生活，对我也没那么大诱惑力。当然，也可以说，我不愿意在人前人后显露出“有房一族”的优越感，如果那样，我会对沦落至此的自己产生一种深深的鄙视。

毕业之后，跟绝大多数浮游于城市的年轻人一样，我解决居住问题的方式也是租，而且十一年来都是租。十一年来，我至少租过十六套（间）房子，它们分布于广州、桂林、上海、北京、武汉等地或繁华或幽静或荒凉的中低档小区和郊区乡村。

这些房子，很少一些是独租，主要是合租，一方面是因为便宜——而我正好也穷，同时也源于一种人在异乡的孤单。合租对象有同事，有朋友，有朋友的朋友，也有从网上、楼道招贴广告里结识或者中介公司安排的陌生男女青年、小情侣，更多的情况属于后面一种。出于差不多同样的境况，我们因缘际会地从五湖四海走到同一个屋檐下。尽管在同一个屋檐下，但是我们真正相处的机会却又寥寥无几，除了早出晚归时能听到对方窸窸窣窣的开门声和鞋底摩擦地板的声音，以及漫漫长夜里双方只隔着一堵或厚或薄的墙壁抵足（头）而眠之外，几乎很难再从其他地方感受到对方的存在，所以“相处”得还算不错。

十一年前，我带着第一次出远门时特有的那种心理前往广州，投身于白云山下一个叫柯子岭的地方。我当时的老板，一个书商，在盈翠华庭小区租了一套 loft，两间卧室，外加一个阁楼。阁楼里住的是同事曹刚和他偶尔来过夜（偶尔也帮我们洗洗衣服）的海南女友。两间卧室门对门，分别住着老板和另一位同事老陈。老板的卧室极脏极乱，且味道十分丰富，我几乎不忍踏足，除非为了翻捡一下他床底下那堆小山似的盗版黄色光盘。而老陈那间，在我到来之后就归我了，他则被请到了巨大而空旷的客厅一角——于是他就在那里打坐、吟诗、给我们讲述围棋之道以及他最喜欢的帕斯捷尔纳克。老陈的那间卧室，床头放着南怀瑾的很多书，每天临睡之前我就胡乱翻翻。翻着翻着，隔壁卧室就会传来一阵震耳欲聋的叫床声——老板开始看黄碟了。在那里，我们过着一种自由散漫到底的生活，下午和晚上上班，十点下班之后消夜、看电影、洗脚、聊天、睡觉，一直睡到第二天中午，然后由我喊醒老板起床上班——至于他什么时候起床上班，则取决于我什么时候喊醒他。

几个月之后，因为我们的老板没钱交房租，连续几个月没钱交房租，我们和南怀瑾、帕斯捷尔纳克、围棋以及刚出炉的两本新书——《孔子读本》和严歌苓的《密语者》就被那位胖墩墩的女房东一股脑儿赶了出来。先是在天河的一个小旅店流落一周，而后被安排进了番禺祈福新村的一套别墅。再后来我们就散伙了，各奔东西自寻前程，于是那段我还没来得及深入体味的合租生活也就随之结束。我去了桂林，在那里一待近三年，前后租过六处房子，分别位于靖江王城、骖鸾路、中山北路、叠彩岩、北极阁、榕湖。记忆中，那时候我好像总在搬家，也不找搬家公司，而是一个人像个拖拽米粒的蚂蚁一般一点点搬。今天背几摞书，明天提几个包，后天拿一床被子，不厌其烦，自得其乐。

说说其中的一处。位于中山北路的那套房子，楼下连着一条深长的巷子。每天早晨，巷子就变身为农贸市场，乡村小贩们挑来了挂着晶亮露水的瓜果蔬菜和一笼笼啼叫不停的鸡鸭。我住三楼，二房东小莫是个跟我年龄相近的女生，是个会计，很漂亮，很泼辣，也很警惕。刚住进去时，我注意到共用的卫生间（同时兼洗澡间）木门上开裂着几条小缝，第二天那些小缝就塞上了布条和卫生纸，为防止脱落，还用透明胶带粘了一层。平时，我和小莫几乎没打过照面，她是早出晚归，我则是晚出早归，她早上踏着我的梦境出门，晚上又踏着我的梦境归来，奇怪的是她从来没有在我的梦境里出现过。只记得有一次，我半夜被一阵哭声惊醒了，细细倾听，哭声来自不怎么隔音的隔壁——是小莫。我披衣起床，敲了敲她的房门："小莫，怎么啦？""没事啊，没事！"接着哭声就停止了，并没有出现她开门迎我进去并伏在我肩头痛哭流涕的那一幕，所以我也就从未进入过她的闺阁。倒是在共用的阳台，经常能看见晾衣绳上她翻飞的内裤、胸罩、丝袜、围巾和各个季节的衣衫，既洋溢着一抹明亮的色彩，同时也散发出女人身上独有的又混合着洗衣液的味道，一丝丝飘入我的鼻孔——不要脸一点，我也可以这么说，那是我和小莫距离最近的时候。

上海的那处房子位于国年路，是复旦大学的一栋教师公寓。一楼，两室，无厅，外面带一个小花园。我跟一个福建小伙合租，他很黑，很瘦，很矮，也可以统称为一个字——矬。福建小伙比我还腼腆内敛，比我还宅。他在家办公，从事编程之类的工作，白天写代码，晚上也写代码，每天都熬到很晚，所以可想而知，他也没女朋友。听说我是搞出版的，有一天他让我推荐书，我说："你喜欢看什么类型？"他说："能不能搞到那种狠一点的。"我说："怎么个狠法啊？色情？暴力？"他说："不是，就是那种禁书，你知道的啊。"于是我就懂了，把他带到了复旦周围那些打一枪换一个地方的三轮车书摊上。作为报答，他偶尔会做饭给我吃，请我喝酒，而他自己不喝。他喜欢跟我讨论历史，也喜欢展望未来，说起过去时一副眉飞色舞的样子，说起未来则不免心怀天下、忧心忡忡，有一次说到尽兴处，还忘记了灶上的锅，直至传来一股焦煳味。后来，我离开了上海，也离开了同室半年的小伙，听说复旦周围那些三轮车书摊被整顿了，也不知道他怎么样了，以及有没有女朋友。

2

从上海初到北京的那个早春，刚刚下过一场大雪，天气极为寒冷，我租住在四惠地铁站旁边一个热电厂的家属楼。电梯房，十二楼，两室一厅，暖气极热，跟我合租的是一对一老一少的情侣。

老的四十出头，矮，胖，一团和气，来自内蒙古，曾经在家乡做过播音员，有其低沉浑厚的磁性男中音为证；少的二十出头，中等身材，相貌还算甜美，家乡和职业不详。当时我二十六岁，单身，初到北京，被他们的出双入对衬托得更加孤单，让我经常沉浸在他们所营造出来的那种小家庭的甜蜜恩爱气氛之中。为了避嫌，我几乎没跟女的说过话，倒是和男的聊过几次天。那位内蒙大哥非常热情好客，经常下厨，偶尔还会邀我入席小饮几杯。那时候天气还很冷，暖气还没停，北京的暖气实在是太足了，经常三更半夜把我满头大汗地热醒。有一次，我在热醒之后开窗透气，正享受着北风裹卷而来的阵阵凉意时，只听阳台另一侧不时传来一阵咿咿呀呀、哼哼唧唧的声音……我听了好一阵才明白怎么回事，于是眼前不禁浮现出蒙古大汉在草原上骑马挥鞭的勃发英姿。他俩劲头很足，两天一小搞，三天一大搞，后来几乎不再顾忌隔壁的我，午睡时也弄一下，傍晚时也弄一下，声音巨大，而且绵绵无绝期。事后见到我时，两人丝毫没有害羞尴尬的意思，反倒是我老觉得像撞破了人家的好事一般，总想躲着他们，后来再加上工作变动，我就正好搬了出去。

还在京通快速线边上的定福庄住过一段，一室一厅，一厨一卫。房客主要是我，有那么几个月，还有我的母亲。我住卧室，她住客厅。白天我去上班，她就一个人在“家”待着，洗洗衣服做做饭，看看电脑上我给她下载的那些抗日神剧之类的片子，几乎从不下楼，下楼了也不知道去什么地方。晚上等我回来了，吃完饭，就一起到楼下的空地遛弯儿，一圈一圈地遛，直至夜深人静。我们操着我已经生疏的而她无比熟稔的豫东方言，无穷无尽地谈论着共同熟悉的那些内容——我离开多年的那个村庄里的人和事，事实上我们谈论的也只能是那些。其间，她把跟随我多年的一床被子拆了，将里面板结发黑的棉芯丢掉，代之以从老家带去的新鲜松软的棉花；她还在菜市场买了一把大蒜，剥了，一圈圈地穿起来丢在盘子里养，说等蒜苗长出来就可以剪了吃。诸如此类。住了几个月，母亲就因为种种不适应而回去了，但这也给我带来了不适应。她不单自己回去了，同时也把附着在她身上的、充斥在整个房间和楼下空地里的那种难以道明的东西也带走了，这让自诩理智决绝的我还伤感了一阵子。再之后，出租房就再次成为出租房，我也再次成为一个房客。

离开北京前，我还在五环外的孙河乡一个叫康营的村子住过两年。那是一片刚刚建成的村民回迁房，住户很少，周围也极度荒凉。刚住进去时只有我一个人，因为不熟悉路，出门和回去时还要依赖手机导航，导航又不准，有几次还把我引到一个荒无人烟的土岗子上。为了壮胆，那时候我在宁波买过一把龙泉刀，削铁如泥的那种，差不多一米来长，经常带刀在空空荡荡的村前村后乱转，乱砍树枝，或者到土岗子上去披荆斩棘，偶尔还会点上一堆火。有一天晚上，我洗完澡准备睡了，马上又被马路上一阵由远及近的吹吹打打的声音吸引。打开窗户，只见一列举着花花绿绿的纸人、纸车、纸轿子的丧葬队伍正好经过楼下——也不知道为什么会夜里送葬。恐怖是自然的，吓得我几乎一晚上都没有睡着。再后来就好多了，同事陆陆续续搬了进来。住进来的同事中有一位老同志，六十开外的年纪，来自广西，是搞摄影的，极为迷醉家乡的民俗艺术——哭嫁。他经常躲在房间里欣赏这种音乐，于是深夜时分我们就经常听到山乡的年轻女人那如泣如诉又令人毛骨悚然的哭声。他的手机铃声也是这种音乐，有时候跟他聊天，聊着聊着手机里就是一阵女人哭声，经常吓人一跳。再后来，他就回了广西，而我也彻底离开了北京。

这么多年来，在辗转腾挪过的那些城市，就像所有合租者那样，我和那些房客把租来的房子一分为二、一分为三甚至一分为四,一起分摊租金、水电费、物业费，乃至各种鸡零狗碎生活用品的费用，也一起分担这合租背后彼此的慷慨大度或斤斤计较，同时也悄无声息地一起分享和交换各自的许多秘密。关起门来，我们自成一个个独立王国，可能也想象或窥视过彼此那个王国；打开门后，我们又汇合成一个松松垮垮的合租的世界，既有客气、热情、忍让与包容，同时也不乏介意、提防、计较甚至愤愤。但是在一定程度上，也可以说，是他们（既存在而又不存在的他们）陪我度过了那些遥远荒芜而孤立无助的年月。分开之后，我几乎从来没有再见到过他们，也几乎从来没有主动联系过他们，甚至连他们的音容笑貌都已经模糊不清——而在他们那里，我可能同样如此。如今，我们早已离开当年寄身其中的、此时此刻不知道又寄身着谁的房子，在记忆中重新拼凑起屋檐下那些或明亮或污浊的家具、衣衫、空气与烟尘，不由让人感叹那里既云集过尘世之微的幸福，而如今回眸它们的眼神，也披上了一层时光流逝的悲凉。

从北京到武汉后，我也与别人合租过两年，后来单独租居在武昌读书院的一栋小高层。我住在二十楼，在阳台上既可远眺波光粼粼的长江，也能一览雄姿伟岸的黄鹤楼，而如果上到楼顶，则能置身于一片瓜果蔬菜的现代“农田”，同时将武昌城的新旧风光尽收眼底。在这里，我是一个完整意义上的房客，也是一个沉默的、安静的、发呆的、自言自语的、呼呼大睡的、辗转反侧的房客。当然，也可以说房客不止我一个。我还侍弄过一些花花草草，薄荷、铜钱草、蟹爪兰、长寿花、吊兰、绿萝、文竹，几十盆吧，生命力极强的至今还活着，而娇气金贵的则全部枯萎。还养过几条金鱼，不到半个月内，它们就以平均两天一条的速度死了，不是撑死就是饿死。

朋友还送过两只体态庞大的甲鱼，本准备开膛破肚的，后来一直养着，养在为它们置办的一口巨大的收纳箱里。后来，它们在下过十二颗蛋后被我放生了。现在我养的是两只小乌龟，晚上我睡在卧室，它们就睡在我床头的玻璃缸里，白天则与我在伏案的桌子上咫尺相对。它们经常让我想起与它们的种属、体态、功能完全不相关的一种动物——牛，具体地说是两头牛，很多年前的两头牛，一母一子，它们的主人是我的老爹。那时候我们还住在乡下，为了防止有人晚上偷牛，就需要睡在牛棚里守着，这个任务本来一直由我的老爹承担，后来不知怎的就落到了我头上。以一方石槽为界，两头牛睡在里面，我睡在外面。牛棚里到处都充斥着一股浓烈的牛粪、牛尿和干草的混合气味。每天晚上，我就伴着它们粗重的反刍和喷鼻声入眠，早上又在同样的声响中醒来。我与这两头“房客”同住了一年，一年之后我如愿升读高中，它们也被低价卖掉凑足了我的学费。至于卖到了哪里我就不得而知了，大概成了平原沃野上的两头耕牛，或是遥远的餐桌上的一盘盘牛肉。

父亲和我

1

“杰儿”是我父亲的乳名，这个专属于我祖母的称呼，我也叫过不止一次。但那是在我被父亲毒打之后，也不是在他跟前叫，而是在距离他几丈远时捏着嗓子叫的。刚喊出声来，我就转身发疯似的跑出老远，望望他，如果没有追过来，就再喊一两声，以逞事后之勇。有时候，准确说是在他对我好到足以包容我的无礼时，我也会叫他的大名“林其田”，他就咧开嘴笑一笑，并不以为忤。“林其田”这个名字，据我原来猜测，或许是跟“土改”时的“耕者有其田”有点关系；不过现在看来，更可能跟他们兄弟的排行有关：老大林儒田，老二林俊田，老三林沛田，老四就是他，还有老五林子田。

他生于 1946 年，死于 2009 年，终年六十三岁。岁数不大，但也不算很小。不过在八个兄弟姊妹中，他是头一个死的（如果不算他那十几岁时夭折的幼弟），这一度让他的兄弟姊妹们感叹不已，说他死得太早了，好日子还没开始。好在他死之前我的哥哥已经结了婚，生了儿育了女，他已经当了七八年的爷爷，也算含饴弄孙过。他出生在一个不大不小的地主家庭。

我的曾祖父抽大烟、逛窑子都没能败光田产，在四十多岁死后，他就把地主的名号遗留给了我那读私塾出身、擅打算盘，却不侍稼穑的祖父。因为成分不好，我父亲高小毕业且只能是高小毕业，此后终生务农，不曾参过军，更不曾入过团和党，所以社会面貌一栏始终是群众。在他六十三年的农民生涯中，还兼做过流水席厨师、菜农、养牛户、酿酒师等副业身份，这些身份或历时或共时地伴随着他的一生，一直到他死去。

因为出身不好，我的父亲一直娶不上老婆。单身汉的生活一直陪伴他到二十八岁，那一年，他遇到了同样因为出身而嫁不出去的我的母亲。这桩婚事，事关三个村的三户地主家庭，林家、胡家和陈家。三家换亲，换亲这样的事情如今已经绝迹了吧，好像只属于那个年代。具体过程是这样的：经人牵线，我的三姑先嫁给陈家的大儿子，陈家的小女儿再嫁给胡家的三儿子，胡家的二女儿才嫁给林家的四儿子。因此陈家的大儿子才得以成为我未来的姑父，陈家的小女儿才得以成为我未来的三舅母，胡家的三儿子才得以成为我未来的三舅，胡家的二女儿才得以成为我未来的母亲，林家的四儿子才得以成为我未来的父亲，我才得以成为未来的我。1975 年我哥哥出生，再过八年，也就是在我父亲三十七岁那年，我出生了。于是，上述那些过去将来时的称谓至此才得以成为现实。

从我记事起，父亲就是流水席厨师。那时候我还小，冬天天冷，不愿意起早，父亲起来后就先去主家的灶上忙活一阵，然后再回来喊我起床。他把冰冷的手伸到我被子里乱摸一阵，袖口总带着一股油腻的葱花味；为了让我起来，他还会在屋里生一堆火，倒提着我的两只棉裤腿从裆部灌进热气，再掀开被子把我的光屁股装进去。我起来后，他就拿出偷揣回来的用报纸包着的两团牛肉，晃给我看。作为厨师，我不记得他有什么了不起的厨艺，只记得他这偷拿的本领和还算拿手的两道菜。一道是拔丝馍，用熬好的糖稀裹在馒头块儿上，趁热吃可以拔出很长很长的糖丝，冷了也可以吃，但会变得无比坚硬干脆，甚至会硌掉牙齿；另一道是焦馉馇，把切好的馒头条放油锅里炸成金黄色，起锅后再撒上盐，冷凉了装盘，吃起来也是干脆的。在这两道菜已不再入席的很多年后，还有人记得父亲的手艺，说他做拔丝馍有一个绝活儿，可以扯出一里路长的糖丝而不断。这当然是夸张之词。

但我的父亲的确爱占小便宜。这一点，除了他“贼不走空”的厨师余技之外，还表现在其他方方面面。譬如以前每到夏天，村头和路口总会有人用架子车和三轮车拉着西瓜游街串巷地卖，“换西瓜喽，换西瓜喽”。西瓜可以用钱买，也可以用小麦、玉米或谷子换。不过为了省钱，我们家从来都是采用那项原始而古老的商业法则：以物易物。在这时，我的父亲就显露出他十分鸡贼的一面，为了更压秤一些，每次他都会在小麦里掺点儿陈麦、沙子或者石子，然后搅拌均匀，如果瓜贩看不出来，也就罢了；如果瓜贩嫌弃小麦不好或者有猫腻，他也总能以“今年收成不好”等借口和他的三寸不烂之舌说服对方接受。不止一次，我曾大义灭亲地对他说：“林其田，等会儿我要跟卖西瓜的举报你！”他听了总是咧嘴一笑，以显无辜。我当然没有举报，但是“林其田”这三个字我喊得底气十足，声音洪亮，似乎抓住了他作弊的把柄这一点赐予了我某种勇气和力量，我喊的时候离他很近，喊完了也不跑。

他的这点小伎俩，除了用来对付小商小贩之外，还用来对付公社粮管所的验粮员。那时候，农村还没有免除农业税，每年到了麦收季节，就先打场、割麦、脱粒、晾晒，等晒到麦粒咬不动的时候，各家各户就要在规定的期限内去公社粮管所交公粮。我之所以说“公社粮管所”，而没有说“乡镇粮管所”，这也源于父亲在公社变成乡镇的几十年后，甚至直到他死都还停留在“公社”“生产队”之类的说法。因为家家户户都要交公粮，而粮管所人手又非常有限，这就导致了无法一一拆袋验收的矛盾。于是粮管所就想出了一个法子，由验粮员用一杆中空有凹槽的尖头麦枪，在麻袋的中间或底部插进去再拔出来，以凹槽中存留的小麦品相来断定质量，品相好了就通过，品相不好就拒收。我没跟父亲去交过公粮，一次都没去过，但是我经常见他没交成公粮把麦子又拉了回来，有时甚至反复几次才通过，也就不难想象他所做的手脚乃至于跟粮管所的人反复交涉、赔笑无果的场景了。

2

我在乡下一共住过十五年，也就是说，这是我和父亲朝夕相处的十五年。然而惭愧的是，作为一个农民之子，我在这十五年里几乎没干过什么农活。这固然跟年龄小有关系，但更因为我的懒惰和狡猾。每次我总是会要点花样，直到让父亲看不惯。比如他要我给玉米锄草，我就这儿锄一下，那儿挠一下，又换个地方弄两下，而且我锄得漫不经心，甚至有时候连玉米苗也一起锄掉。这让父亲很是恼火，他形容我干活有个新鲜的说法，叫“像在驴身上搁钉”，驴身上很光滑，当然放不住钉子，这意思就是说我逃滑逃得厉害。后来他也不指望我了，就自己和母亲干，放任我去玩。我就带着一帮孩子去玩，仗着年龄和辈分的优势，我十分热衷于欺负小孩，且每次都要把一两个欺负到哭着回家跟父母告状为止。然后，我就被对方父母揪着衣领送交给我的父亲，挨一顿毒打。但我从不求饶。

后来我们兄弟俩都读了书，家里的几亩庄稼地已经被黔驴技穷的父亲压榨不出更多的油水。他就开始搞一点副业，比如做红白喜事的流水席时，他会把主家送的毛巾和烟酒也送到代销点折成钱；后来，同样做厨师的小姨父把他置办的几十套桌椅盘碗都送给了父亲，父亲就在做流水席时一并租赁，也能挣一点小钱。他还养过一段羊和兔子，羊是没养多久就全部养死了，据他说是我家的风水不适合养羊，他自己的属相也克羊；兔子是养了几十只，一半为我们哥俩杀吃了，一半卖了。再后来，他又养牛，养了两三年吧。为了防止晚上有人把牛牵走，他就让我睡在牛棚里。再后来他就开始种菜，西红柿、茄子、豆角、黄瓜、笋瓜、辣椒、空心菜、芫荽等种了一两亩地。每天凌晨三四点就起床，把两大筐蔬菜一左一右挂在他那辆凤凰牌自行车上，摸黑驮去集市；如果在集市上卖不完，他就走街串巷地吆喝。很多次，他回来时已日上三竿，还没来得及吃饭，他就掏出来一把零票一张张地数，那些钢镚儿就散落在水泥地上滚开，他就在后面一个个追回来，样子看起来颇为滑稽。

他的最后一项副业是酿酒，就是农村人秋冬季节常喝的那种酩馏土酒。原材料是玉米、谷子或者小麦，这些都是自家种的，也不花钱。每年一到入冬，他就和母亲忙活开了，我的母亲负责烧火，他就来来回回地忙着发酵、添料、接酒。他把一口地锅土灶改造成了蒸馏设备，烟囱锅盖，长管短管，烧起来一副云蒸霞蔚的样子，看上去也很像那么回事。等到出酒时，他就用一根中间捣空竹节、一头削成了尖的短竹竿，把已经化成蒸气的酒经过竹竿冷却后引流到桶里，再储存在一个个白色塑料大桶中。这种酒一般不超过三十度，宜于温了喝，性味辛温，颇有祛风散瘀、舒筋活络、通血脉散湿气的功效，才几块钱一斤，很受干粗活重活的农民兄弟欢迎，所以父亲的主顾也多是周围的邻居。偶尔他自己也喝点儿，弄点花生米，或者捣几颗蒜调一盘皮冻、粉丝之类的，独酌。

对于父亲的这些小营生，我持有完全相反的两种态度。譬如酿酒，我就非常支持，我还鼓励过他扩充规模、做大做强，最好能成为一个乡镇企业家——我的确想象过那个场面，准确地说我是想象过我作为一个乡镇企业家之子出场的画面，说到底，那比一个泥腿子之子要体面多了。但在父亲流露出只想安于小作坊经营的心思后，我又批判起他成不了气候的小农意识。对于他做厨师、养牛养羊、种菜和出租盘碗等，我一直认为无必要，因为这一度让我在光可鉴人的靓丽女同学面前很丢面子（虽然她们并没有、也没有机会看到我的父亲操持这些事情的场景），所以常对他说些风凉话："挣不了几个钱，还费工费力，何必呢！"他就说是为了我们。我就说："我们不要你为了，你为了我们，以后我们又为了儿子，一代人永远为下一代人这么活着，又有什么意思？"有那么几次，他好像也觉得是这么个道理，就笑着问我："那你说，没钱怎么办？你们上学怎么办？结婚怎么办？"我就摆出一副孺子不可教也的态度和姿势对他说："你啊，你啊，你就是操心太多，车到山前必有路！"

终其一生，我的父亲都沉浸在这种与贫穷的斗争之中。他的业余活动实在乏味之极，不抽烟，不打牌，更不摸麻将，仅有的娱乐（如果能称为娱乐的话）也只限于收音机和电视里的戏曲、新闻和天气节目。等这些节目一过，没几分钟，他就保持着原来收看或收听的姿势——坐在门槛或倚在门板上——打起鼾来。除了这些之外，他有可能还喜欢也擅长说黄段子，我之所以说有可能，一是我没有亲耳听过，二是也没有确凿的证据。只是有一次，在我去代销点买醋或者买酱油之类的东西时，路上迎头碰见了正准备离开的他，而一帮中年妇女和几个男人正在回味他讲的黄色笑话。猛然看见我，她们在惊讶的同时止住了嘴但还没止住笑容，笑容挂在她们羞红而又兴奋的脸庞上。当我问及父亲刚才说了什么时，她们没一个人愿意开口，接着就一哄而散了。

作为一个庄稼汉，我父亲的能力源于庄稼，但是又不局限于庄稼，我是说他的手艺活也很不错。事实上，他会种竹子和木槿花，会做简单的凳子，会编床，会焊鸽笼，会制陀螺，会用白菜头做晃灯，会用高粱秸秆编竹席和扎顶盖（吊顶），还会用废弃的架子车和自行车轮胎箍牢他的摩托三轮车车帮。他还会烧窑，为翻建我们家原来住的土坯房，1986 年秋天他还在村东头烧过一孔砖窑，自己挖胶泥，自己拉坯，自己垒窑，自己烧火。前后烧了大概个把月，终于烧出了几千块青砖，并以此建起了三间瓦房。这三间瓦房我们一直住到哥哥毕业，后来还做过他的婚房，最后的最后，还做了停放父亲尸身的地方——并在那里举行了各种葬仪。在我读小学时，因为落后的缘故，我们的学校还没有通电，父亲还用墨水瓶给我自制过一盏柴油灯，以棉绳做芯子，用一块小铁片做挡板，可以用针尖拨出芯子的长短来控制亮度，明亮是很明亮，但不雅的地方就是总会冒出隆隆黑烟。后来在我坚决拒绝再在一排白晃晃的蜡烛中独擎一盏黑烟缭绕的柴油灯时，父亲才给我买了一包蜡烛。

在很多情况下，我的父亲甚至还要充当法官，他的判决对象是两个调皮捣蛋的儿子。虽然比我年长八岁，但是哥哥和我从来都互不相让，比如吃饭时会为谁夹到一块比较大的肉而干仗，也会为谁多偷吃了一口年货而互相揭发检举，而谁比谁多干了一点农活也会让我们争执不已。在这时候，父亲就要显示他既大公无私而又要平衡掣肘的调停功夫，但他这个蹩脚的判官，常常会被大儿子认为判（自己）太重了，也常常会被小儿子认为判（对方）太轻了，结果两面都不讨好。我说他太偏心，他就说我没良心。而当他不在家，我和哥哥的分歧由争执升级为干仗时，吃了亏的我总要哭到他回来，让他亲手替我打哥哥一顿才算罢休。但事实上，跟哥哥相比我挨父亲的打实在是太多了，他对我发明了从鞋底到鞭子、从跪着打到吊着打、从母亲求情也没用到祖母求情也没用的各种打法。

3

作为挨父亲的打最多、从小挨打到大的小儿子，我和他的关系谈不上很坏，但是也谈不上很好。这么说吧，在读初中以前，我蹩脚的成绩和顽劣的性格都让他头疼不已，他的劝学自然被我当成耳旁风。他甚至还做好了让我考不上学就去做泥瓦匠的打算。在我读到初中开始努力上进后，尤其是在我把被子、衣柜和山墙上都画满了数学演算题和物理定理之后，他又劝我不要太努力了，要多出去玩玩换换脑子，这自然也被“上进”的我当成了耳旁风。我们的交流很简单，简单到只有一两句话，甚至无话可说。有时候他会翻我的语文课本和作文，我就会抢回来。他还撬开抽屉翻看过我写的武侠小说，气得我说要和他断绝父子关系并一把火烧了小说稿子。读高中时，我买过一本吴冠中的《沧桑入画》，他读了，读得津津有味，他说吴冠中写得真实，尤其是地主生活那一段，跟我们家境况很像。我当时正在做卷子，从眼角的余光中能看出他似乎很想凑上前跟我交流交流，但是在我不愿意抬起头来的“努力”中，悻悻地走开了，自己搬了把小板凳、戴上老花镜看了半天。

到读高中以后，我们的交流就更少了。无非是我寒暑假和节日回来，他给我做点好吃的；无非是我的粮票不够了，他就骑着三轮车拉一两袋麦子到学校换了粮票再交给我；或者放寒暑假时，他到学校帮我运送行李之类。再后来读了大学，我们也就是电话中说上那么几句，他嘱咐我出门看车、多长心眼、防止被骗、该花的钱要花、能少花的钱要少花之类的，我说好了好了我知道了。他还给我写过一封信，用圆珠笔写的，前后不超过三行，意思也即上述所言，还写了几个错别字，末尾署名“父字”，我虽然不耐烦看，但也略有一种家书抵万金之感。大学毕业前，我去广州找工作，他知道后颇为担惊受怕，说南方有很多黑工厂，抓进去了要做苦工等，我就笑他没见过世面。那年春节我没回家，还听说他整个年都没过好。等到我到桂林把工作安顿下来，他才总算放了心，但还是一直劝我回来，找个离家近的单位，做个公务员或老师什么的。我跟他发了“死都不会回来”的狠话。

事实上，我对父亲的了解实在很有限，有限到只有早年间那么几个零星模糊的场景和片段。他只是我的“爸”，而我只是他的小儿子，我觉得他做什么都应该，而我做什么也都应该，如此而已。所以无论当面还是背地，我从没喊过他“爹”“老爸”之类，也从没喊过他“爸爸”，这个叠声词让我无论是说还是听都深感无比矫情。当然，我也不会像我的堂哥堂姐们喊他们的父亲为“大爷”那样称呼我父亲，我不明白他们为什么那么喊，也从来没问过。有很多次，堂姐在我面前说起她的父亲，也即我的伯父时，也会亲热地称“咱大爷”，我当然清楚地知道这个“咱”在身份上并不应为我所有，而“此大爷”也并非“彼大爷”。但我还是会欣然地点点头，就是像被赠送了一个亲爹般接下了她的这般好意。

2009年的春节刚过完没几天，我的父亲就死了。在他咽气之后和身子变硬之前，他的老伙计、在辈分上被我称为哥的一个邻居被我们喊过来，及时给他穿上了宽大簇新的寿衣。而后，他被抬到很多年前他亲手用麻绳编成的一张小床上，移至堂屋停灵三日。床前照例点了一盏长明灯，我和哥哥分列左右守着，晚上就睡在两侧铺了干草的水泥地上。我的父亲，死了，就这么躺在我旁边的小床上，我和哥哥陪着他睡了三天——那也可能是长大之后我们相靠最近、相伴最久的一次。再后来就是拉去县城火化，火化完之后，我们把大部分已烧成灰但有几块骨头还很硌手的他的骨灰撒在棺材里，最后钉上棺材盖。接下来，我和哥哥及一帮堂兄弟又在灵棚里的棺材四周跪了几天，迎接一拨又一拨前来吊唁的宾客。他们烧纸时哭一阵，我们也就跟着哭一阵，他们走了，我们就揉揉眼睛。

出殡那天，作为父亲的嫡亲后代，我和哥哥浑身缟素、一前一后地领着亲友们去送葬。铁炮开道，哀乐齐鸣，旗杆招摇，一派热闹而隆重的气氛，就像我小时候看热闹时所见的那些葬礼一样。区别在于，那时候我是看热闹，现在我是被观看的热闹中的一员——在那些围观的人群中我甚至看到了不止一双像我当年那样明亮的眼睛。八人抬的棺材走在前，我和哥哥紧随其后，接着是一队身着孝衣的亲友。记得临出门之前，一个操持葬仪的老先生还特意把我拉到墙角，耳语了一番。他说，我听你一直在哭“爸”，千万不能这样哭啊，你要跟你哥那样，哭你爸时要喊“爹”。我不太明白为什么，但还是照他吩咐的做了。那一天天气很好，阳光普照，万物复苏，田野里麦苗青青，只是冰雪开化后的乡间土路上到处泥泞不堪。从我们家到埋葬父亲的田里有四五里路，我一边甩着鞋帮和鞋底上的烂泥，一边就这么喊了一路的“爹”，但是我并没有怎么哭。因为那位老先生的话让我产生了一个错觉，一路上我都觉得自己像是在喊一个陌生人，或者说我喊了一路的只是我哥的“爹”。而我的父亲，此时此刻仍然还躺在西屋的大床上，还在生病，还在奄奄一息之中等着死去。

繁花里

有一天，我在住地附近散步，路过一个小区，无意间看到物业公司墙上挂着的铝皮招牌“繁花里”——这当然就是小区的名字了。于是想起一些过去的花和一些过去的人，记在这里，如下。

乡下人，有时候不讲究，有时候也穷讲究。穷，并不能说明什么问题，不但不能说明大问题，甚至连很小的问题也说明不了。就说花花草草吧，有的人家从来就不栽花种草，那是因为田地里山野里到处都是花花草草；但也有人家会特地栽花种草，那是因为他们有一种从骨子里带出来的情调。当然了，讲究这种情调的人家，在某一段特殊的年月之中，也不免会被说成“四旧”“小资产阶级情调”什么的，但那都是很遥远的事情了。从记事起到现在，我家里没有特别种过什么花草，也有一些花草，院子里栽过木槿，墙角里有过南瓜秧开的大黄花，还有就是房前屋后什么季节开什么花的柿子花、槐花、梧桐树花。我从小所接触的、认识的，大多也就是这些半俗不俗的寻常之花。

在我老家村子的最东头，我们祖上倒是有一片充满“小资产阶级情调”的宅子——那里种了很多果树，每到春天就会开一院子的花。不过，那片宅子已经荒废了许多年，不但房子没有了，就连那些曾经代表着“小资产阶级情调”的果树也被连根拔起——或者被人挖走了。很小的时候，我经常去那里玩。那个没有院墙的院子里，分布着十几棵核桃树、梨树、枣树、柿子树、石榴树、桃树什么的。春天到了，就都开花了，白的、粉的、红的、黄的，让那个当时已经砖瓦不存、荒烟蔓草的院子很有一番潦倒破败中的生机勃勃。那时候我正当顽劣不堪的年纪，常常爬到树杈上折了花枝来玩，也根本不懂什么爱花之情、惜春之意，只觉得这些花开得那么红那么艳，便花开堪折直须折，要摧残和挥霍这眼前的烂漫。不单是花了，就连开完花后结出来的小果子，我也照摘不误。那些刚长出个头儿的桃、梨、枣、石榴、柿子、核桃，经常被我用一根长竹竿打落得满地都是。也就别说秋天了，即使到了秋天，那些枝头也挂不了什么果实，早已经被我打得所剩无几了。

说到花，突然想起来一个人，一个老太太，同时也是我外婆家的邻居。突然想起她来，是因为她也种过一院子的花，不是果树上开的那些花，而是鸡冠花啊、樱桃啊、海棠花啊、兰花啊什么的。那时候她七十多岁吧，干瘦干瘦的，她的老头早死了，儿子一家单过了，女儿也远嫁到了外省。她就自己住，一户人家一口人地住，一个人住着三间大瓦房和一个巨大的院子。逢年过节，我到外婆家走亲戚，在外婆家的院子里掂起脚尖就能清清楚楚看到那个老太太的院子，一览无余。她的院子里种了一院子的花，真是各种各样的花，叫上来名字的叫不上来名字的都有。平时，老太太就在院子里晒太阳、缝衣服或者给花浇水。有几次趁她不在家，我还爬墙跳到她的院子里，除了花，倒也没什么好玩的，一院子的花花草草能有什么玩的。不过临走时我还是摘了一些花，不摘白不摘地摘了几枝。也不知是我去外婆家的次数少还是什么，老太太那个院子里，除了她我从没见第二个人出现过，就连她的儿子女儿也从来没见过。那个大院子要么空着，要么就她一个人。

后来年纪大了，外婆患上了半身不遂，就常年住在几个儿子女儿家轮流养病。她的院子也就没人住了，我们当然也就不再去了。后来，又过了很多年，外婆去世时我去过一次，因为常年没人住，外婆的院子就荒了。她的邻居老太太的院子当然也就更荒了，事实上那时候她已经去世有些年头了。去世了就去世了，她跟我非亲非故的，我也不至于有什么感伤，只是知道有这么一个人，只是知道她一个人冷清地住了许多年——一个人冷冷清清住了许多年的也不止她一个，如此而已。再后来，有一年春节回家，因为要整理大舅的一些遗物，我跟着表哥去了外婆家一趟。所谓的外婆家，其实早已经人去房空，也不过就是一个比以前更荒的院子。在这个比以前更荒的院子旁边一墙之隔的地方，事实上土坯墙体已经不存在了——只剩下一段墙基，也就是那个种花的老太太的院子，它比外婆家已经很荒的院子还要荒一些。在那个院子里，三间瓦房的房顶已经塌了，山墙也裂开了，不过在那个更荒的院子里，因为还有一些疯长的花花草草，所以显得尤其荒。

我问表哥："他们家这个院子荒了那么多年了，也没人要，老太太的儿子呢？也不收拾收拾？"表哥说："他哪有这份心思，他老娘死他都不想管呢！"许多年后，在表哥有一搭没一搭的讲述中，我才知道这一家人的故事。原来这也是一个大户人家，户主周老头 1949 年之后被划成了地主，划成地主之后没过多久就被枪毙了。那一次，全镇一次性枪毙了二十八个人——我的外公当年是陪着这二十八个人一起上的法场，只不过比周老头幸运的是，他并不在被枪毙之列，他属于杀鸡儆猴的"猴"和敲山震虎的"虎"，这是题外话。话说这周老头是一个不会种地的地主，一辈子最大的爱好就是养花养草，尤擅养兰，他养的兰花一度被称为"周兰"。周老头死后，他的夫人——也就是我后来见到的老太太——也继承了周老头这点儿养花养草的爱好。至于周老头的这双儿女，当然是周老头亲生的，却不是老太太亲生的，因为他们的亲生母亲是周老头的正房，而老太太是周老头的二房，或者说妾。这一点我很理解，因为我外婆也是我外公的二房。

后来，和表哥去隔壁的院子里转了转，我发现那个院子其实并不大。怎么说呢，也可能是因为以前我太小，所以才会觉得它太大吧！时隔多年，再次站在周老太太的院子里，已经完全不用再偷偷摸摸了，只是当年我摘过的那些鸡冠花啊、樱桃啊、海棠花啊、兰花啊什么的，现在已经完全不见了踪影。花草当然还是有的，只不过是一些不知道什么时候长出来的以及从哪里长出来的野花和野草。以前长在这座院子里的那些花草，我不知道是周老头留下来的还是周老太太后来自己种的，我只知道周老太太——那个被视为地主婆的女人、那个守寡多年的女人、那个没生养过儿女的女人——在漫长的岁月里只是一个人守着那么一院子的花花草草。而在她的院子隔壁的那个院子，也就是我外婆的院子里，我的外婆——这个同样被视为地主婆的女人、这个同样做了二房的女人——在她的丈夫去世后也同样守了近四十年寡，不过外婆到底还是幸运的，她的幸运在于她还有五个亲生的儿女。而周老太太有的只是一院子的花草，到头来陪着她的也只是那一院子的花草。

很多年前，每年到了冬天最冷的时候，为了吃，母亲总会在盘子里种些蒜。方法很简单，剥一些蒜瓣，用一根线串起来，浸在一盘浅水里就可以了，过不了多久就能发芽。等蒜苗长到半尺来长，就可以剪了吃。剪完一茬，又长一茬，剪了又长，长了又剪。有时候忘了剪，它就一直长一直长，甚至开出花来，蒜花就是毛茸茸的一个小球。那么多年来，一个人在外地生活，有时候为了在房里弄出些情调来，我也会像母亲那样在盘子里养一些蒜，不是为了吃，所以也从来不剪，就为了让它绿绿的，就为了让它一直长一直长，就为了让它开出花来。很可惜，养了那么多次，一次也没开出过那种毛茸茸的球状蒜花来。如果能开出花来就好了，就可以剪下来烧了，送给一辈子没养过花的外婆，也送给养了一辈子花的周老太太。

一件礼物

南京诗人、小说家朱庆和写过一首短诗，叫《我们曾经如此贫穷》。现复制在这里：

父母在水田里插秧
孩子捉了蚂蟥放在腿上
故意让它吸血
他的身体干瘪如稻壳

看到有汽车驶来
就兴奋地一路追赶
尾随着，鼻子贪婪地吸食
他觉得尾气太好闻了

即使再多的告诫也不听
那时真的是很穷啊
就连有毒的东西
都那么稀有

水田、插秧、蚂蟥、稻壳，这些带有南方地理色彩的事物与我的经验相去甚远。唯独这追着汽车闻尾气这一点，我们是相同的——应该也不单单是我们。那时候我六七岁，住在乡下。每次到了周末，我住在城里的堂哥会开一辆崭新的嘉陵牌摩托回来。他一回来，也就带回来了一串好闻的摩托尾气。他基本上不过夜，待一会儿，说说话，从家里拿点东西就又走了，又把那串好闻的摩托尾气也带走了。记得他每次发动摩托车要走的时候，我就在后面拼命追出老远，可惜摩托车跑得太快，我只能沿途收集那些散落在土路上因为与飞扬的尘土混合在一起而带着土腥气的汽油味。

跟朱庆和，也跟很多人一样，我喜欢这种气味。我不知道这是一种天性还是一种怪癖，或者尾气中有什么刺激我们神经的物质，就是喜欢，一直到现在。也不单单是尾气，很多别人不喜欢的气味我都喜欢。吃过羊肉后手掌上的膻味，柜子里放久的樟脑丸味，鞭炮燃放后的硫黄味，还有婚房里刷在家具上的油漆味，苹果放久了的那种淡淡的酒味，都好闻。气味辅助并强化着我的记忆，它使我在回忆过去的时候清晰地记得那些最为细枝末节的纹理。在整个80年代、90年代甚至新世纪之初，上述的这些味道在农村还能经常闻到，现在少了，或者几乎没有了。而且我还记得过年时放鞭炮的情景，一挂鞭炮放完之后就会腾起一阵蓝色的烟雾，经常是还没燃放完，鞭炮还地上翻滚着噼里啪啦作响时，我就钻进那一团蓝色之中，用力地吸啊吸，吸啊吸。

在所有的记忆中，我以为关于味道和声音的记忆最强大。因为无形无色，所以能无孔不入、无处不在。即使在多年之后，当你闻到某种味道、听到某种声音时，那种味道和声音当初所沾染上的某些画面、心情或情绪还是会从多年之前准确地调动出来。这么说吧，正如此时此刻，我正坐在离老家千里之遥的这座城市的这栋二十六层楼的第二十层的某个房间，现在闻着从楼上或者楼下飘过来的油漆味道，我立刻想到的就是婚房和棺材。主要是棺材。这种对应是早年建立起来的，那时候我六七岁。很多次，在村里走着走着，就会闻到不知从哪里飘出来的汽油和油漆味，就顺着那味道寻过去。越往前走，味道越浓。走到一扇大门前——我确定味道就是从那里飘出来的，探头往里看，只见几个木匠正在忙活着，一副刚打好的棺材躺在院子里。一半刚被漆成朱红色，另一半还是惨白惨白的。

见了棺材就知道死了人，但我并不是很怕。那时候，村里好像经常有人死去，因此我也就经常会闻到那种味道。死人对小孩子来说，并不是坏事，相反还是好事。一死人就会有葬礼，一有葬礼我们就可以去看热闹。而且有时候还能去帮忙挣点小钱——后面再说。“雨打墓，辈辈富；雨打灵，辈辈穷”，这是我们当地葬人时的一句俗语。每当看过葬礼或忙活完回来之后，我沉浸在那种因为热闹过后而对比产生的冷清和安静中时，我妈总会把这句俗谚拿出来说道说道。她既是实话实说，也是一句带有感慨意味的开场白。然后，她就开始一一举例，说葬谁的时候，挖墓穴时下了雨，所以荫及后辈，每家每户都发了财；而葬谁之前，去请灵时碰上下大雨，结果后辈一个比一个穷。

新玉的爹死的时候，我大概正读小学一年级，或者还没上学，我忘了。在他死前的那几年里，我倒是经常看见他蹲在大门前晒太阳，一副吃饱喝足的样子。矮胖，很黑，方脸，大眼，不笑时很有一股威严，但是笑起来也很和蔼。他的嗓门尤其大。尽管他那时候已经六十多岁了，不过论起辈分来，跟我还算是平辈的。事实上我的辈分很长，在那个大部分人家都姓林的村子里，很多六七十岁的老头老太太见了我都要喊一声“叔”或者“爷”。像新玉的爹这样跟我平辈的，已经算是比较少见了。新玉的爹虽然年纪那么大，不过还是小孩子脾气，他也总爱跟小孩开开玩笑逗弄一番。我也是他经常逗弄的对象之一。他有很多戏弄人的法子，而且我都尝试过不止一次。

其一是“拔萝卜”，当我从他面前路过时，他先是装作悄无声息地不吭不哈，等我走得很近了，他就一把捉住我的胳膊拉过去，然后用两只手捧起我的头，一直捧一直捧，一直捧到我的双脚抬离地面为止。其二是“捏鬼脸”，还是先把我抓住，然后他就用十个指头左右开工，把我的眼皮和嘴角一起撑开，翻起眼白和布满血管的眼底，嘴角也被撑得向外龇着，那看起来真是一副面目狰狞但又无比好笑的样子——我后来也学着撑过比我还小的小孩，他就在一边哈哈大笑。其三是“顶天灯”，是用大拇指和食指先捏住我的耳朵，然后用小拇指顶住我的下巴，最后一起用力往上提，这种疼几乎让人受不了。当然，捉弄归捉弄，有时候他也很慷慨，会从口袋里掏出来几块糖什么的，扔给我们。

我性格倔强，在被他捉弄过几次之后，就开始报复他。等到路上再见了他，我远远猫着腰先走过去，装作一副井水不犯河水的样子。等走到一个安全距离之后，我就突然转过身来，朝他大喝两声："新玉的爹！新玉的爹！"他一追，我就跑；他一停，我就喊。结局有两种，如果被他追到了，我就被他捉弄一番，然后他会问我："以后改不改？""改！"我说。如果他追不到，我跑远了会继续再喊几声。一直到他确实不再追了，也不再理睬我了，我才会自己觉得无聊而停下来，继续走我的路。

后来不知道因为生病还是什么原因，新玉的爹死了，然后就埋了。不过新玉的爹下葬时，究竟雨打了墓还是灵我不知道，也不关心。那一次我是旗手，为他热闹的葬礼做开路先锋的一员。以前乡间的丧葬，也还算得上热闹隆重，无论贫寒还是富贵，死一回，礼节总归是少不了的。一般来说，都会有响器铁炮、花圈纸人、旗子锣鼓什么的。走在最前面的是放铁炮的炮手，把火药装进铁管，用一根木棍举着在路边放，"嗵"的一声，在开阔的平原上可以声震十几里。跟在炮手后面的是敲锣的和扛旗的，锣是铜的，用缠着布条的木槌一敲，清脆悦耳；旗子是各种颜色的都有，用竹竿挑着，跑起来猎猎作响。然后是八个人或者十六个人抬的棺材。再后面是披麻戴孝的一队亲友。最后是花花绿绿的纸车、纸人和撒得满地的纸钱。讲究一点的人家，还会请个响器班子，吹拉弹唱的忙活几天。就这样，哭声、炮声、锣声、唢呐声和笑闹声混杂在一起，我们便一路浩浩荡荡地开赴田野。

炮手都由大人担当，临近的村里有不少制作烟花爆竹的人家，所以不缺炮手。旗手和锣手一般都由我们这些小孩充任。锣手只有三四个，每个人发一面小铜锣和一把小鼓槌，一路走一路敲；旗手则有七八个，赤橙黄绿青蓝紫等各色的旗子，人手一杆。我本来想当锣手的，没有抢到，只好做了旗手。在埋新玉的爹的路上，我举着一面红旗冲在最前面，昂首阔步地挥舞开道。虽然是埋人，但我却一点都不害怕，也没有悲伤。对我来说，除了做旗手之外，主要是看热闹。而且在看热闹的同时，我竟然还心生出一丝隐隐的报复之感：怎么样，新玉的爹，从此再也不能在路上捉弄我了吧！

新玉的爹生前很胖，人也长得高大，他的柏木棺材格外重，由十几个壮劳力抬着。到了田里，先是一众人等轮流着烧纸、作揖、下跪、哭。等一会儿，那副棺材就要被下到早晨刚挖好的墓穴里。黄褐色的、冒着土腥气的新鲜土壤堆在沿上，等着掩埋朱红色的棺材，那棺材散发着浓烈的汽油和油漆味。披麻戴孝的新玉兄弟两个，和新玉那超生到第四胎的一群儿女——三女一儿，跪在墓穴前涕泪横流。我站在他们撅得老高的屁股旁，攥着旗杆插进松软的土壤中，同时畅快地呼吸着那一股股散发到我鼻孔周围的汽油和油漆味。不过后来时辰一到，那些抬棺材的人就开始一铁锹一铁锹地把黄土埋在新玉爹的棺材上。几分钟后，那好闻的汽油和油漆味也就永远地封存进了那个坟包。

天底下，新玉爹的坟包堆得又高又大。坟堆之前，还插着一根花花绿绿的幡子，走出很远了还能看得见。送完葬回来的路上，人群都散了，三三两两地走着，刚才的那股热闹和热烈劲儿也不见了。也不知怎么的，刚才明艳艳的大太阳突然就变成了阴天。我们这些旗手各自扛着一杆旗子走回来，踩在沿途稀落丢撒的黄表纸剪成的纸钱上，旗子在每个人的肩后耷拉着，垂到地面上，就像一群打了败仗的士兵。我们心头都有一点儿热闹过后的凄凉和失落。回来之后，所有的锣手、鼓手、旗手都去主事的人那里领钱，每个人可以领一块钱，算是辛苦费。那时候，一块钱基本上都还是纸票，很少有那种铜镍合金的硬币——我们称之为“大洋”。但是我们都更喜欢硬币一些，结实，有分量，沉甸甸的，似乎已经超越了一块钱的价值。那一次，也是第一次，我抢到了一枚一块钱的硬币。

那时候大概刚过完春节，还有点倒春寒的冷，再加上那天晚上起了风，我睡得很早。第二天早上醒来时，外面的风似乎更大了，吹着我家窗户上的塑料布哗啦哗啦直响。同时，我还听到了我家前面邻居家屋顶上的那几面铁旗也正被风吹着，吱吱呀呀地响个不停，声音很清脆，也很有一点悲凉。我没有起床，但是也睡不着了，就又想起来昨天给新玉的爹送葬时扛过的那杆红旗。我下意识地往胸口贴肉的口袋里摸了摸，那硬硬的一块钱硬币还在，结结实实的，带着我身体上的温度，我拿出来颠来倒去地赏玩了一番。我觉得，那是新玉的爹在死了之后送给我的一件礼物。

墙上名人

在我读高中的时候，那是2000年前后——互联网刚刚兴起，从我家到县城沿途的院墙、屋山上，除了“要想富，少生孩子多种树”和“要想富，先修路”之类的标语，能经常看到没头没尾的三个大字：“王耀軍。”有一些是用毛笔写的黑字，有一些是用石灰水刷的白字，字很大，笔画很粗。以我无论当时还是现在都无甚鉴赏力的眼光看，那些字写得实在没什么水平。但我记得有这么回事，清晰地记得那三个大字。尤其是繁体的“軍”字，那一竖拉得很长，就像一把出鞘的剑，因此我也才记得格外清楚。

最近一次回老家过春节，有几次我乘车往返于当年经常骑行的那段公路。田野里的变化并不大，依然是一望无际的麦苗、隔三岔五的坟头和孤零零的枯树。变化最大的是公路两边的村子，当年那些低矮破败的民房现在已经完全不见了，代之以一座座气派、亮堂的两三层小洋楼。自然，当年那些院墙和屋山上的“王耀軍”三个大字，也就随之消失了——皮之不存，毛将焉附？想着记忆中的那三个大字，我和一帮子邻居说起这件事。事实上不单单是我，很多人也说还记得这个名字，甚至还知道这个人，并热心地为我补充了一些相关信息。说王耀军是开封杞县人——就是杞人忧天的那个地方，他不但把名字和诗作刷在我们县，也刷在了郑州、开封和商丘，甚至是河南之外很多更远的地方。

后来我在网上搜索“王耀军”时，果真搜到了他的信息和相关视频，甚至还有专门的贴吧，称他为“墙上名人”或“杞国名人”。他的几首诗，一首是刷在已塌了三面墙的房屋的第四面墙上，是用石灰粉刷过的一堵内墙，题目是《中国六千年来四大名人》，“伏羲氏创天下，毛泽东打天下，邓小平治天下，王耀军游天下”，时间是 1994 年，落款就是我记忆中的那三个字和那种写法。另一首，无题，也可称之为标语，是刷在一面脏兮兮的白瓷片墙壁上，“毛泽东血战打天下，王耀军大笔写春秋”。还有一首，取名为《诗联壁刻》，第一小节是“劝学”，其后洋洋洒洒的一大片，接下去的想必第二第三第四第五之类，刷在一块菜地的水泥墙上，单从图片上看不清楚字迹，但也可以想象得出大概内容。

据说王耀军还有一首《复拜甘罗祠》在网上广为流传，也被视为他的代表作。这首诗题在许昌鄢陵甘罗陵墓旁一处墙上，“十二拜相一奇人，名载青史几数春，千秋古柏历沧桑，神童佳话传至今。”当然，诗并不怎么样，但相比于并不怎么样的诗，王耀军却大名远播，还有人为他编织了一些匪夷所思的传奇。比如有人说，20 世纪 90 年代中期的《周口日报》上有一篇报道：

王耀军在北京流浪时曾经被警察收容，当警察听说眼前的这位流浪汉就是大名鼎鼎的王耀军时，就对他说："王耀军，听说你才比曹子建，七步能作诗，你现在给我们来一首，立马放了你。"谁知王耀军一步未走张嘴就来："大鹏锁囚笼，有翅难飞腾。眼望幽燕地，欲游在梦中。"警察很佩服他的才华，当即将他释放。

另一则关于王耀军的故事是这样的：

据说有个人有一次进城，在县城西关的大街上见到了王耀军，当时他正在一堵墙上奋笔疾书地刷一首诗，最后写完了，他在诗作的一侧落款为"中华共和国诗人王耀军"，那个人于是提醒他："耀军，国名里你漏写了两个字。""哪两个字？""人民。""人民？谁记得？谁有心添，就添上吧！"说完，王耀军竟然头也不回地走了。

那个人后来说，看来王耀军并不是漏写，而是故意漏写，之所以故意漏写，是隐含了更深一层意思。至于是不是有更深一层意思，不好说。根据网上的信息，我拼凑出来的王耀军大概如下：

贫下中农出身；初中毕业时，因被人冒名顶替没能读上高中，在家自修高中文科；在生产队做过学习毛主席著作辅导员、记工分的记分员、卫生员和民兵排长；1982 年开始周游各地，最东到过东海岸，最西到过西安，最南到过广州，最北到过哈尔滨；1983 年，在哈尔滨进修过一年的农民预科大学；1999 年，他的儿子考上了河南大学，由于是借钱供养儿子，一怒之下他就“一个人交学费，两个人上大学”，儿子在外读书，他就在家自修儿子的课程，等儿子毕业了，他也算大学毕业了；他不事生产，一心迷醉于文学和书法，三十多年来周游家乡内外诸县市，常常左手提着石灰桶，右手掂一把大扫帚，爬到公路两边的房屋墙壁上泼墨诗文。

我还看到，这个杞县于镇石店村人王耀军，这个自称（毛）主席弟子、别号乐天杞人的王耀军，出生于 1945 年 7 月 17 日，2012 年 3 月 26 日死于肝病。也就是说，在我原来对他毫无所知、如今对他突然产生兴趣的今天，他已经死去六年了。但是，拜比王耀军多年来攀爬刷写的墙体高级太多的互联网所赐，他还活着，活在去世两年之前、热心网友为他录制的一则视频里。视频里显示，当天他和另一个老人（兼他的同伴和司机）正在去开封写收费墙体广告的路上，车坏了，他们停在路边修车。

坐在车厢里的王耀军，短发，胡子花白，个头不高，言辞清晰，精神很好——但是并不神经。他在给网友的留言里写道：“网络高科技，信息轻骑兵，促进百业兴旺，加快建设和谐社会。”同时，他回应世人自己并非单身，“我写广告在外边，老婆带孙幼儿园，儿子媳妇有工作，家中不缺零花钱。”在被视为当代孔乙己、阿Q和济公时，他甚至还辨别了和他们的异同，他有孔乙己的样子，也会之乎者也，也写字，但不偷，风格比孔乙己高；阿Q的精神胜利法当时是自我安慰，但现在一样有好处，“这就是马克思主义的辩证法，可以活学活用”；至于济公，他所处的时代黑暗，而现在自己所处的是光明社会。对于他这一辈子，用王耀军自己的话总结，是十年童年饱尝一个“苦”字，十年寒窗没学会一个“用”字，十年记分员没记完一个“苦”字，十年旅游没览进一个“美”字，十年改革才开始学一个“富”字。他还说，自己把之前的几十年都当作幕后排练，现在登台努力争取演出精彩节目。

距离过年还有一周的这个下午，阳光和煦。当年住在王耀军涂写过的那种老房屋里的我，如今已经变身成了十几年后的我，坐在自家两层小洋楼的阳台上晒着太阳、喝着热茶、抽着烟。在浏览这些当年一无所知的信息时，我想起的一个画面是这样的：北风呼啸，乌云低沉，蹬在不知道从哪里找来的一把破梯子上的王耀军，终于在墙上刷完自己非常得意的一首诗作，并落下了他那标志性的巨大签名，然后他又从头到尾把每个字都端详了一遍，并在心底暗自为自己叫了一声“好”。在这个过程中，他丝毫没有注意到自己被北风吹散的花白的头发和手背上经太阳一晒而隐隐作痛的冻疮，最后王耀军推起他那辆倚在墙角的除了铃不响别的地方都响的自行车，一边推着一边迈出一个漂亮的高抬腿骑到车座上，一步三晃地骑走了。关于王耀军的这些信息和我刚才的想象，虽然纠正了我当初把“王耀军”这三字等同于“神经病”的看法，然而我还是不时为王耀军的这种“刷墙体”、自鸣得意的诗作与书法以及漫溢到没边没沿的正能量感到好笑，也不时对网友所参与的造神和鼓吹报之以两个大字：傻 ×。

要说的是，浏览完王耀军的信息后，紧接下来我在微信朋友圈看到了一个人转发的、中国诗歌网发布的“2017 中国诗坛实力诗人名录”。那个人在转发时配文字说，在那些按姓氏字母排序的成千上万个名字里，他费劲儿吧啦地找了半天才找到自己的。对，这个所谓的诗人名录我也点开看了，正如所期待和预料的那样，我也找到了我的名字。但是，我并没有找到王耀军的，我还在以 W 开头的那几排姓氏里特意找了一遍，还是没有。我知道，事实上任何一部诗人名录都不会收录他的名字。澄清一下，我并不是觉得王耀军的诗和字写得有多好，也非为他叫屈。相反，从当下的诗歌观念来看，他的诗写得很差，甚至离及格相差很远，不收录他的理由理所当然。

我想说的是，我们这些在名录中翻找自己名字的人，比起刷写了几十年名字的王耀军又能高明到哪里去呢？这并不重要，最重要的是，我们很可能也会跟他一样，一辈子都在为自己的天赋所累，一辈子都在为想象中的自己的天赋所累，一辈子都活在某面石灰墙上。直到它塌掉，直到自己死去。

胖 子

1

我有一个物外书店赠送的笔记本。32 开，里外都是棕黄色的牛皮纸。内页没打线格，也没标页码。我很喜欢这种满页都是空白的本子。尤其是这个。半年来，它就摆在我桌前一伸手就能够到的位置。事实上，我已经用它做了四十多页摘抄。有些是诗，有些是所谓的名人名言，还有些是我随手涂画的小说结构图。第 9 页至 17 页和第 37 页至 39 页（我标注了页码），用阿拉伯数字标注顺序的那些句子，是这半年邓兴讨与我讨论小说时发来的一些话。邓兴讨是他的大名，简称邓兴，绰号胖子。

这些话，我在初写小说时读过很多遍。有的明白，有的不那么明白，有的写着写着才明白。为了满足你一窥究竟的心理，以及稍稍矫正一下邓兴出口非屌即逼的劣质形象，现在我摘录几段如下：

1. 开笔就一定要写完，不惯自己，再艰难也要写完。我就准备用这个笨办法。

2. 从故事着手，可能会容易点。写一份提纲，从头写到尾。第二遍，再从头到尾重写。改个三五遍就会好很多。底子打牢了，自然会更深入。

3. 得引而不发，那才是功夫。一无所见，又清清楚楚，那才算是写到位了。

4. 不能太在意意义。语言类的东西，只有叙述才是王道。意义或真相等，不过一句话而已。

5. 中文没有时态，所以写作的时候，看似自由，其实很容易涣散，那根弦要绷得更紧。

6. 所有好的东西，其实都是精心安排的，包括神来之笔。从某种程度上说，也是之前的铺垫烘托所激发的。即使是上帝之手，也得握住我们的手才能成事。既然通灵，也带有我们的体味和印记。

7. 我觉得这些设计都可以靠修改来达到。而日渐进步考验人的是语言，语气和节奏的运用，还有选择，概述和展示的比例，概述中并行和递进的选择，展示中场景的描述效果等。

8. 搭建的场景越具体明晰，它可能反映的东西也越多。老外有个说法叫“抽象梯子”，就是一头是具体，另一头是象征。我个人觉得，越清晰的描述，越能集中个人的精力和参与感。不论写的人也好，还是读的人也好。

9. 我也常犯这个错误，信马由缰，不是风度，写小说总是做作的过程。钱钟书以前说，眼中沙，哪怕是金沙，也不舒服。就是再好的句子，不合适，也得舍弃。做作是应该的，从做作到自然，到看不出接头缝隙，才算是到了。

10.“天才”这种溢美之词，都是给不写或者不如自己或者早夭或者过气的人准备的。所以，你看每个小圈子或者小团体，总有那么一个天才存在。就好像刘和珍君，成了鲁迅难以忘却的纪念。

简单说说这个人。邓兴，1980 年生，湖南衡阳人，曾就读于华中科技大学的前身华中理工大学，焊接专业（又称补锅的）。大学写诗，毕业后也写，现在不怎么写了，写小说。毕业后，他被分配到武汉造船厂，在那里担任过他号称的“当时最年轻的技术主管”。后来辞职，继续留在武汉，在一家韩国公司从事被我统称为“五金”的行业。再后来，他回了长沙，跟人合伙搞了一家专做外贸订单的公司，同时跟一个手机里不存号码但操起手机就能打电话、记忆力超群的女同学结了婚。先生有一女，前两年，在“二胎”政策放开前，又生了一女。大概半年前，邓兴从他从事了十几年的“五金”行业金盆洗手，现专职赋闲，做家庭妇男之余写写小说。虽籍籍无名，但并不贫，也不潦倒，所以对之无须像对那些整日郁郁寡欢、呈怀才不遇状的苦寒文学青年那样报以深深的同情，或者鄙视。

2

在我来到武汉之后和见到邓兴之前，当地的诗人小圈子就众口传着许多关于他的笑话逸事。譬如接下来这一则未经证实也无从证实、即使证实了也没多大意义的故事。据说，刚去武汉造船厂工作时，有一次，应该是夏天，此人潮汐般荡漾的春心又一次来临，同时又一次面临无法解决的困境，他就突发奇想要勾引一下楼道里搞清洁的大嫂。那天，在远远看到保洁大嫂上楼后，他就把宿舍大门虚开一条缝，然后把自己脱得只剩一件 T 恤，躺到靠近门口的床上，挺着紧绷成一道弧形的下体做梦，白日梦。很不幸，保洁大嫂看都没看一眼就过去了。也可能是看见了，但是装作没看见。

再譬如，也是刚进武船时，此人找到许剑，一脸虔诚地跟后者说，自己对音乐产生了浓厚兴趣，想学吉他。临走时，他拿走了后者的一把吉他（据邓兴说，为修这把断了一根弦的吉他还花费颇巨）。把吉他拿走半小时后，他说要请客感谢许剑。于是，两人就去吃了一份八块钱的三鲜粉丝煲，外加两碗免费的白米饭，没有酒。再后来，就是大家说的那样，原来是邓兴把吉他卖掉换了几十块钱。请客之余，还中饱私囊不少。再譬如，这也是我最近听说的，说他在华工读书时，有一次他听闻朱文的一个中篇小说《弟弟的演奏》写得很好，就想看看。当时，小说已在《西湖》杂志上刊登，但他没钱买，估计有钱也买不到。于是他就兴冲冲地找到许剑（可怜的许剑），让后者托他在武大读书的女朋友到图书馆把几十页全文复印下来，并花费了对方二十元巨款，一直没有报销。

据此，可以充分说明三点。其一，此人聪明又不失狡诈；其二，很早就显示出空手套白狼的商业能力；其三，相当热爱文学，且品位相当之高。最重要的，正因为坐拥前两项本领，所以不用担心，他不可能傻到让自己成为一个只对文学热爱而别的什么都没有的文学小青年。事实上，让人细思恐极的是，此人偏偏又勤奋好学。譬如，据他多年后自供，1999 年 5 月，在同学们浩浩荡荡地上街游行抗议美国轰炸我南斯拉夫大使馆时，只有他开溜了，不动声色地跑去补习班补习英语。

接着说。圈子中还盛传着他机智的言语和天才（并不是他所说的那种溢美的意思）般的诗名。譬如，他嘴毒而刁，犹如裘千尺般舌下常含一枚枣核钉，一句话中有很多个绊子，看似表扬，其实暗藏贬损；又譬如，他形容一个瘸子“一下一米六一下一米七地走过来”；再譬如，他说人生无非四件事，“喝酒，出丑，打炮，睡觉”（用武汉话念效果更佳）。至于诗歌，他写得少，却是一出手即杀人毙命的那种，以至于他像“有许多大树高过屋顶”“身在襄樊，多么绝望”“不断地有人 / 从河堤上翻过来 / 整一整衣服 / 就成了街上的人们”“夜晚的河流最深”等诗句，仍经常从他已离开多年的武汉酒局上泛出来。坦白说，那些被现在的他说成“不咋地”的诗，也曾在我初学写诗时发挥过不大不小的领路作用。

刚到武汉造船厂上班时，他住在长江边的平湖门水厂附近，一个红砖、红瓦、绿窗棂的破落院子的顶楼，一间不足十平方米的单身宿舍。据在一个阳光明媚的冬日下午探访过那里的诗人小引描述，进门的右首摆着一张凌乱大床，书籍纷纷散落在桌椅之上，推开厕所的窗户，探头出去，可以看见半个长江大桥以及江对岸迷蒙的汉阳地界。而邓兴则搓着一双比身躯还胖的胖手跟他说，这是单位的过渡房，隔壁住的是两个在夜店上班的女孩。那时的邓兴，还热衷于在茫茫人海中寻找自己的同类，据说在联系上汉口一个叫墓渊的诗人后，当天他就带了把牙刷，把毛巾装在塑料袋里过江找他玩去了。后来邓兴离职，去了韩国在武汉的一家公司，住在公司为他租的一个一百五十平方米的大 house 里。据当时常常没钱打车回汉口，无奈之下只好在那里留宿的许剑说，那个房间空旷巨大，大到可以在里面开 party 的地步，但房子里除了邓兴的一张床榻，其他地方简直可以用垃圾堆来形容。尤其是他床上的那只枕头，又黑又脏又硬，几乎锐利到能以之击人的地步。

补充一下，前面说到邓兴搓着一双比身躯还胖的胖手，可能言重了，那时候他应该没有现在胖，可能只是结实，壮。那么他当时多胖呢？举个例子。有一段，他和张执浩去健身，两人经常在脖子上挂一条羊肚手绢前往解放路上的一个健身房。半年下来，邓兴跑坏了人家的一台跑步机。

3

我第一次见到邓兴，是大前年在沌口体育场的“江湖”音乐节上。天黑很久了，中场休息时他来了，从长沙赶过来了——当时他已离开武汉好几年。一身黑呢子大衣，裹着那身即将撑破黑暗的肥肉。他黑铁塔一样地走过来，握手，寒暄，聊天。后来的事情我都忘了，只记得当时刚下过雨，体育场里积了很多水，到处泥泞不堪，我们就踩着烂泥在人群中巴巴地听了半场。那次见面前，其实我们就认识，在一个叫“饭饭之交”的诗人群里，我们已极尽口舌之能事地互损和开了半年或更久的玩笑。所以见了面就更熟悉，但并没有因为这份熟悉而深入交流。吃饭，喝酒，吹牛，打牌，仅此而已。

再后来，我去长沙时找过他几次。他带我去吃饭，也陪我逛过天心阁公园、美食街、贾谊故居、岳麓山等。有一天晚上，我就住在和他有协议关系的那家酒店。开的是标间。吃完饭回来，我们各自躺一张大床，就着床头柜上的烟灰缸，就像两个清朝抽大烟的太爷一样胖体横陈地侧卧着，一边抽烟，一边聊天。准确地说，基本上都是他在聊。聊小说，因为他在写小说，我也正准备写写小说。从他那一张一合的肥厚嘴唇里，一个人名又一个人名蹦出来，一篇小说又一篇小说蹦出来，同时伴有毒辣犀利的点评。这架势一度让我自惭形秽，但后来我也偶尔插一句，以显示在下也算有知之辈。

平日里，人在武汉的我和人在长沙的他，也偶尔在微信上聊上几句。开开玩笑，斗斗嘴，也聊聊小说。有一天夜里，我在小区楼下散步时给他打了个电话，中间说起小说，结果他一口气说了差不多一小时。记得当时印象很深刻，但现在想起来，也几乎什么都想不起来了。要承认的是，对小说，无论是涉猎的广度、深度和那种精研的热情，我都远不及邓兴。这一点，从他去年一年看了近九十部小说、写了近五十万字就能看出来。即使这样，他仍谦虚地表示，完篇的只有七个，且都还是第一稿，没有一篇满意的——所以他从来不肯拿出一篇甚至一段一行的小说给我看。我能理解他这种沮丧和挫败感，就像我也理解他所说的，是把写作看成一种能量的交换和个人的抒发方式。

在我开始写小说的这半年里，除了张执浩和李修文，邓兴是与我交流最多的一个。他给我推荐过很多小说，譬如前面所说的朱文的《弟弟的演奏》和《看女人》，还有马原的《错误》和《虚构》，韩东的《我的柏拉图》，石黑一雄的《小夜曲》，诺曼·梅勒的《裸者与死者》，还有菲茨杰拉德那部被邓兴形容为“细雨湿流光”的《了不起的盖茨比》。对了，还有海明威的《杀手》《白象似的群山》和《世上的光》，他最喜欢海明威。他也跟我说过一些看似极端却不无道理的看法，譬如他说几乎没必要看当代小说。他的意思是，人一生能读多少本书呢？根本读不了几本，如果一年看五十本书，看五十年也就是两千五百本，算上一本反复读五遍，就是五百本。一个作家，按十本计算，那就是我们一生的师傅也不过几十人。而经典已经在那里，都不需要去冒险，拿来就可以读。

写出相对满意的小说，有时候我也会发给邓兴看一看。他看了，也肯定一番，不过肯定很少，主要是说问题，并提出修改建议。意见很具体，譬如要把“大概”这种模糊性的词语去掉或换成精确的表述。但他从来不给我看他的小说，除了他说自己的小说没有值得学习的地方之外，我理解，他是把自己当成海明威去写小说的，下笔就要写出经典，即使不写出经典，起码也要向经典看齐。跟他不一样，我没有那样的态度和自我要求，我写小说，经常写得泥沙俱下、枝枝蔓蔓，以至于有时分不清现实和虚构。甚至，在我的第一篇小说里，我还把邓兴写了进去，不但写了进去，还把他写成了一个年轻的老嫖客。也叫胖子，也在武汉，也是造船厂的技术主管。如果有机会看到这篇小说，相信他一定会对其中某些细节秘而不宣地自我对照一番，然后咧开大嘴嘿嘿一笑，骂上几句。

4

之前去长沙时，我曾经有幸光临过两次邓兴刚购置的、宽敞明亮的、已经不算寒舍的寒舍。

第一次去时，他还没乔迁。但是因为要定做窗帘量尺寸，就正好带我去看了看。应该是三室一厅，其他东西还没备齐，书架上倒是先满满摆上了几排书。书房是三面开了大窗户、阳光洒得满满当当的一间，他坐在书桌背后的老板椅上抽烟，眯着眼睛、跷着二郎腿地憧憬未来。第二次去时，他已住进新居大半年。去吃饭的路上，他带我拐回去喝了杯茶。尿布、拖鞋、衣服、玩具、作业本，等等，正如你所想象的那样，新家里到处洋溢着一种他作为两个孩子的父亲的居家状态，而他的老母亲当时正带着他的小女儿在里间午睡。应该说，我第二次去时所看见的，就是邓兴眼下在长沙的日常，一种养儿育女、家长里短的生活，以及一个与外界基本不来往、独自伏案写点东西看看书的世界。而这一点，也反映在他有一次跟我所说的那番话里："说实话，能有人聊聊，有时也是一种纾解。拔剑四顾心茫然，这就是我在长沙的状况。有点矫情了。"

可能因为父亲都早逝，也可能因为都是农家子弟，以及读完大学后在城市安身、又都写点东西的缘故，我们有一些共同的心境和状态。但我更认为，与我这样的一人吃饱全家不饿的单身汉相比，他所面对的终究又不一样。这么多年来，我只知道他聪明，能挣钱，但他挣钱时有没有和有多少苦楚辛劳我自然也不懂。但从许剑所说的一点来看，也能让我感受一二。他说邓兴应该是他认识的人里面唯一不用钱包的，只是用一个小夹子约束好一沓钞票，很整齐，花钱时就打开夹子抽出若干，余下的再次被拢齐夹好，很虔诚，很有仪式感。此外，正读书的大女儿，刚出生的、半夜三更总要缠着他看《小猪佩奇》的小女儿，从老家前来与他们生活在一起的老母亲，以及每天上班、经常出差的老婆，这些都是他要考虑而我可以完全无虑的。就像他说的，很羡慕我能有整块整块的时间，他就不行，他真正能支配的不过是上午的两三个小时。即使是这点时间，他还要看小女儿什么时候起床，她在时，他也不忍心把房门关起来。而除此之外，在写小说的那个领域，他也在以一个学徒的身份进行着自我认定，遣词造句，时时犹豫不决，“进步很慢，也许退步了也不好说”。

在武汉，我租住在武昌一栋小高层的二十楼。与邓兴在武汉的第二个“故居”，同属一个社区，只相隔一条巷子。如果去菜市场、复兴路地铁站或紫阳公园，他的“故居”就是我的必经之地。出于友谊或窥视的动机，我曾特意到他那栋楼下流连瞻仰过一番。我有时想，长沙的那个邓兴会不会怀念武汉的那个邓兴，写小说的那个邓兴会又不会留恋写诗的那个邓兴？直到有一次聊天，他给我发来一张照片，我才明白在长沙写小说的那个邓兴就是在武汉写诗的那个邓兴。他发来的那张皱巴巴的白纸，密密麻麻地涂满了两种笔迹，一种红色，一种黑色。红色，画的是小兔子、小鸡、小鱼、小船、小人和小猫小狗之类；黑色，写的是“英籍日裔人”和“五岁到英国”等。红色应是他女儿所画，黑色应是他的手迹。而“英籍日裔人”和“五岁到英国”，指的很可能是去年获得诺奖的石黑一雄。

事实上，我之所以现在就写下这篇东西，在我们（很可能只是我）都没写出什么东西的时候，而不是在所谓功成名就、广为人知的时候，不是在我们颤巍巍地进入老朽之年缅怀过去的时候，并不是出于记录微时和提前怀念的目的。我盘算的是，在将来，当某年某月我也结了婚，生了子或生了女，每天置身于他现在所置身的那个吃喝拉撒、柴米油盐的日常中，如果我对小说或诗歌不再有曾经的那份心思，在女儿或儿子那张也涂满小兔子、小鸡、小鱼、小船、小人和小猫小狗的皱巴巴的白纸上，如果我没有余力写下“英籍日裔人”和“五岁到英国”的石黑一雄，我也想有人能写下一篇这样的东西提醒我一下。如果没人写，那么这篇东西就当是送给日后的我自己的。

牯岭一家人

一路上都是大人物的宅邸。聂荣臻的对门邻居是新越南的缔造者胡志明，彭德怀和谭震林的家紧挨着蒋介石和宋美龄的美庐别墅，邓小平的别墅边是翁文灏和朱家骅的旧居。一路走，一路看，一路惊叹。走到金水湾酒店时，酒店的旁边竟然又是陈诚故居。而走进酒店的某个房间，推开窗，一眼望见的就是叶剑英的旧居。这是去年冬天的一天，我住在金水湾酒店，住在酒店的那个房间。这种充斥着错乱时空和政治布局的地理，既是我看到的庐山牯岭的眼前，也是我阅读记忆中的过去。

那要从二十年前的一个春天说起。那时候我刚刚读初中。有一天，我在家百无聊赖，就在去外地读大学的哥哥的房间里到处搜搜刮刮。一无所获之后，我把目光投向了他走之前悬吊在房间屋梁上从不允许我染指的一口木箱子。在如时迁一般爬到木梁上，用改锥轻易就撬开四片合页之后，我除了找到随身听、笔记本和金庸、古龙等人的武侠书之外，还找到一本灰白色封皮的书。书的封面上印着“祈祷的王朝”五个大字，正中是坐在藤椅上的蒋介石——书里所讲的是他在 1926 年到 1949 年这段岁月中的起落沉浮。在那段百无聊赖的日子里，那本书被我翻了很多遍，我也第一次见到并记住了“牯岭”这个地名。

再后来的后来，等到我也出去读大学之后，再次见到这个地名，是在杨德昌的电影《牯岭街少年杀人事件》里，虽然它和真正的牯岭并没有关系，只是台北一条以牯岭命名的街道而已。

整整二十年之后，我来到九江边的庐山，来到牯岭，就是现在这个阳光明媚的冬天。我一个人。把我送到牯岭镇子上的北山公路后，出租车就下山了。我沿着公路边的栏杆一边走一边眺望，大片大片或黄或绿的松涛掩映着一片片红色、蓝色和绿色的居民屋顶，从山谷的最下端一直层层叠叠地堆垒到山顶。夕阳打在那些儿童积木般的屋顶上，赋予它们一种色块的拼图之美。冬天，旅游的淡季，跟中国绝大多数景区一样，庐山上也是游人寥落。正像出租车司机说的那样，牯岭镇子上常住的1.2万名居民，现在也有不少人因生意寡淡下山去了。萧瑟的人群中，似乎只有我这一个游客。

在牯岭住了三天，看了很多地方。庐山会议旧址，抗战博物馆，美庐，芦林湖，白居易草堂，花径，如琴湖，基督教堂，都跟想象之中没有太大差别。除了最后一天去看的陈寅恪墓。陈墓在庐山植物园，景寅山上，几块石头拼组而成，就立在山坡面阳的一角。这背后有一段曲折，大概说陈寅恪生前的遗愿是葬于西湖，20世纪80年代其女为迁葬奔走，杭州不允，说景区不能建墓。2000年后画家黄永玉为之奔走，庐山也说景区不能破坏。后来，中科院植物园说其不归庐山管辖，可葬先生！于是陈寅恪去世三十四年后得眠此地。上庐山那天中午，我去看望八十四岁的刘堂鑫先生，临走时他拿来纸笔写下“植物园，陈寅恪”，要我一定去看看。于是我就去了，提着一兜橘子，走了一小时的山路，到时只剩下六只橘子摆在墓前。坐了半小时，抽了几支烟，想了想“死无葬身之地”这句话，就回去了。

回去，沿着环山公路走到金水湾酒店时，天色已经黑透。收到“老李飞刀”的微信，她邀请我去基督教堂看她们跳舞。“很近，从金水湾到教堂走路只需要五分钟。”怕我嫌远不去，她特别交代说。于是我就去了。教堂前方的舞台上，一位上了年岁的大妈领舞，“老李飞刀”及几位中年妇女正跟着她跳。在挂着巨大十字架和“以马内利”的讲台上，她们一会儿飞鸟展翅，一会儿转圈摇摆。另外几位中年妇女，则在教堂最后面的空地上，合唱一首赞美诗，珠圆玉润，温柔铿锵。中场休息的间隙，“老李飞刀”跑过来，问我：“昨天你住在哪里？房价多少？”在得知一晚一百六十元之后，她连连说“太贵了”。在她心目中，大概几十元一晚才合理，且还能“再杀杀价”。后来她们又去跳，我里里外外看教堂。介绍上说，这座距美庐别墅咫尺之遥的、河西路 438 号的基督堂，建于一百零六年前的英国基督教会医学会堂，1946 年改为小礼拜堂后蒋氏夫妇和司徒雷登在此礼拜祈祷，1959 年庐山会议时中南组在此开会。这么说，“老李飞刀”和她的舞伴们，此刻正在翩翩起舞于历史的风云之中。这很有点滑稽，但是又无比真实。

“老李飞刀”是我刚到牯岭镇上那天认识的一个人，也是我在镇子上认识的第一个人。她四十多岁，一直到现在，我也不知道她的真实姓名，我只知道她的网名叫“老李飞刀”。那天下午，我在北山公路下车之后，就一路往西谷的居民区里逛。牯岭有东西两谷，东谷为别墅群，西谷为居民区。我漫无目的，沿着西谷主街往里走，一直走到最里面的山坡下。逐渐西移的阳光穿过高低错落的房檐，洒在那些斑驳的旧墙壁上，还有我身上。夕阳把我的影子越拉越长，越拉越长。眼看着那条路就要走到尽头，我正想往回走时，尽头处却突然闪出一个人影来。于是，我走过去，不抱任何期望地跟她问："嗯，你们这里有没有住宿的地方？""有啊，但是我家太破了，有一个床是空着的，你可以看看，不过你不一定能看得上，你肯定看不上。"她面露难色，但是又充满期待地说。

跟她回家。这是两层楼房第二层最里面的一套，卫生间正对着门口——她女儿正在洗脸，左拐进去后是厨房，再进去是我可以住的那个房间，里面还有一间大卧室和一小间。杂乱，拥挤，破旧，一幅偏远山区小城镇家庭的景象。"我就说了嘛，你肯定看不上的，我们家太破了！"她说。"老李飞刀"刚炖好一锅山药排骨汤，她二十二岁的女儿江晶晶刚从外地回来，房间里放着她的两个大包裹。"你也喝一碗汤啊，很好喝的，没有放味精，来来来，我给你盛一碗！"她很热情，一再邀请我也喝一碗。于是我就接过盛了很多山药和肉的汤，坐在夕阳把碗拉长影子的桌边喝汤。一边喝汤一边和她女儿聊天。"从哪里回来？""西安。""学什么的？""翻译。""那你是西安翻译学院的吧！""啊，你竟然知道我们学校，我还以为没有人知道我们学校呢！"她的女儿笑起来，嘴角边掠过一丝受到认可的骄傲。

直到这时候，我才想起去打量一下“老李飞刀”。她的个子很高，但是很瘦，因为瘦所以显得更高，比身子那种瘦更瘦的是脸，瘦而黑。收拾停当，她坐下来，一边看着女儿吃饭，一边用惭愧的口气跟我说：“家里实在太破太穷了，真是让你看不上呢。”我连忙安慰她，说这样的家里很有生活气息，也很温暖。“我也是真的运气好，别的人家都是在街上到处拉人住宿，我从没有去拉过，你还找到我头上来了，我还挺有财运的呢，哈哈哈！”她笑起来，又说，“以前，也有一个上海的女的来我们家住，晚上还给我小孩补习英语呢，补习到夜里一两点，我还收了她一百块钱的住宿费，想起来好惭愧啊！她补习一晚上肯定值几百块钱了，我们家的条件又那么差，算起来应该给她钱才对呢。”

“老李飞刀”说，她自己家里原来是农村户口，因为丈夫是城里人，所以嫁了他。“而且他为人心底也很好，就是不怎么说话，有一点呆呆的，等会儿你见了他不要介意啊。”家里那么穷那么破，让她有一种自卑感，“看到家里这个样子，有时候都想去死。”我用一种自己听了都觉得假的言辞劝她：“你们有那么好的空气、水，家庭也幸福，这比什么都好，富丽堂皇的人家指不定有什么不为人知的痛苦呢！”她说我会安慰人：“我最自豪的是女儿，竟然还读了大学，真没想到她还能读大学。”这时，邻居家的两条狗跑进来，在房里窜来窜去。“老李飞刀”给它们拨了几块肉：“狗来财就来，这两条狗跟我们自己家的一样，有时候还会敲门，不开门就在外面哭！”说着，她把门关起来，把狗关在外面。不一会儿门外传来狗爪子扒门的声音。“哭撒，哭撒！”“老李飞刀”要狗表演哭，但是那两只狗并没有哭。

基本上都是她在说。她又说起前几年，说起自己在深圳的日子。那时候日子辛苦，她就去深圳打工挣钱。在一家酒店做服务员，每天的任务就是把毛巾和浴巾洗好，烘干，叠整齐。有一次女儿去看她，看她辛苦，就帮她一起叠毛巾和浴巾，“叠了一下午，把手都叠肿了”。“不过我很快乐，虽然手也很痛。”说到这里，她的女儿插嘴说。“后来呢？”我问。“后来酒店里有客人丢了钱，领班说是我偷拿走了，其实不是我拿的，我一辈子都没拿过别人的钱，那时候我想不通，还想到了自杀，不过后来钱还是找到了，在床板夹缝里找到的，我就辞职回来了，不干了。”“老李飞刀”现在说起这一段，已经很淡然了。“回来之后，就跟着别人一起信了基督教，一直信到现在。”她说话时，我特意盯着她的眼睛看了看，有一种干净的光泽在闪烁，跟我见过的那些虔诚的基督徒的眼睛一样。准确地说，是跟我那经受了丈夫心肌梗死早逝，把两个儿子拉扯大后信仰了基督的小姨说话时的眼睛一样。

等女儿吃完饭，“老李飞刀”执意要带我去山后看：“去看看望江亭，你一定要去看看，那里是庐山上看云雾最好的地方！”于是出门，两只狗最先冲出去在前面带路，“以前我们经常来这里，女儿小时候，我就把她放在石头上晒太阳！”从望江亭望过去，并没有看见她所说的云雾缭绕的景象，只有夕阳在山体上打下的明亮和黑暗的分际线，“老李飞刀”有一点失望，对我惭愧地笑了笑。得知我喜欢摄影时，“老李飞刀”要我为她多拍几张照片，说自己年轻时很喜欢照相。“那时比现在好看，以前是圆脸，有肉，不像现在那么瘦，鬼一样！”说着，“老李飞刀”在手机上翻出以前的照片给我看。的确，那时候她脸庞丰腴，年轻，有活力，穿着年轻女性时髦的大红衣装，跟现在比完全是另一个人。回来后，又聊天。在知道我从事写作后，“老李飞刀”和女儿都很激动，她说：“没想到我那么低级的人，还能和那么高级的人做朋友！”我劝她，你不低级，我也不高级，都平等啊，平等。

后来，夕阳完全落下去了，窗外夜幕下的山谷中逐渐浮上来一些零零落落的灯火。“老李飞刀”的丈夫和小儿子也陆续回来了。她的丈夫是一名从山下开到山上的公交车司机，她的儿子比女儿小八岁，还在读初中。刚才就已经显出拥挤的房间里，顿时显得更加拥挤起来。我想走，也该走了，我提议给他们拍一个全家福就走。于是他们一家四口就挤在厨房房门背后站定让我拍，他们的背后是煤火炉、烟囱、暖水瓶、油壶、炊具，还有码成三层的一堆鞋，以及鞋堆上几层要洗的衣服。“老李飞刀”说：“真是难得，多少年了，我们家这还是第一次照全家福，他爸爸从来都不愿意照相的，这一次竟然那么配合！”她得意地把照片发给她的姐姐，说“认识了一个作家”，“还给我们照了相”。这让我产生了一点点举手之劳就给他们带来幸福的小小成就感，以及成就感背后的不好意思。

当然，我没有在“老李飞刀”家里住——其实也没办法住，我说再去外面转转，实在不行了就回来住。临走时，“老李飞刀”说：“街上有很多住的地方，现在是淡季，你一定要还价，四五十块就能住一晚上，我在酒店做服务员，知道行情的，你要是找不到住处，就再来我家！”我谢了她并告别了一家人，独自摸黑下了楼。我顺着楼道里一点微弱的光，头顶着清冷地挂在空中的半个月亮和比我平日见到的更大更亮的星星，摸索着走到街上，按照手机导航的位置找到了那家叫“金水湾”的酒店。牯岭上的这一家四口，我不知道会记得他们多久，也不知道他们会记得我多久。

说实话，我也不知道为什么会写他们，他们有什么可写的地方，但我就是止不住想写写。他们，比之前让我觉得更“值得”写的那些东西更让我想写。就是这样，就这么写下来了。

何社长

1

最先想起的并不是他，而是一支铅笔。在透过窗棂射进来的一条布满飞舞的灰尘的光柱下，一支一头削得尖细的铅笔在那些公式、定理、方程、课文、地名或历史事件中来回穿梭，时不时地在上面画上几笔表达着特定含义的修改符号。握着那支铅笔的人是我。事实上，不单我握着一支铅笔，在我的前后左右，还有十几个人也同样如此。他们，大多数为女性，但也不乏像我这样的毛头小伙子和鬓角发白的中老年男人，正在伏案做着同样或类似的事情。没有人说话，只有铅笔尖划过纸页时的沙沙声、偶尔的咳嗽声和天花板上两台老式风扇慢速转动的吱吱呀呀声。空气中浮荡着一股若有若无的水果味橡皮擦的香气和铅笔削过之后的新鲜刨花味儿。虽然很相像，但这并不是考试，而是校对室的工作现场。方便涂改的铅笔，是我们统一的基本上也是唯一的工具。

那时候的我还不满二十二岁，刚刚大学毕业，同时也是刚刚进那家出版社，做一名校对员。与我相熟的同事如果当时留心的话，现在回忆起我来，应该还会残留着这样的印象：青涩、内敛、稚嫩，一身学生气，同时又一身的理想主义，认真、热情、追求完美。不仅是言谈举止，单从我涂改过的那些书稿上详尽的符号、标记和备注中也能看出这一点。几个月前，我从一座遥远的北方煤矿小城来到这座山水甲天下的南方小城。我是来这里工作的，更是来这里寻找某种理想的。除了几件简单的衣服行李、几本翻得卷边儿的小说和银行卡上只够维持一个月生活的几百块钱，随我一同来到这里的只有我对这家出版社的一腔热情和一幅想象中的美好蓝图。我住在骖鸾路，那里距中华路的出版社约有十五分钟车程。每天早上八点，我会准时出现在大圆盘，在那里乘坐一辆满载学生的 12 路公交车前往属于我的那张工作台。每天如此，除了周末两天。

那时候的他不足五十岁，在这里已经工作了十二个年头了，是那家蒸蒸日上的出版社的总编辑——这也意味着，如果不出什么意外的话，几年之后他将接任社长成为这家单位的一把手。据同事们说，之前他在出版社隶属的那所大学工作，曾经是历史系最年轻的正教授，研究历史文献学、区域文献和区域文化及古籍整理。他身材高大，不苟言笑，一头乌黑浓密的卷发，一只高挺的鼻梁，以及一双经常压低了眼镜架、从眼镜架上方翻出来的眼睛。作为同事，我当然经常在一些场合见到他，不过因为身份差距和此前发生在我们之间的一件事情，我与他并没有什么来往——准确地说，是他与我并没有什么来往。但这并不妨碍我的校对工作以及我对出版的热情，因为我是来寻找某种理想的。

我们的第一次见面，发生在临近实习结束的一天晚上，他把我叫过去谈话。我去了，聊了不到半小时，说的什么已经忘记了，只是还记得结尾的部分。他是这么问的："看你简历上说做过出版，是在哪里做的？"我是这么回答的："是在一个书商那里。"为了有说服力，我还特意说了之前参与编校过的两本书——严歌苓的《密语者》和汤恩佳、朱仁夫合著的《孔子读本》。他听了，在桌子后面皱了皱眉头，又低头看我的简历，半晌之后说："书商啊，我就看不惯你们书商的野路子！"我心里一惊，坏了坏了，他既然这么说，我留下来的事也就没什么希望了。接下来，横亘在我们之间的，是他的沉默和我的尴尬。这时他正好来了个电话，就说手头有别的事要处理，过几天再找我聊。再聊的意思其实也就是不必再聊了。

在他找我谈话后的第二天，出版社当时的社长——肖社长也把我叫过去谈话。时间是下午，地点是与总编室一墙之隔的社长室。谈了近两个小时，他问，我答。中间，不知为了表现点什么还是顺着他的话题说起的，我和肖社长谈起了"科层制"。我说，科层制是"由侏儒行使巨人的权力"，我没说这是巴尔扎克说的。意思很明显，我想让他以为这是我说的，以此增加留下来的可能性。他点了点头，说，对于现实管理工作来说，科层制还是很有必要的。后来又说了什么，已经忘了，也只记得一个结尾。肖社长最后说，你留下来上班吧！当时我又是一惊，因为当时出版社聘用员工的条件很严格，我是无论如何也达不到要求的，专业不对口，学历也够不着。但是既然一社之长都那么说了，那我也就放心了。尤其对照前一晚何总编的那番话，更让我对前者充满了感激之情。

2

正如文章开头所说的那样，在出版社工作的头几个月就是做校对，没完没了看稿子。语文、数学、物理、化学、生物、历史、地理等教辅教材，时隔几年后再一次出现在我的案头——与之前不一样的地方在于，现在的我是以一个校对编辑而非一个学生的身份。枯燥、乏味、机械，三个月后，我着急了，屡次抱怨说我又不是来做校对的，到底什么时候才能做真正的好书——而不是这些破教辅教材？同事们建议我再等等，然而我已经等不及了。一天下午，我把眼前的活儿一推，给肖社长写了一封表达不满的长信。一周后，肖社长把我叫过去，他没说那封信，而是说起了王实味和他的《野百合花》，说王实味当年骂延安的风气是“歌啭玉堂春，舞回金莲步”、干部与群众之间是“衣分三色，食分五等”。他话锋一转说，你跟王实味有什么两样？做教辅校对是工作需要，做其他书也是工作需要，要“以书养书”，并没有什么等级差异。他的一番话，让我又老老实实地做起校对来。

转眼到了第二年，肖社长调走了，何总编就成了何社长。他分管全社的宣传工作，而我当时已经从校对室调到市场科做宣传——负责与行业媒体的联络沟通、新闻发稿、广告投放等，于是我们的交集就开始多了起来。然而，所谓的交集也无非就是正常的汇报、批准、签字、通知等手续，并没什么工作之外的交集。可能是因为那次谈话，我总觉得和他之间隔了那么一层；也可能是因为那次谈话，他也和我保持着一种正常的工作往来。一种既小心翼翼又互相隔膜的微妙关系，生成于我和他之间——当然也有可能只是我单方面这么认为。而除了这些，事实上我对他为人做事的感觉也不过如此，尤其是时不时拿他与其前任相比，更让我对他多了一层鄙薄。尽管不喜欢他，但是对于我的出版理想、对于他所交代的工作，我仍然充满着热情。而且，在某些方面我还对他充满感谢。

有一次，一家行业报纸组织开年会，地点在兰州。作为合作单位，对方邀请了何社长参加。他没时间去，于是就派我作为代表前往。以我当时的级别，出行只能乘坐绿皮火车——那时候还没有高铁，但我自作主张地买了往返机票。等回来报销时，他看了看单子，也没说什么就签了字。另外一次，是我仍然想做几本书，在编辑室报了几次都没批准，就兴冲冲地去找他。我说："何社长，这么好的书为什么就不能做呢？"他把选题单拿过去，仔细看了看，说："我也觉得可以做，你再去找其他编辑商量商量，能做到盈亏平衡就可以。"不过，最后那几本书仍然因为各种各样的原因没有做。最后是2009年年底，当时我在出版社已工作近三年，但让我不甘心同时也与我到来的初衷有极大落差的是，我连做一本自己想做的书的机会都没有。

于是，有一天我跑到他的办公室说："何社长，我要辞职！"他有点吃惊地问："为什么？不是干得挺好的嘛！"我把理由说了，他建议说："其实也可以不用辞职的，你去分社，北京分社和上海分社都可以嘛！"我想了想，接受了他的建议。他又问我谁适合接替我留下来的岗位，我就推荐了一位同事——同时也是我已经分手的女友，他也同意了。

去了上海分社之后，我终于按照自己认定的方向策划出版了几本书。不过半年之后，因为一些其他的原因我又离开上海去了北京——并不是北京分社，而是彻底离开了那家出版社。之后，也还是从事出版，也策划了很多书，但书的方向和内容已经与我之前向往的并在那家出版社养成的出版理念相去甚远了——已无理想，只是为了畅销。后来的这些年，我也回过那座南方小城很多次，偶尔也会见见何社长，也仅仅是见见、聊聊。印象深刻的有这么一次，我到他办公室谈一件什么事——那应该就是我最后一次见到他。末了，在一段开场白式的沉默之后，他突然跟我说："当年你写钟老的那篇文章，我看过了，我认为是所有写他的文章里写得最好的！"他所说的钟老，是他曾经的老师、同事，一个研究太平天国的著名历史学家，同时也是他的岳父。何社长接着说，他眼下正在编一本钟老的纪念文集，想收录我那篇文章，如果我愿意，就把电子版发给他。我当然不会不愿意。

3

时至今日，我已经离开那座南方小城近十年了，也离开出版行业很多年了。为了谋生，我从一座城市到另一座城市，从另一座城市到下一座城市，先是放弃了所谓的出版理想，后来又完全放弃了出版行业。但是我仍然会经常关注出版动态，尤其是我曾经待过的那家出版社的动态——也不知道为什么，所以偶尔也会看到何社长的新闻。网上，他还是以前的样子，一头乌黑浓密的卷发，一只高挺的鼻梁，以及一双经常压低了眼镜架、从眼镜架上方翻出来的眼睛。不一样的是，他已经在那家鼎鼎有名的出版社做了七八年的社长，已经成了誉满全国的人文出版界的一面标杆。

两年前的一天下午，一个在那座南方小城待过几年的朋友发来一个新闻链接，是一则何社长因为受贿被逮捕的新闻，他调侃地问我："元芳，你怎么看？"我没有看法，我能有什么看法？我只是为这个突然而至的消息吃了一惊。因为在我的印象里，虽然不知道他到底有没有受贿，但是他的确是为那家出版社做过不少贡献的。且不说别的贡献，单单是他最早主持的那些历史文献丛书，也足以使他、使那家出版社在日益艰难的出版行业占有一席之地。何况他的能力也是有目共睹的，因为早在他接任社长前夕，据说学校准备让另外一个人接掌的，但事实上那个人根本不懂出版，于是社里就搞了一次全员投票，结果他的得票最高，那个人的得票寥寥无几，最后学校顺从民意，就让他接任了。由此也可以看出，无论我们对他喜不喜欢，但是基本的认可和信任还是有的。

在他出事之后，有一位当年的女同事还写过一篇《书是出版人的墓志铭》的帖子，提到两个他节省俭朴的细节，似乎也可以作为他早年的佐证。其一，说是十几年前出版社从学校搬迁到中华路时，办公设备和用品由员工自己打包，他看见新手们打包得很不像样，便拎了一包书过来说："照这个标准打，可以省纸、省人力。"语毕，他自己便蹲下来铺开牛皮纸亲自打了一包以做示范，临走时看到地上被员工顺手丢掉的旧物，他又叹气道："搬家穷三年啊！"于是弯腰把一盒生锈的图钉和几张旧稿纸捡了起来。其二，还是出版社搬迁那一年，当时正值二十周年社庆，社里策划出版一本《书之旅》的纪念文集，有一位员工在谈及早年创业艰辛时写到这样一个细节，说有一次他与员工一起在食堂用餐，吃完饭掏出了一张三层的纸巾，便将其层层分开，自留一层，分与两人各一层。他的这些节省俭朴乃至于吝啬的细节见诸同事们的回忆，也存在于我们交往的点滴中。说实话，我也不怀疑他是真的如此，但我更不知道那究竟是他早年的真实流露还是我们在他出事之后的唏嘘慨叹。

现在又到了7月，就像多年之前我前往的那座南方小城的7月一样。但是我此刻俯身的桌子上，堆放的已不再是铅笔、橡皮、订书机和一沓沓等待校对的稿件。一个当年的同事打来电话说，何社长的被捕已经尘埃落定，坐牢只是早晚的事情了。这让我突然觉得，在我桌子对面的那团空气仿佛就是他，他正用一双压低了眼镜架、从眼镜架上方翻出来的眼睛看着我。如果眼睛射出来的是光线的话，那么他眼睛里的光线是向下倾斜的，而我眼睛里的光线是向上倾斜的。他正那样打量着我，就像当年打量我那样。我不喜欢被这样打量，就像很多被这样打量过的同事也不喜欢这样被打量。我还不喜欢他的谨小慎微、刻薄寡恩、性情不足、没有生气。是这样的，我从来都没有喜欢过这个人，我应该感到高兴。但此时此刻，我却产生了一种难以名状的失落。我想起那个时候的我，就像处于那个年龄的所有年轻人一样，青涩、内敛、稚嫩，一身学生气，同时又一身的理想主义，认真、热情、追求完美。而他的被捕则提醒我，我已经变成了另一个人。他的被捕还提醒我，很多年前的他也曾经跟那个时候的我和那个时候的所有年轻人一样，一层厚厚的粉笔灰落在他灰黑色的的确良衣袖上，下课铃已经响过很久，而他还在为让学生弄明白一个历史事件的真相竭力拖延着下课的时间。那时他刚刚毕业，刚刚留校任教。是不是这样呢？我也没办法去问他了。

王 静

从那座城市唯一的大学正门口走出来，向右拐，沿着宽阔笔直的东山路一直走，路过几个巷口，再路过几个烧烤摊，等走到那座立交桥桥头的时候，在你的右首会出现一座建于八九十年代的破旧楼房，在那栋楼房最下面一排门面房中有一个不起眼的书店。它不起眼到甚至连个名字都没有，只是那几排书架、几张摊子上一溜铺开的图书、杂志、报纸和招贴画，仍然能让你认出那是一家书店。十几年前，我还在读大学的时候，那里还不是书店，而是一个跟现在的书店一样不起眼的打字复印店。那家打字复印店连个名字都没有，只是用四张 A4 纸打印的“打字复印”四个粗宋体大字贴在两扇玻璃推拉门上。

读大学的那几年里，我和胡伟、白祥凯、王优、粗人、吴杰、张宗勇等一帮写东西的朋友经常去那家打字复印店。有时候是选择在那里碰头然后再去别的地方，有时候是在附近的摊子上买些烧烤和啤酒去那里喝酒聊天，有时候是在那里读诗、谈论文学或者写东西，有时候天晚了不想回去也在那里凑合一晚，还有时候是去那里打印或复印准备投出去的稿子，等等。反正就是一个我们这些文学小青年的据点。就是这样，每次都是这样，我总是先想起那个地方，然后想起一起在那个地方待过的人，接着想起我们在那个地方干过的事，最后才会顺带着想起她——那家打字复印店的主人。她很普通，普通到跟那个城市里那个年龄的所有女人一样，普通到我闭上眼睛怎么也拼凑不出她的五官。而她的名字比她的人还要普通，普通的“王”，普通的“静”。如果你拿这个名字到人口户籍信息查询系统查询，那么你将发现全国叫这个名字的人可能有几十万。但话又说回来，在全国拥有这个名字的几十万人中我只认识她。

事实上，我们已经很多年没有联系了，起码有十一二年了吧。她没有联系过我，我更没有联系过她。别说是她了，就连当时经常聚在打字复印店里的那帮朋友现在也都没什么联系了。第一次见到她的情形已经模糊了，如果还能勉强拼凑出一点的话，那也应该是第二次、第三次、第四次乃至很多次见到她的所有印象叠加起来的总和。那时候，我刚刚去那座城市读大学，比我高两届的中文系的朋友胡伟经常带我去她的打字复印店玩。胡伟说第一次见到她的时候，她就声泪俱下地说：“记者同志，我要向您控诉丈夫对我的虐待！”可能是因为胡伟经常给当地的报纸写文章的缘故吧，她把他当成了报社记者，所以竹筒倒豆子般向他爆了很多料，诸如自己的丈夫出轨，和一个狐狸精生了两个孩子，平时不给儿子钱花，对她施加家庭暴力，怕丑事曝光不让她和别人说话……胡伟就劝她报警，她却说不能报，报了警也没人会信她，因为她的丈夫很会做人，连警察都会向着他。胡伟说那就把她的事情写成新闻，发表在当地报纸的社会专栏。这一来她胆怯了，坚持不让他写，说那样会害得丈夫丢了工作。胡伟补充说，她可能有点儿神经质。

在有限而模糊的那些破碎记忆中，我记得她确实也跟我说过同样的事情，而且说过不止一次。不过她所说的这些，当时与我相距太远，我也只是当个新鲜听听，并不怎么上心。后来接触多了，我发现这样的话她不只对我们说过，事实上她还对很多人说过，一见了人就抱怨她的丈夫怎样坏，一天也过不下去了，马上要离婚。记得有一次，我们说到彼此正在写什么东西时，她极为少见地插了一次嘴。她说："我每一天都不知道自己还能不能活到明天！我之所以还能坚持活下去，就是为了给儿子攒钱，我要把我一生的不幸都写下来，让儿子长大之后明白他的妈妈是怎样忍辱负重、含辛茹苦过来的！"但是我们每个人都知道，我们说的"写东西"和她所说的"写东西"完全是两码事，而且我们每个人也都知道她只是说说而已。

一直没见她怎么笑过，总是一副忧心忡忡的样子。他老公的单位距离打字复印店很近，她一天到晚给丈夫打很多电话，逼着他从外面赶回来。但是这也未必就说明她的婚姻和家庭生活有多么糟糕，因为她的老公我们也见过，看起来斯斯文文、高高瘦瘦的公务员形象，还让我们没事多陪陪她，完全不像一个会做出她爆料的那些事的人。他也从来不说自己老婆的坏话。于是她就悄悄对我们说："有你们文化人在这里，他也不敢怎么样我！"但是一转眼她又会这样说，说她的丈夫聪明手巧，什么东西一学就会，在单位很吃得开，就得逼着他给儿子挣钱。

她很节省，一件衣服能穿很多年，一包正面打印完的纸会反过来接着用，但是做人却很大方，常常留我们在店里吃饭，简单地炒几个菜，再叫一些烧烤和啤酒。更多的时候，是我们自己带着酒菜过来，在傍晚或者八九点时分来到她的店里，一边吃一边聊，说海子的诗好还是顾城的诗好，说福克纳和海明威的恩怨情仇，说当地报社几个前辈的写作和为人处世，偶尔也说说自己最近写的东西。我们的看法经常很不统一，但是我们又追求着某种统一，互相都以说服对方为能事，然而对方是说不服的，于是我们就红着脸吵来吵去，旁征博引、高谈阔论、声嘶力竭，就把她的店当成了自己的店，就把她的店当成了自己的家。而她从不参与我们的讨论，她说她不懂文学，更不会写东西，就连那些在我们看来如雷贯耳的名字对她来说也是陌生的。她只是在一旁耐心而及时地续着茶水，或者一边听我们说一边盯着壶嘴里冒出的热气发呆，直至被水烧开时那一声尖厉的哨音所惊醒，又提起水壶往每个人的杯子里续水。好像她全部的工作就是续水，好像只有她续了水才能有资格在旁边听我们讲话，才能通过我们接近我们嘴里的那些人物，进而接近所谓的文学。

有一天下午，记得我去打印一份要寄给报社的稿子，当时她正在给一帮准备答辩的学生复印论文。听说我的来意之后，她就和那些人商量能不能把他们的论文暂停下来，先帮我打印。当我打印完要走时，她又拉住我问能不能请我帮个忙，说她最近也写了一篇小文章，想请我看看怎么样、有什么可以改进的地方。我虽然并不是太乐意，但还是拿过来看了看。说实话，她的那篇文章现在我已经完全想不起写的是什么了，只记得写得挺差的，大概就是那种典型的中学生式的美文类散文。但是为了面子上能过得去，我还是敷衍了她几句，“写得不错啊，挺有文采的，角度很好”，然后就匆匆离开了。我当时很不解的是，她，一个四十多岁的女人，一个可能连中专都没读过的女人，一个只是开打字复印店的女人，一个家庭婚姻生活不如意的女人，怎么也写起了东西，也和文学沾上边儿了呢？难道就因为我们经常来她店里聊文学，她就真把自己当成格特鲁德·斯泰因那种文学沙龙的女主人了吗？这让我觉得挺可笑，我甚至觉得像她这样的人是不配喜欢文学的，文学只应该属于我们这样的人：年轻、浪漫、富有情调，读过很多书，最重要的是读过大学。

后来她还写过一些大大小小的豆腐块文章，写完了还是会在第一时间拿给我们看。我们也就看看，仅仅是看看，然后说上几句冠冕堂皇而又无关痛痒的话。她听了就挺高兴的，两朵我们几乎从未见过的笑容绽放在她黝黑的脸颊上，写东西的劲儿头也就更大了。我们聊天时提到的那些人物、书名、诗歌、观点等也被她记在一个小本子上，再上网查，或者把相关的书买回来看，写文章时偶尔还会引用几句。她写的那些东西，事实上也还是那种中学生式的美文类散文，谈不上进步，更谈不上有什么水平。但是我们从来不会指出这一点，依然会像以前那样鼓励她。有时候我会觉得，她的文学梦想就像我们买给她的一只气球，我们买回来，我们打开，我们往里面吹气，一个人接一个人地往里面吹气，每吹大一点她就在旁边拼命鼓掌，等吹到越来越大、越来越大，直至不能再大的时候，我们就把那个气球交给了她，而她接过来之后还在往里面吹气。

后来，我不知道那只气球被她吹炸了没有。两年之后，在比我高几届的、一起去打字复印店聚会的那帮朋友毕业后，我也就很少再去那家打字复印店了——我甚至还为此感到庆幸。每次经过那里，我所记起的也只是我们之前留在那里的快活时光，而从来不会想起店里的她。再后来，我也毕业了，和她也就完全断绝了联系，只是听人说在我毕业之后没多久他们就离婚了——儿子跟了男方。她把那家打字复印店关了，接着在那间门面房里开了一家小书店，这让我很不可思议。忘了去年还是前年了，一个回过那座城市去过那家书店的朋友说，她的书店还在开着，生意很不好，一天也卖不了几本书，但她还在坚守。书店的不景气我当然是知道的，毕业后我从事过很多年的出版业，前几年也运营过一家书店，随着互联网和移动终端的冲击，图书当然没有什么市场了。开书店，别说挣钱了，能不赔钱、能不赔很多钱就算是成功了，正因为如此，我也就及时跳出了那个行当。而对于王静，我不明白这么多年来她为什么和靠什么一直守着那家书店。事实上，当我们那帮写东西的朋友中的绝大多数都不再写东西时，我也不知道到底是什么在支撑着她，是文学——那个她接近了但是还没拥有的东西，还是她已经拥有了但还没放弃的东西？

雨天的事

此时此刻，具体时间是 2018 年 7 月 6 日下午 4 点 30 分，窗外雷声隆隆，天地间正在下着一场大雨。

我站在二十层的阳台上，站在一扇窗户背后，隔着积尘已被冲去的玻璃望着下面的小区和街道。小区旁是几排建于三四十年代的联排洋房，灰墙、红顶、蓝色雨棚，砸向雨棚和房顶的雨滴升腾起一层薄薄水雾。水雾和不断形成水雾的雨滴，像一面灰白色的毛玻璃幕墙，但它并不妨碍我把视线落在一旁的丁字街头，降落的雨水正在黑色柏油路面上以积聚得多而流进下水道里少的方式积聚着。鸣笛的汽车、着急忙慌的电动车和撑着五颜六色雨伞的行人正在交叉穿梭，滚落的雨水加重着他们急切的心情，而地上的积水则让他们不得不放缓节奏。一切既忙乱又不失某种秩序。

也是这样的季节，也是这样的雨天，也是这样站在窗前，也是这样望着街头，但时间是在七年之前，地点是成都洗面桥街。那天，在望江宾馆三楼的一个阳台上，就像此时此刻一样，我也正注视着外面的一场大雨——那场雨比眼前的这场要大得多。在三个多小时内，降雨量的最大值达到 215.9 毫米——接近历史极值，事后的新闻称之为“成都百年不遇的特大暴雨”。

但是因为时值傍晚，时值傍晚就意味着要吃饭，所以再大的暴雨也不能阻挡下班之后回家做饭吃饭的人们，或者穿城而过匆匆赶去赴宴的人们的热情。更何况这是在成都——一个素来以吃闻名的城市。

街头挤满了形形色色的人和车。这些已经被淋成落汤鸡般的人，有的正躲在商铺骑楼下避雨并时不时手搭凉棚望向天空观察雨情，有的正推着没过轮子的摩托车、电动车或自行车在积水里狼狈前行，还有的正踮起脚尖以敏捷的姿势从这个地方跳向那个地方。比人更惨的是车，尤其是那些四个轮子的车，因为它们并不能像两个轮子的摩托车、电动车或自行车那样被它们的主人推着走，而只能在没过轮子甚至车窗的积水里泡着。比人和车都要惨的是那些还坐在车里的人，此时此刻，他们既不能继续开车前行也不能任凭车泡在积水里，在进退维谷的艰难抉择中，他们最终还是放弃了舍车保帅的念头，选择跟他们的爱车待在一起。所以他们现在仍然泡在水里，我就这样看着他们和他们的车一起泡在水里。

雨点开始越来越小，虽然并不能减少及膝的一街积水的深度，但足已让人们心头活泛和松动起来。事实上，刚才还挤作一团躲雨的人群，这时候已经松动了：一些人选择了继续原地等待，另一些人撑开了自己的彩色小伞，还有一些人则准备蹚水前行。只见他们蹲下身子或者半弯着腰，别出心裁地挽起自己的裤管或者裙摆，露出一只只娇嫩雪白的、汗毛浓密的或者青筋暴突的小腿。他们一只手提着鞋子，另一只手擎着雨伞同时半挥舞着以控制平衡。榜样的力量是无穷的，这句话此时再一次发挥了它的真谛，一些观望的人于是也开始挽起裤管或者裙摆，沿着榜样的道路成为新的榜样。而这一点，也提醒了我也可以如法炮制。

到处都是积水。不深的地方刚没过脚踝，深的地方已经湿到我的大腿根部。在这样的积水中，我们深一脚浅一脚摸索着前进，越过那几辆正趴窝在水里的轿车，又越过那几块漂浮在水面上的泡沫板。那些躲在骑楼下发出羡慕、佩服或不解表情的人，同时也给了我们某种继续前行的动力，某一瞬间我甚至还产生了对他们懦弱的鄙视——相信跟我一样正在蹚水的人也应该会有这样的一闪念。就在这时候，前方不知道是谁喊了一声“淹死人了”，接着就看见所有蹚水的人都发疯般跳上岸——也就是街边没积水的地方，惊魂未定的他们开始对着某处正翻腾着水花的水面指指点点。我也跑上了岸。就在我发疯般跑上岸之后，紧接着就看见前方正在倒下去的第二个人、第三个人和第四个人。自然，除了一阵阵的惊呼，并没有一个人去捞他们，也没有一个人敢去捞他们。

跳上岸之后的我，惊魂未定地跑到楼上。我没敢站到阳台上去看刚才置身其中的那一幕，而是脑子里一片空白地瑟缩在床头。是的，后来我知道他们都死了，但也仅仅知道死了——被地线漏出来的电电死的，或者被电晕之后淹死的。至于他们的相貌、性别、年龄、职业、家庭等，则一无所知。瑟缩在房间里的我除了不停地发微博提醒过路的人不要蹚水、最好绕道而行外，每隔一会儿就给酒店前台打个电话，索要矿泉水、要毛巾、要人打扫卫生之类的。事实上我什么都不需要，只是需要找个人、找个活人说几句话而已，至于说什么也不重要，重要的是说这个行为本身。

就那么折腾了一下午，后来我睡着了，等我醒过来再次下楼的时候已经是深夜了。那几个人——准确地说是那几具尸体——已经被拉走了，鸣叫着尖厉汽笛声的救护车、放声大哭的家属和层层围观的人群也都已离去，只剩下宾馆门口被灯光照亮的那几堆灰白色火烬，以及一股浮游在空气中的冥纸燃烧后的味道。此时此刻，街头的积水也已经渐渐退去，街上空空荡荡的，只剩下孤零零的灯杆高举着昏黄的灯光。倚着宾馆的玻璃门看了一会儿，我有一种死者非己的庆幸和劫后余生的恐惧，伸出左手摸摸右手，又伸出右手摸摸左手，清凉中带着一股温热，恍惚而又真实，伤感而又幸福。

现在雨已经停了，我是说刚才我窗外的这一场。街头人车都很稀少，那些鸣笛的汽车、着急忙慌的电动车和撑着五颜六色雨伞的行人已经远去，安然回到家中或者某个馆子的餐桌前。这场雨下得不是特别大，或者说这座城市、这个街头的排水设施特别好，所以不会有那么多积水，人们也不用挽起裤管或裙摆蹚水。即使是蹚水，他们也不一定就会像那几个倒霉蛋一样在街头被电死或者淹死。是我多虑了。是我又想起了那几个在我面前死去的人。从概率论的角度说，那次蹚水的人都有死在街头的可能，只是死的是他们——他们率先死于一场大雨，死于太平盛世。同时也可以这么说，是他们中的一个替我死去了，而我在替他们中的一个活着。写到这里，我其实应该感谢一下那个他或者她，但是很抱歉，至今我连对方的性别也不知道。

事实上不单是我，就连今天能读到这篇文字的你们，也应该感谢一下他或者她——那个我们一无所知的陌生人。你看，一个你什么都不知道的、在八年前就已经死去的人，就这么和你有了关系。

守庙人

1

在凤凰溪边那条从外面通往山里同时也是山里通往外面的唯一土路上，永远都走着那么一个人，走得很慢很慢——就像走在一个十几分钟的长镜头里。慢慢穿过一茬茬稻田，穿过一间间零星的屋舍，穿过那座写着“乐平里”三个大字的牌坊，那个人就消失在路一头的乐平里村，或者消失在路另一头的凤凰溪畔。不知道那个人是谁，也不知道那个人是男是女，甚至也不知道那个人是不是同一个人，反正总有那么一个人，总有那么一个人走在那条土路上。一直都记得很多年前的这个情景，那是每次走到三星村小学门口，我从山坡上回望被五指山、北峰山、仙女山围出的那块平地时的所见。

那时候我六岁，在三星村小学刚读一年级。那是一所民办小学，坐落在凤凰溪边的一面山坡上，教室由一个废弃多年的茶油加工作坊改建而成，各方面的条件都很简陋。整个学校只有三间教室、三名老师和一百多名学生。我们这一百多名学生，分别属于六个年级。为了解决六个年级的学生上课的问题，我们被编成了三个班。编班方式是这样的：一年级学生和六年级学生一个班，二年级学生和五年级学生一个班，三年级学生和四年级学生一个班。这三个班的学生，就分别由三个老师在三个教室里上课。上课的情景是这样的：如果是上一年级的课，那么六年级的学生就统统背过去做作业，反之亦然，其他两个班也亦然。也就是说，在我们上课时，永远有一半和我们同班而不同级的同学背对着我们。从一年级到六年级，我们就是这样过来的——我甚至一度觉得世界上所有学校都是这样上课的。但是之前五年我从来没意识到的是，在我读六年级时，我读一年级时所在的那个教室再次成了我的教室。这一点，让我在不足十二岁时就体验到了一种时光倒流的错觉。

他是我们的数学老师，同时也是语文老师和思想品德老师。很黑，四方脸，大眼睛，嘴唇上方蓄着一圈颜色比肤色只深了一点的胡子——下巴上倒是光溜溜的，有点微微驼背，走起路来一条腿显得有些不太利索。那时候他大概五十岁出头吧，常年穿着一件从不系风纪扣的浅灰色破旧中山装，胸袋中永远别着一支泛着闪闪银光的“英雄牌”钢笔。三个老师里只有他住校，就住在教室旁边唯一的一间土坯房里，也很少见他回家，平时吃饭就自己做一点，我们早上和中午来到学校时经常能看见他端着一只黄瓷碗，蹲在土坯房的门槛上望着陆续到来的我们吃饭。他很严肃，平时总是虎着一张脸，金刚怒目式的。因为他的严肃，因为他的不苟言笑，因为他的经常教训人，我们这些被他教过的学生没几个喜欢他的——也没几个没被他教训过的。当然了，那些还没来得及被他教的学生也不免会因为他的这副形象而对他望而却步。何况在私底下我们早已把他的那股严肃劲儿传开了。

我和他的接触很少，无论在课堂上还是在生活中都很少。即使有，也仅仅限于在校园里或路上碰见时我喊一声“田老师好”、他回一句“嗯”之类的对话。就这样，我们的师生关系仅在师生关系的层面上维持了六年——这六年来，都是由他带我们的数学、语文和思想品德课。印象很深的只有一件事。有很多次，每天一大早来上早自习时——那时候三年级以上的学生早晨、上午和下午都要上课，会看到黑板上已经写满了一行行漂亮的仿宋字。因为早自习时不用讲课，也就是说老师不用在黑板上板书，所以那些字也就暂时不用被值日生擦去，我们就望着那些很多当时还不认识的字摇头晃脑地背课文。那时候教室里还没扯电线，还不能用电灯，我们就用煤油灯或蜡烛照明，那些字在十几盏昏黄灯光的照耀下会散发出一层金质光泽。但很快天就亮了，天亮了我们就吹灭灯盏，于是附着在字上的那层金质光泽也消失了——又恢复了它们作为粉笔字的本貌。快毕业时我们才知道，那些字是田老师头天晚上板书上去的，写的是屈原《离骚》里的句子，不过我们没人关心这些。那时候《离骚》距离我们还太遥远，屈原距离我们也太遥远——虽然他就是我们这里的人。

2

小学毕业后，我就去屈原镇（那时候还叫新滩镇）读初中了。那一年，是我第一次走出七里峡，事实上很多人一辈子都没走出过七里峡。也就在同一年，我们那所一共存在了六年的三星村小学被取消了，跟其他几所民办小学一起合并到山下的乐平里小学——它就设在乐平里村的粮油站旁边。因为周围很多村子的学生都来就读，乐平里小学的学生就多了很多，老师也多了很多，尤其是有了女老师——三星村小学的三个老师都是男的。乐平里小学的条件要好一些，有操场，操场上还有篮球架。听说田老师去了之后很活跃，经常组织老师们举办各种文体活动，不但办了一个什么“骚坛诗社”，还经常和一些人在操场上打篮球、踢足球。他嗓门又大，几乎全场都是他在嚷嚷。听说他还会拉二胡，一边拉一边唱屈原的《橘颂》。这些，是我们此前的六年里不曾见到过的。

还听说，那时候有一个四十多岁姓吴的女老师成了他的相好。事实上，他和那位女老师各自都有家庭。怎么勾搭在一起的就不知道了，反正他们是勾搭在一起了。这事儿我不但听村里人说起过，还从一个比我小几岁的邻居那里听说过，她就在乐平里小学读书。她是这么说的：“田老头死不正经哦，家里有一个老婆子，学校里还有一个老婆子！”我一直不知道这事儿到底是真是假，不过我倾向于是真的，因为我们那一带“打皮绊”的情况一直不少。事实上我们村里就有两户是这样的。第一户是丈夫出去挖煤了，每年回来一次，他老婆就在家里养了个小男人，男人比她小十来岁，长得也很不错，平时就像长工一样在她家里吃住，帮着干活，一点儿都不避讳她的儿女，而且对他们也很不错。第二户也是这样，丈夫死了，老婆也在家里养了个小男人。男人很帅，很多女人追着要嫁给他但他就是不愿意，一直跟那个女人在一起，直到后来那个女人的儿子在外面当了老板把他的母亲接走，那个小男人才结了婚。

我本来就没喜欢过他，因为这些风言风语的存在，我对田老师的看法就更差了，觉得一个老师怎么会那么不正经——之前的严肃也好像成了假正经。不过，我对他的感觉好不好也没什么，因为他已经不再是我的老师了。再后来，也就是我读初二的时候，听说他就从乐平里小学退休了。

那时候，县里在乐平里村的伏虎山山头新修了一座屈原庙。之所以修屈原庙，原因不言自明，因为传说中他就是乐平里香炉坪的人。当地的老人说起屈原来，也都以身为他一千多年后的同乡而在举止间闪耀出一种难以名状的自豪。就连周围的岩石、水井、山洞、稻谷、鸟雀等，也都和屈原攀上了各种各样的关系：红梗红穗的稻子被说成屈原泣血而染成的，三星坡的那口老水井被说成屈原的照面井，荒山野岭中的山洞也被说成屈原的读书洞。到底是不是这样呢？我那时候根本不懂，也完全没有兴趣。在我看来，那口老水井只不过是我们小学旁边的一口浅井而已，我不但往里面丢过石块还撒过尿，而那个读书洞也不过是我们夏天偶尔会去蹭点凉气的一个破山洞。相比之下，新修的屈原庙倒是很气派，基石、石碑、香炉什么的也是从已经坍塌的老屈原庙搬过来的，算是继承了香火吧！不知道怎么的，田老师退休之后就去了屈原庙里守庙，吃住都在庙里。

庙建成之后不久，学校还组织我们去参观过一次。其实也没什么好参观的，因为那里除了屈原一个佩剑的石头雕像外，就是空空的一座庙而已。但是田老师很积极，他带领着我们前前后后参观，瞻仰屈原像，集体背《橘颂》，还给我们讲屈原的事迹，说了一些“从小要好好读书，从小要敬仰屈原，学习他高洁的情操”之类的话。记得我当时听了一直忍不住想笑，因为就在他说这些的时候，我想起的却是他那个相好，是他和他那个相好的勾当，是他举起一架高倍望远镜偷窥乐平里小学的样子。因为，据说自从他那个相好的老公从外地回来之后，他们的关系就被迫中断了，但是他仍然对她念念不忘，不但经常在庙门前那块开阔的空地上往学校的方向眺望，甚至还买了一架高倍望远镜偷窥她在学校的一举一动。这让我觉得他就是一个类似偷看女人洗澡的猥琐老男人。

一想到这些，我就从正在大殿里聆听田老师教诲的队伍里偷偷溜了出来，装作若无其事的样子在庙里到处转悠。我一边转悠，一边打量着庙里的那几个房间，房间并不多，一间用来堆放杂物的，一间是“骚坛诗社”的办公室，还有一间是陈列书法石刻的。最后一间在庙门旁边，门是关着的，但并没有上锁，我推开一道门缝向里面看了看，除了锅碗瓢盆什么的，里面只有一张桌子、一张床和一个书架，桌子上是几本摊开的书和一些写满了毛笔字的草纸，床上是用四根竹竿撑起来的一网蚊帐。不消说，这里应该就是田老师的住处了。我轻轻地推开房门，蹑手蹑脚地走了进去。无论桌子上还是书架上，无论是抽屉里还是枕头下面，也无论是草纸堆里还是墙角的一口陶罐里，能找的地方我都翻找了一遍。不过很可惜的是，我并没有找到传说中田老师的那架高倍望远镜。

当我从房间里出来时，他正好也从大殿里领着学生走出来，我有点尴尬，只是等他走近后喊了一声“田老师”。他笑着说：“你去镇上后怎么也不回来啦？快把我忘了吧？”我连忙说：“没有没有。”他把我拉到房间里，问我了不了解屈原。我说在课文里学过。他说，屈原就是我们这里的人，不但要在课文里学，还要在现实里学。接着他又问我喜欢不喜欢诗，有没有读过屈原的《楚辞》。我说我喜欢古诗词但是更喜欢现代诗。他就说现代诗没有味道，还是写古体诗，要先学会平仄什么的。但我没怎么继续听他说，找了个空档就跑掉了。后来，在这段长达十三四年的时间里，我和田老师也就没什么来往了。我初中而后高中、高中而后大学、大学而后毕业，直到去了市里一家杂志社工作，而他则一直守着他的庙。不过，偶尔还是会听到他的风流韵事——他看女人的眼神很不正经、哪个女人又成了他的相好、他经常在庙里和女人乱搞等。据说在他八十二岁时，还和村里一个三十多岁的妇女在庙里搞，被他老婆当场撞见了，于是他老婆就从山上搬了下来，不许他一个人住在庙里了，而是一起住进了庙后面的一栋房子。他的这些男女之事，似乎已经成了当地公开的秘密和大家茶余饭后的谈资。

3

很多年后，也就是我在杂志社做主笔的那几年里，我和田老师见过三次面。那时候，他大概听说了我在做的事情，就找人要了我的电话号码。有一天晚上，他给我打电话，说他是田老师，要来市里买一种药，问我能不能帮忙带他去药店看看。当时他已经在市里住了两天，于是我就去旅社看他，见了他才发现并不是他生病了要买药，而是他要给当年的相好吴老师买药。“田老师，你怎么还给她买药啊？”我明知故问地问。“咳，我不给她买谁给她买呢？不给她买，我心里过意不去！”他有点难为情地说。后来我才知道，他不但给吴老师买了药，还把自己攒下的几万块钱都给她看病用了。第二次见他，是他说喜欢吃西蓝花，想在庙后面的菜地里自己种一些，要我帮他买点西蓝花种子，我给他买了一些送到庙里，他当时正在洗木耳做饭——他血压高经常吃木耳降血压。他非要留我一起吃饭，我说还有些事，把西兰花种子放下就离开了。另外一次见他，是他给我打电话要我回来一趟，说是要我帮忙调查村里一个腐败的村主任。他很有正义感地说：“这个人太坏了，我已经写好了材料，你有空了回来一趟拿过去报道一下。”后来，那个村主任确实受到了处分。

再后来，他就一直没给我打过电话，我也从来没联系过他，更没有想过去看望他什么的——就连和小学同学聚会时也尽量避免提及他的名字。直到前几年，有几个去乐平里寻访屈原故里的外地记者将他几十年如一日守护屈原庙的事迹在北京的一家媒体上报道之后，在我们市里引起了一些反响和领导重视，于是我们杂志社的头头也让我去采访一下他，做一篇深度报道。我就带着这个任务又回去了一趟。其实有什么好聊的呢？他的那些事情我大概也都知道，我只是不想像那些不明就里的媒体一样一窝蜂地去报道而已。那天上午，和田老师聊完他守庙的那些事情之后，他问我："你有没有合适的人给我推荐推荐，我想找个徒弟，不然这庙以后就没人守了。"就这么一来二去，我就和他扯起了闲篇儿。不扯不要紧，这一扯之下，我才发现我对他的了解实在太少了，除了他给我当过六年小学老师外，除了他那些众口腾传的风流韵事外，除了他长年守护屈原庙外，我第一次发现他过去那些遥远隐秘的岁月里竟然还隐藏着那么多事情。

下面，为了叙述上的方便，我将以田老师的口吻叙述一下他的经历。而且，事实上当他面对面跟我说起这些时，在某种程度上我也借助于声音和想象成了他，经历了他所经历过的一切：

1929 年，我出生于一个贫农家庭，是家里唯一的孩子。我七岁入学，读过八年私塾和两年国民小学，1949 年毕业于秭归简易师范学校。毕业后，当时住在我家里的一个解放军排长，就介绍我到秭归县政府参加革命工作。县政府当时的负责人贾觉民秘书，先是派我运粮到巴东县的西溪口支援前线——那时候巴东县的野三关还在激战。于是我就带领了十几个人，押送了十三艘装满苞谷的木船过去，但是没想到的是，在那里打仗的东北部队完全不习惯吃苞谷，所以我们的苞谷也就一直没交出去，直至延宕了数月，又把送过去的苞谷全部运了回来。回来之后，贾秘书又派我到南岸仓库做征收工作，主要是收粮食，同时也收国民党溃败部队逃走时丢弃的枪支弹药。在县政府工作一年多后，也就是1951年秭归县恢复教育时，我被调到教育战线上工作，当了七八年的老师。

1958年，在那场席卷全国、改变了几十万人命运的“反右”运动初起之时，因为听信“知无不言，言无不尽，言者无罪，闻者足戒”这十六字方针，我将之前统购统销时期见到的一些地方干部煮酒享乐、浪费粮食的违法行为报告了工作组，我有数据，有地点，也有参与人，使得那些干部得到了应有的处罚。但是，我万万没想到的是，我自己却在事后被定为“右派分子”。我不明白，我一个贫苦农民家庭出身的学生，怎么就成了“右派”？我更不明白，我一个对旧社会有切骨之恨、对新社会无比爱戴的人，又怎么会反党？那时候我凭着一个“理”字据理力争，结果惹恼了“反右”办公人员，于是就从“右派”升级成“反革命分子”——罪名是说我当年收缴国民党溃败部队的枪支弹药时私藏了三十二条枪。我被上手铐、加脚镣，在几个月里受尽惨痛折磨。无奈之下，我承认私藏了三十二条枪却又交不出这三十二条枪，于是在签字认罪之后被判刑八年，送到沙洋农场劳动改造十一年。

可怜的是我的母亲黄氏和父亲田大钧。他们长年辛勤劳动、终日口攒肚落，终于培养了一个参加革命工作的儿子，却没料到在儿子参加工作九年之际，突然就遇到了天降灾祸。我被送去沙洋农场劳动改造之后，我的母亲天天哭、夜夜哭、走着哭、坐着哭，最后终于卧床不起、患上重病，但是直至临死前她也难以见到她儿子的最后一面，只能拿着我的照片紧紧贴在胸口断了气。而我的父亲，那位老实巴交的农民也哭瞎了眼睛。我双目失明的父亲，我背负着“反革命”家属冤名的父亲，在长年累月之中受到当地公社食堂的歧视，每日两餐只见菜水不见粮食。他受不了这样的待遇，于是怀揣着写有我地址的一张字条开始沿路乞讨，几个月后才走到我劳改的沙洋农场。他的目的只是为了找到儿子、吃上几顿饱饭，然而不幸的是，去了七天之后他就病死在我的怀抱之中。

在那个地跨荆门、潜江、天门、钟祥、京山五县市同时也是全国最大的劳改农场，我白天要参加劳动——种棉花、种大豆、种土豆、栽树，晚上还要参加集体学习，学习不好了还要挨批斗。沙洋农场是一座关押管教各类犯人、以劳动改过自新的特殊农场，我们每天出工、收工都要排着队，一路上高唱“毛主席语录歌”，但很多人并不懂农业生产，甚至闹出一些笑话，譬如用牛耕田时不知道如何让牛转弯，就对牛吆喝：“喂，右转弯！”“喂，左转弯！”耕累了想休息一会儿就对牛喊：“牛，你站住吧！”当然，我出身于农家，不可能会闹这样的笑话。劳改十一年后我被释放了，在回家之前，我给农场打报告说要把父亲的骨殖一起带回去，答复说“不行”，我一次次软磨硬泡、哀告呼号，得到的答复永远是“不行”。在一个趁人不备的夜晚，我带着铁锹来到父亲位于河岗子的墓地——怕他的尸骨被河水冲走，当年我坚持要把他葬在高处。挖出父亲还残存于棺木中的骨头后，我用河水一点点把它们洗干净，放进布袋。然后我就怀揣着布袋把他带了回来，安葬在家乡的一个山坡上。

不单单是我的父亲，受牵连的还有我的妻子和儿子。当年我被送去劳改之后，我的妻子和儿子就失去了依靠，生活的艰难和多年的独守空房让她被动或主动地接受了一个另有家庭的乡镇干部，她和那个乡镇干部又生下了一个儿子，最后却被对方无情抛弃。在我劳改归来之后，妻子觉得没有颜面再面对我，于是就带着两个儿子回了娘家，但是我主动登门把她们母子三人都接了回来、重归于好。我觉得这个责任不应该由妻子来承担，要她守十几年空房她做不到，也不人道。同时我对那个不是自己亲生儿子的二儿子也很好，甚至比对大儿子还要好，我给大儿子取名“贪德”，给二儿子取名“广德”，就是因为在那个年代世间无德，所以我才要自己的儿子牢记一个“德”字。

被释放回来之后还不算完，整整十年，我也没能为自己平反正名。那十年里，我在生产队受夹管劳动，白天参加劳动，夜晚批斗反省，一天只有九分钱的待遇。1979年秋天，中央给“九类分子”摘帽的政策下来之后，我连跑了法院八次也没有争取到平反，全县七百二十名教职工中的二百零九名右派，有二百零八名平反了，唯独我一个人没有平反。在走投无路之际，我以“要帮共产党把反革命手里的三十二条枪追出来”为由给中央军委主席邓小平写信，来回二十多天后，收到了盖有钢印的中国人民解放军总参办公厅回信。大意是，XXX同志，你的来信已收到了，希你持此信去原判单位洽谈，若洽谈不成，再持此信来北京。我拿着信去法院，他们还是处处刁难我，但态度上已经好多了。后来我的工作也安排了，还是继续当老师，工资也发放了，但就是平反一直遥遥无期，直到现在也没有得到一个说法。总参办公厅的那封回信，在我交给法院之后也一直没有返还给我，后来我查了很多档案也没有查到。

4

那天，我和他坐在屈原庙大殿前的台阶上聊了整整一上午。阳光从我们头顶那块四方形的天空中洒下来，洒得我们满身满眼都明晃晃的，很真实，也很恍惚。此前我从没想过我们会有这么一天，以这种方式在这种地方说这种话。在这个上午，好像他不是我曾经的老师，我也不是他曾经的学生，他也不是我的采访对象，我也不是采访他的杂志社主笔，而是一对多年互视为敌却不明真相的旧日同伴，我们互相印证着彼此缺失的记忆和过于主观的印象。提起以前的这些往事，他劲头很大、谈兴很浓，一会儿捶胸顿足，一会儿仰天长叹。能看得出来，他已经很久没有这样说话了。快到下午一点时，他爱人把饭菜送了过来，他就要我和他一起吃。这一次，我没有推辞。

“那……既然你爱人当时跟别人生了小孩，你就没有想过离婚吗？”在他的爱人——一个看起来比他小几岁但已经满头白发的老太太离开之后，我一边吃饭一边把话题转移到了这里。这些我一直想弄明白而一直都没机会弄明白的问题，如果现在不问，恐怕以后的机会越来越少了。能看得出来，他眼神中突然闪现过一丝异样——估计是没想到自己曾经的学生、现在的杂志社主笔会这么问，但还是回答了：“我有我的原则，我们在二十二岁结婚，是互相交过童贞的，这一点要珍惜，不能因为中间遇到过波折就不珍惜。我不可能离婚，当时没想过，后来也没想过，以后更不会。”

“那你能真正原谅她吗？”

“不原谅也得原谅，不原谅就是不人道，原谅才叫人道，这不是理想而是理智。我是个男人，我知道女人对性的需要远远超过男性，何况她二十二岁就生了孩子，守空房十几年，怎么能守得住呢？！”

“听说你对二儿子很好，我想应该也是真的吧？”

“孩子是无罪的，我都一样对待，我自己亲生的就是一个儿子一个姑娘，我也当他是亲生的。那么多人没有生育，去抱养别人的孩子，不是一样嘛。这也是世间蛮普遍的事情，与孩子何干呢？”

“听说你……听说你以前，除了那个吴老师，还有过别的女人，不知道是不是真的……”

“嗯，都是真的。不过有的可以说，有的不可以说。我今年八十八岁了，已经无所谓了。就是牵涉道德，我也有我的理由，何况我也不是天生的道德败坏分子，我也有难言之隐。”

“难言之隐，什么……难言之隐？”

“个人难言之隐，你也是成年人，应该明白，我也有欲望，也有想法。古话说，杀父之仇，夺妻之恨，当年那个乡镇干部能这样欺负我，我又怎么不可以呢？何况我又不滥，我的相好都是自愿的，互相既有生理需要，也有情感和精神交流。她们要么是老师，要么是国家干部，反正没一个文盲。”

“为什么非要找老师或者国家干部呢？”

“因为跟我老婆在一起的那个男人就是国家干部，我当时的确有点儿报复心理。”

“在彼此都有家庭和孩子的情况下，你觉得这样做是不是不道德？”

“可能也有不道德的地方吧，但是我觉得还好。只要不越轨、不离婚、不破坏对方的家庭，我同样可以把爱情把身体分一部分给别人，农民不分，只分给那些老师和国家干部。”

“那你们后来呢，这样的关系会持续到什么时候？”

“现在都没有联系了，这一点我很自觉，既然断了，就减少对彼此的影响，再联系就是破坏别人家庭了。以前，她们很多都是一个人在家，男人在外面工作，现在男人回来了，我们也就断了。她们都比我小，起码小十几二十几岁，也有小三四十岁的。”

“你的三个小孩不知道吗？他们会怎么看你这个父亲？”

“可能吧，子女应该听过旁人的冷言冷语，但详细情况不知道，我也不知道他们怎么看我。二儿子脾气挺好的，也知道自己不是亲生的，但不知道生父是谁。她母亲肯定知道，但是不会说出来。”

“你在屈原庙里有三十多年了吧，当初为什么会来守庙呢？”

“在读私塾的时候，老师在课余就经常讲屈原，讲他的爱国精神，讲他提出的反腐倡廉、纳贤的政策。所以我从小时候起就对屈原很敬仰，屈原的精神不光是华夏民族的需要，整个社会都需要。这个庙有什么好守的，也没什么值钱的东西，我守的是屈原精神，心甘情愿来守的，义务的。”

“这么多年在庙里不寂寞吗？”

“不寂寞，寂寞了就读屈原的著作，读了就不寂寞了。屈原的六十五篇文章都刻在大殿里的碑上，是我私人拿出三四万块钱刻的碑，我的老同学姜朝凤写前面部分，我写后面的部分。”

“那以后怎么办，你年纪也这么大了，后面谁来守庙？”

“这是个问题，年轻的耐不住寂寞，年老的又不知道屈原，我死后怕是没人守了。”

当他说完这句话时，我下意识地扭头往大殿里瞥了一眼。透过大殿虚掩着的大门，我看到了屈原的那尊佩剑雕像——我之前竟然丝毫没有意识到这一点，他好像一直在倾听我们的对话。

吃过午饭后，我提议他去房间里休息会儿。田老师摆了摆手：“算了，趁着还能走动，你陪我去一趟山上吧！”后来我才知道，他所说的山上就是他父亲的墓地。那天太阳很毒，他拄着拐杖步履蹒跚地带我沿一条羊肠小道上山，他的劲儿头很大，但是他的年纪和他的病体却让他不得不每走几步就停下来歇一阵儿，大口大口地喘一会儿粗气。他也不要我搀扶，坚持要自己走，于是那段不到两公里的山路我们走了差不多一小时才走到。他父亲的坟在一处荆棘丛生的土坡上，为了爬上去，他休息了很大一会儿，但这并没有用，试了几次他还是没能爬上去，无论我在后面怎么推也推不上去，于是他就让我先上去，再拽着他的手把他拉上去。我放鞭炮，他烧纸、磕头，长跪不起，泪流满面。

祭拜完父亲，他又说带我去看他自己的墓地。他的墓地距离父亲的墓地不远，就在下山的位置，远远就看到了。从中国传统的堪舆术角度看，那的确算得上一块风水宝地，北倚苍苍青山，面朝潺潺绿水，远观形似一只下山的乌龟，而且在“乌龟”的旁边还有一条正吐着信子的“蛇”。在那块敞亮开阔、香气扑鼻的油菜地里，我一共看到了三方墓碑，都是田老师立的，一方准备留给他的老同学姜朝凤，一方留给他自己，这两方墓碑并排着立在一起，而后面几步之处的那方墓碑才是他爱人的。他的墓碑上已经刻了两副对联，内联是“千锤百炼能固我，三回九转耐磨人”，外联是“今世还清前世债，聚时欢愉散时悲”。都出自他的手笔，也都是他对自己这一生的自况和总结。

回来的路上，他一直在不停地重复着一句话：“只要承认了错误，就相当于没犯错误啊！”我便一直拿话安慰他：“过去的都已经过去了，你不是已经都放下了吗？现在你是超然之身，差不多就像屈原一样了啊。”他听后笑了笑，说离屈原还远得很呢，然后就自顾自地哼唱起《橘颂》来——后皇嘉树，橘徕服兮；受命不迁，生南国兮；深固难徙，更壹志兮；绿叶素荣，纷其可喜兮……就这样一边唱一边走。就在我们快走到山脚时，迎面碰到他正上山来的二儿子广德及其孙子——也就是田老师的曾孙子。他的曾孙子今年还不到五岁，但是看起来已经非常懂事了。远远地看到我们，他就从爷爷的手心里挣脱了出来，一路跑到太爷爷的身边牵起他的手。就这样，田老师和曾孙子走在前面，我和他的二儿子跟在后面。看着这一老一少，有那么一瞬间，我发现我的田老师真是太老太老了，他活了那么久，活了漫长的八十八年，而我还在长大的过程中。

充气娃娃

1

前年年底，丽江永胜县搞过一次文学活动，我也去了。某一天下午，主办方安排我们去参观金沙江上的鲁地拉水电站。两岸夹山，坝高水深，水不但深，而且因为水土、岩石等因素而呈现出一种碧绿色。旁边浑圆形的山体，在水面下倒映出一个幽暗的浑圆来，侧着就像一个巨大的椭圆。那天天气很好，白云飘翔蓝天，由远及近的山体在十二月的阳光下散发出或赭红或苍黄的色彩，煞是好看。我们一行十几人，有男有女，驱车两三个小时后来到坝上。坝上的我们，三三两两地来回走着，一会儿远眺，一会儿拍照。

不知道是谁那么眼尖，从坝桥上隔着几十米的距离，竟然发现了漂浮在江面上的一个充气娃娃。接着，就是几个最初发现的人对着水面的方向指指点点，小声地议论着，或开着男女皆宜、无伤大雅但是又能让人心领神会的玩笑。再接着，就是一串爽朗中又带着那么一点抑制和暧昧的笑声，笑声吸引了周围和走在前面的人，于是大家都围拢过去看，靠在大坝栏杆上顺着某只手所指的方向努力探寻。终于看见了，浅粉色的“她”

就位于大坝的拦污栅里，周围漂浮着泡沫板、塑料袋、矿泉水瓶、破烂衣物和卫生巾之类的物品。“她”的一截身子隐没在水面之下，一头凌乱的乌黑短发半浸在水里。

鲁地拉水电站之行，那个充气娃娃给我们带来的兴奋，可以说远大于那里的景致。一个临时性的偶然发现，在一群富有想象力的诗人、作家、成年男女中荡起的涟漪，以及由其所致而可能产生和传递的某些关系，或许远胜于那次参观本身。怎么说呢，这就像一群熟人在某个景点看到了裸体女性雕塑，或看到米开朗基罗著名雕塑“大卫”的老二，尤其如果还有年轻漂亮的异性在场时，每个人内心和表情上总会产生某些异样。它既公开又隐私，既光明正大又偷偷摸摸。而借助于此，某些潜藏的暧昧也得以蔓延或挑明，顺水推舟顺理成章都是应有之义。不过，我想说的还不是这些。

后来，我又从那幅放大了的照片上看到，那其实并非充气娃娃。我的意思是说，它不是需要充气或打气的那种，而是全身都是硅胶倒模的那种，就跟服装店里那些穿衣戴帽的银灰色塑料模特差不多。而它所出现的位置，鲁地拉水电站的拦污栅，说明了它来自这段江水的上游，或附近的村镇。当然，说它来自水电站某位工人的单身宿舍，也不是没有可能。不妨想象一下，它原来的主人，应该是个长期饱受性压抑的中年男人。在人群中，他是很不起眼的那一个，甚至在形象上还有点潦倒和猥琐（之所以说猥琐，这源于他平时目不斜视地盯着漂亮女性的表情）。但是他强壮有力，拥有一身晒得黝黑而结实的肌肉。

他的妻子远在外地，或者已经去世多年，也可能他压根儿就没有娶过老婆。为了叙述方便，暂且就叫他永胜吧，叫永生也行，随你的意。

永胜是在网上买来的那个充气娃娃，不，硅胶娃娃。收到货时，与图片上某个明星容貌相差很远以至有点惊悚，这让他并不满意，甚至产生了几分恐惧。但是，幸好他多买了一个头——不像第一个那么恐怖，于是他拧下来第一个换上第二个。不过这个弹性不错的硅胶娃娃，并没让永胜即刻产生高亢的性欲，他用一个花面被单将其裹住，藏在了床下。后来，在某个性欲又一次排山倒海而来的夜里，永胜想起床底下的硅胶娃娃，并搬了出来。就着昏暗的灯光，永胜伸出他那双长满了茧子的粗糙大手，按照说明书上的步骤，一一给她装好阴道倒模、挤压加温袋内的铁片、抹上润滑油，最后和她完成了一场男欢女爱。这场比他想象中还要激烈的性爱，甚至让永胜在柔软粉嫩的硅胶娃娃上留下了一排排油腻的指纹——这是他第二天把它拿到卫生间冲洗时发现的。搞完之后，永胜已精疲力竭，他仰卧在床头抽了一支烟，劳累带来的惰性让他不想再把硅胶娃娃用花面被单包裹住藏好，而是就那么随便一扔就沉沉睡去。这导致的一个后果是，在半夜打开灯上厕所时，永胜被倚在墙上的那个塑料模子吓了一跳，她狞厉的表情和凌乱的短发甚至让他跌坐在地。

不过，我们的永胜很快接受并习惯了这一切。在之后的日子里，这个经常被他唤为某个女明星的硅胶娃娃，就成了他睡觉前和睡不着觉时的一个依赖。一年半载后的某天夜里，终于承受不住永胜那双有力大手而漏水或漏油的硅胶娃娃，在永胜最后一次激烈的蹂躏下提前报废。而后，永胜披衣起床，一手夹着劣质烟卷，一手扶着用花被单裹着背在背上的硅胶娃娃，蹑手蹑脚地穿过厂区的几排宿舍和吱吱呀呀的大铁门，来到在明亮的月光下依然那么碧绿的金沙江边。他只需用力一抛，就抛掉了还带着他体温但此时此刻已经彻底沦为废品的硅胶娃娃。然后，他头也不回、一身轻松地背着双手返回宿舍。至于那个硅胶娃娃，则在江水的拍打和裹挟中一路向下，与泡沫板、塑料袋、矿泉水瓶、破烂衣物等之类的物品一起，浩浩荡荡地奔流而去。最后，它停泊在鲁地拉水电站的拦污栅里，被我们以及我们之前和之后的人所发现。

2

老实说，我从没见过更没用过充气娃娃（当然，也包括硅胶娃娃）。鲁地拉水电站拦污栅里躺着的那一个，是我平生第一次所见。但并非我迄今为止所见的唯一一个。因为在那次活动的大半年之后，那时差不多已经是秋天了，我和艾先还去桂林参加过另一个文学活动，在大圩古镇旁的漓江边，我们也见过一个充气娃娃。但是这一个并非硅胶的，而是充气或打气的那种。

因为提前两天到达桂林，我们便决定去周边游玩一番。某天下午，我们来到大圩古镇，穿过古色古香的屋舍、鹅卵石和废弃小铁船遍布的滩头，去江边看人垂钓、烧火或者游泳。在那里，我们遥遥看见远处的一截废弃石桥，就穿过干涸的河道和洪水过后树梢上挂满了各种垃圾的那片树林，前往那座废桥。事实上，吸引我们前往的还不只是那座废桥，还有桥面上三个正在拍照的男女，两女一男。我们到达时，那个比一旁的两个女生还女生的男生正摆弄着一块白色披肩，一会儿做展翅高飞状，一会儿又做俯首低吟状，其中的一位女生则或趴或卧地给他拍下那些翩翩玉姿。

那座断成两截的废桥并不是什么古桥，当然，周围的景也不算什么好景。倒是桥下有个汉子正在潜水摸鱼，我看了会儿，等他好久都不出来正准备走时，一眼扫到桥下江边的那个充气娃娃。它的整个身子躺在一汪水草之中，一双手脚浮在水中，也是凌乱的短发，两只眼睛忧郁地、乌溜溜地大睁着，让我们顿时想起了吕约的那句诗："欢爱时闭上的眼睛／在仇恨中睁开了／再也不肯闭上／盯着爱情没有看见的东西"。跟在鲁地拉水电站看到的那个不一样，这个娃娃除头部、四肢和胸部是硅胶制成的之外，其他地方都只是一层薄薄的粉红色塑料膜，使用之前需要充气。在我跑到江边给它近距离拍照时，那两女一男，也跟着注意到了这个充气娃娃。他们不再拍照了，一边斜着身子往我这边看，一边低声议论着什么。

我不知道她们在议论什么，想必也无非我们在鲁地拉水电站前议论过的那些，可能还有奇怪于我此刻的举动。我没有也没法理会她们的奇怪，或许当时可能因为她们的奇怪还意淫了她们一番，这是题外话，不表。我想说的是，尽管是下午，尽管桥上还站着艾先和那两女一男，近在咫尺的这个充气娃娃，它所代表的女性身份和逼真的五官表情以及因为泄气而凹陷下去的极不真实的胸腔、手臂和腿部，还是让我一度产生了恐惧之感，仿佛那就是一具被抛弃在此的真实女尸，而她因为被抛弃而在仇恨中睁开了双眼，并时刻睁着，再也不肯闭上。就像一个强奸杀人案现场的摄影师，我前后左右拍过几张照片后，就逃也似的从江边回到桥上，拉着艾先离开了。

从鲁地拉水电站返程时和从大圩古镇返回桂林时，或者说就在我写这篇东西时，尽管我努力想象编织的是永胜，但另一个人的形象却止不住地从我的记忆中浮出来。或者说，在我所虚构出来的永胜身上也有意无意地投射进了他的影子。

他是我的邻居，人称“二黄”。与我们那儿的所有人一样，他也是一个农民。但与其他人不一样的是，他同时也是一个拾粪工。之所以说“工”，其实是我的便宜行事。事实上，这份差事既不是谁给他安排的，也没谁给他发钱，这完全是他的自发行为。同时也要澄清一点，倒不是说二黄有多优良的品质和多高的环境意识，而是因为他种地需要肥料，而他又买不起肥料。我记忆中的一个画面是，无论春光明媚、秋高气爽还是寒冬腊月，他总是用一柄把儿很长的铲子挑着个竹编的粪筐到处溜达，于路边每看见一泡人屎、牛屎、马粪就停下来，铲了丢到粪筐里，然后继续溜达着寻找下一泡。因为拾粪，所以他身上经常很臭；又因为身上很臭，所以少有人跟他来往。

不知因为身上臭，还是别的原因，二黄一直没有老婆。他的父母早已死去多年，他的几个姊妹出嫁的出嫁，他的几个兄弟也分家的分家。作为一个一人吃饱全家不饿的老光棍，二黄就在某个弟兄家旁边搭了两间棚子，一个人住，一个人吃。从我记事时开始，他就住在那里，而且从我记事时开始，他就作为一个五十多岁的光棍住在那里。

那时候，我之所以会经过并进入二黄的棚子，一是因为好奇，二是因为无聊（尤其是假期或父母下地干活之际）。他的棚子里很简陋，一间堆着粮食、农具和杂物什么的，另一间是他乱糟糟的住室兼厨房，但是并不臭，至少不像我们想象的那样臭。那时我七八岁，每次看见我在他棚外，二黄就会把我喊进去，问一些让我当时很不好意思但又不知道为什么不好意思的话。譬如他会问："某某（村里某个女人的名字）的奶子是不是很白？某某的屁股是不是很大？某某愿不愿意跟我搞一搞？"当我回答"是"时，他就表现得很兴奋；而当我回答"不是"时，他就有点沮丧，并非常急切、近乎哀求状地让我改口。大部分时候，我都会顺着他的意思说，但也不乏故意以否定的回答来捉弄他。不过，无论我是肯定还是否定，二黄都没有当着我的面做过什么出格的举动。

还有一个细节。就是每当村里有人家结婚时，二黄必定会提前一两天到场。这时候，他当然就不再背着那个臭烘烘的粪筐了，而是帮着赶制流水席的灶上烧火、刷盘碗、摆桌椅，或者忙活别的杂务，且不求什么回报。到了结婚那天的中午十二点，拜天地正式开始之时，也就是二黄最期待也最激动之时。在我的记忆中，门槛、条凳、墙头、板儿砖、猪槽都曾经被他用来做过垫脚之物，以增高着他那矮壮矮壮的身躯，好把他热切的目光穿过里三层外三层的头颅而准确送达新娘子身上。

后来，差不多又过了十年，在我读高中的时候，二黄死了。不是病死，也不是遭遇车祸，是他在大夏天光着膀子打一种叫“1605”的农药时，毒液从汗腺进入体内中毒死的。这种药毒性极强，强到几乎难以抢救，我记得那时候经常听说谁家的小媳妇或老太太喝药而死，喝的就是这种药。二黄，这个一辈子没讨上老婆的农民兼拾粪工，死在了他的六十岁出头，而且很有可能的是，到死他也还是处子之身。据说，为了能进祖坟还是辟邪什么的，二黄还被配了冥婚，棺材里被放进了一个跟真人差不多大小的由泡沫塑料做成的女人，穿着一身新娘子穿的大红色衣裳。在我听说这件事时，记得我还想象了一下那个惊悚诡异的画面，顿时让我不寒而栗。在二黄刚死的那几年，这事儿一度成为众人茶余饭后或麻将牌场上的笑料谈资，但后来也就慢慢变得乏味，没人再提了。

二十多年后的今天，我曾经生活过的那个村庄，几乎不再有二十年前的旧房屋。家家户户基本都换成了两三层的小洋楼，也很少有谁家还养猪马牛羊和鸡鸭之类的家畜家禽了。也就是说，村里村外、田间地头等原来经常可见粪便的那些地方，如今也已变得十分整齐光洁。假如我的老邻居二黄活到现在，估计也已经无粪可拾、无肥可用。他的那把长柄小铲和那个竹编粪筐，此刻应该正高悬于草棚的屋山墙头，锈迹斑斑，积灰一层。假如他活到现在，也大可不必再从我或类似于我当时年龄的小孩口中套得那些用于意淫的言辞，只需买一个或托人买一个充气娃娃，就能快活一番。但事实上，如果不是在鲁地拉水电站和漓江边看到的那两个充气娃娃，不是因为想象它们的主人，我几乎已将二黄忘记得一干二净了，更忘记了坟包中那个泡沫塑料做成的女人。至于那个“女人”，想必早已腐烂成一团空气了，二黄那副矮短的骨殖旁边应只剩下那身大红色的新娘衣裳，就像那个女人从未在二黄生前来到过他的身边一样。

我的“岳父”

他姓付，名荣华，今年五十五岁，个头蛮高，不胖，胡子拉碴的，挺黑。他在马口镇最脏乱又最繁华的地段开了个店卖鞋。乡镇鞋店小老板这个身份与他的名字似乎很不相符，但他就是这么叫的，倒也很真实。本来他跟我什么关系都没有，连认识都不认识，甚至连认识的机会也没有。但他是我女朋友的父亲，于是他就在与我没见过一面的情况之下成了我的“岳父”。至少目前看来，未来十分具有这种可能性。是这样的，她说定了一个日子，要我一起回她的老家看看——也是被看看，于是我就跟她一起回家看看。回去之后，就见到了他，我那加引号的“岳父”。

路程很近，坐动车不到半小时的样子，是他的小儿子（他有两儿一女）开车来接的站。接回去了，他和妻子——也即我那加引号的“丈母娘”——当然非常热情，等我把象征未来姑爷一片心意的烟、酒、蜂蜜、补品和粽子（时逢端午）等礼品一卸而下之后，就被请到了饭厅去吃午饭。饭菜十分丰盛，以尽一个小镇家庭对未来姑爷的一片盛情，有蹄髈、香肠、排骨山药汤、炒豆角等，还有酒——白的啤的都有。陪他喝了几盅、也抽了几根，在吃、喝和抽的间隙，他和妻子及时而准确地见缝插针问了问我以及我家里的情况，之后他又说了一些与历史、战争相关的话题。虽然他操着一口不太好懂又语速很快的方言，但我还是大致听懂了并表达了一些我的看法。可以看得出来，他对我的看法挺赞同的。这个赞同并不仅仅针对我的看法，我以为。

吃完了饭就吃瓜，就吹风扇，就聊天，就休息。休息完又吃晚饭，晚饭跟午饭一样丰盛。伴随其间的话题很杂，既有他的询问也有自述，询问也不外乎一个初次去女方家登门拜访的小伙子所被询问的那些。他的自述从他早年在武汉汉正街摆摊子卖鞋开始，到他回到马口镇上开店卖鞋为止，于是我得到的信息——他这辈子算是跟鞋子耗上了。但这让我想到的一个问题是，他究竟卖了多少双鞋子才把三个子女养大成人，而他还要卖多少双鞋子才能将他们的人生大事都操持完毕？我之所以想到这个问题，是因为他的两个儿子也都和我一样正面临着不断攀升的房价，除此之外，他们还面临的一个问题是——他们还没遇到一个合适的女性让他们有动力去面对这不断攀升的房价。

可能觉得没什么地方招待我去玩，他挺歉意的，到了傍晚时分就决定带我们去附近的天屿湖玩。于是，他和他的妻就带着他的女儿和我去天屿湖。他和他的妻走在前，我和我的“妻”走在后，他们在前面聊他们的，我们就在后面聊我们的。两对人一直相距着十几步的距离，十分契合彼此间的身份和熟悉程度。半路上，他去买了两瓶矿泉水，用一只白色塑料袋兜着，背着手提在后面，用右手的食指紧紧地勾住，并使之随着自己略显滑稽的步伐和心情适当摇晃几下。袋子里的两瓶水，他一直没喝，也没让他的妻子喝，我十分清楚那是他留给我以及他的女儿喝的——因为走着走着他觉得我们该喝水的时候就停下来给我们每人递了一瓶。我们只要了一瓶，另一瓶让他们喝。他们的水很快就喝完了，把瓶子也扔了，但他并没有把那只白色塑料袋也扔了，而是仍像原来那样背着手提在后面。空荡荡的塑料袋子里灌满了风，就像一个气球那样挂在他的屁股上。

去天屿湖的路程还挺远的，要先穿过整个马口镇，再穿过萧条的“3509”厂区，然后穿过一大片田野，最后再沿着一条公路走上一段。等走到汗流浃背的时候，就到了所谓的天屿湖——一大片被房地产开发商围起来的带有湖泊的小区。小区门口岗亭的喇叭里，一直在重复播放着一句我听不懂的地方话。他给我翻译了一下，大意是“天屿湖六点以后关门，不再放人了”之类的。跑了那么远的路过来玩，却又进不去，他就觉得挺对不住我的——他没有说，我是从他的表情里感觉到的。没办法，于是我们就在门口边的亭子里坐了一会儿，抽了根烟，然后他就给小儿子打电话让他开车来接我们回去。车子很快就到了，然后就上车，但是直到坐下来，我还看见他手里仍然提着之前那个装矿泉水的白色塑料袋子。我不知道他提了这么一路是什么意思——因为我们的瓶子也早已丢了。

第二天早上，一大早起来各自洗漱完毕后（因为没有结婚，所以必须分开住），我和女朋友就去前面一栋楼里（他为大儿子和小儿子各置办了一栋楼房）吃早饭。只见他蹲在楼门口，正用一把剪刀剪刚买回来的小龙虾，那些被剪去头部或爪子的小龙虾就被丢在一只铁桶里等着下油锅，桶外就是它们还在微微动弹的爪子和头部，这让我感到既忧伤又幸福。早餐已经摆在了餐桌上，是他刚刚从街上买回来的，三大碗牛骨头面，我、他女儿、他小儿子，人各一碗。他已经吃过了，剪完虾子之后就坐在餐桌旁边安静地看着，一边抽烟一边劝我们吃，直到我们吃不下了还在劝。等我们费力地各自吃完一大碗面，他就心满意足地和妻子去张罗中午的饭菜了。

吃完早饭，我说我们（我和女朋友）自己出去逛逛，去找找马口窑（当地的马口窑曾经是省内三大名窑之一）的旧址。然后我们就去逛就去找了，但是找了半天也没有找到——我们只有一个模糊的方向。正当我和他的女儿在街头四顾茫然之际，只见他骑着一辆摩托车突突突过来了，准确地在我们身边停下来，给我们指明了路线——向前走、一直走、直到看见他，然后他就骑着摩托去打前站了，于是我们就开始按他说的路线走，并留意着正蹲在那家废弃陶瓷厂大门前作为我们目的地标志的他。到了，但确实没什么好看的——只是一个破败的仅仅剩下一些耐火砖瓦的陶瓷厂，而最重要的是我想看的马口窑旧址和他带我们去的陶瓷厂旧址根本就是两码事。于是，也只好进去匆匆逛了一圈，然后又出来。他又骑着摩托车一溜烟地回去了，我们在后面吭哧吭哧地步行回去。

回来的路上，我们还拐到他的鞋店里坐了会儿。见我们进来，他就拿了两瓶水给我们喝，把固定了风向的电风扇让我们吹，于是我得以坐在藤椅上惬意地打量他的鞋店。面积很小，也就二十平方米吧，两堵墙壁和中间的架子上摆满了各式各样的运动鞋，他招呼完两个进店来买鞋却没找到想买的鞋的顾客之后，就让我也挑一双鞋穿，我没挑，他还是坚持让我挑，我还是没挑，于是互相热情地争执了几下就算了。然后我们就回家了，然后就吃午饭，然后就休息，休息完就吃瓜，吃完瓜就吃晚饭，吃完晚饭他就带着我和他女儿去看附近的汉江——因为吃饭时我提到我们中午去过一趟汉江，但只看见了干涸的河道而没看到江水。为了让我看到江水，于是他带着我们沿河堤走了一段，终于，我们在暮色之中看见了那片苍苍茫茫的树林下流泻不止的江水。中途，我停下来给他拍了几张照片，他很少照相，在河堤上努力地摆出了几个无论怎么摆依然显得很滑稽的姿势。

以上所说的，大概就是我第一次见到我加引号的“岳父”时的一些流水账。零零碎碎，其实也没什么好写的，而之所以写了下来，是因为在回来之后的很多天里，我一直会想到那只被风灌得鼓鼓囊囊的白色塑料袋子，我不知道他为什么拿了一路，我也没有问他为什么拿了一路。我只是觉得我的“岳父”真的是太像个岳父了，甚至于在他三十一岁的女儿没有嫁给我之前，他就已经先期成了我的岳父。但是这也未必就是说，在未来的某个时间点，他——一个乡镇鞋店的小老板就一定会成为我的岳父，而是说他在第一次见面之时就给了我一个非常岳父的形象。即使不是他，那么将来我应该也会拥有一个像他这样的岳父，他也可能会拥有一个像我这样的姑爷。至少理论上是这样的。就在这么一想的时候，我突然有点儿难过，我也不知道为什么。

青 芸

1

没见过她的人，也没看过她的照片，但那样的一副相貌又不时会浮现在我的脑海中。在看那本《今生今世》时，在翻读胡晓文的书信时，或者在某个薄暮时分的傍晚。在很多次的想象中，我为她描摹出了一副这样的容貌：个子不高，胖胖的身材，白皙的皮肤，满头卷曲的白发，清秀的五官还隐约浮现在苍老的面容之中，右手的无名指上箍着一枚绿色的戒指，一口略带着浙江嵊州口音的上海话，声音不高不低、不快不慢。很多次我一直想抽空去看看她，去上海巨鹿路的弄堂里的某一间阁楼里看一看她。我也知道她的时间不多了，但我没想到她的时间说没有就没有了。

2010 年 1 月 24 日，胡春雨在上海巨鹿路的家中辞世，享年九十五岁。一个高寿的人，一个有福气的人，一个穿越过百年风云的老太太。单单从这个名字上看，你所想到的无非就是这些。毕竟这个世界每天都会死去十几万人，她也只是那十几万分之一而已。一个人的离开，只会对熟悉他的人造成悲痛或伤感，而这种悲痛和伤感的轻与重，取决于你们关系的远与近、疏与密。事实上我和胡春雨连一面也没见过，在现实中也谈不上有多熟悉，但她的去世给我造成的某种震动又来源于什么呢？应该说，给我造成震动的是另外一个胡春雨，另外一个胡春雨的名字——青芸。这个名字，来源于很多年前我读到、后来多次翻阅的一本书《今生今世》，这个名字藏在张爱玲和胡兰成的名字背后，藏在胡兰成和他分分合合的那些女人的名字背后。它并不闪光，也称不上传奇，但我却记住了。

青芸去世的消息，我是在三天之后才知道的，也就是 27 日。那天晚上 9 点左右，当时我正在国年路的小区里散步（当年我正在上海工作），一个电话突然打了进来，是胡晓文。她是青芸的侄女，胡晓文在电话里说，她刚从台北飞抵上海，她的青芸姑姑三天前去世了！这让我很难相信却又不得不相信，因为在上海的半年里我很多次都说要去看看青芸，听她说说她晋身其中的那些往事，是专程前往或者路过时顺便拜访，都可以——她一直就在我所在的这座城市的某个我清楚的位置，但过于便利这一点一再推迟了我前往的脚步。胡晓文还说，她这次来上海是为了两件事，其一是为青芸姑姑奔丧，其二是受朱天文之托拜访一个名叫倪弘毅的老先生——胡兰成在上海时的得意门生，给他带去《印刻文学》杂志和稿酬，要老先生回忆一些胡兰成的往事，趁思路还清晰时赶快写出来。胡晓文要我帮忙查查去他家的路线，同时也约我去她姑姑在巨鹿路的家中见一见。

人去楼空，青芸住了很多年的那间厅堂，现在已经空空荡荡。墙角的位置，堆叠着几只洁白的、大大小小的花圈和挽联之类的祭品，青芸已经拉去龙华殡仪馆火化了——此时此刻她已经化身成了墙壁上的一幅黑白照片。的的确确，她是一个跟我想象中差不多的老太太，就那样挂在墙上，看着我走进来，看着我坐在小木桌前，看着我和胡晓文慢慢地喝咖啡聊天。胡晓文并没有我想象中那么悲伤，我当然也没有。在聊天的间隙，我时不时抬头和照片里的青芸对望一眼。我说不出那到底是一种什么样的感受，平静压抑着震动，现实冲淡着懊悔。但无论是震动还是懊悔，它们又都在上海那个冬天、那个下午的灿烂阳光中一点点弥散远去了。

早在2008年的六七月间，胡晓文也曾经回过一次上海。那时候我们刚刚认识，她也刚刚从那场大地震中死里逃生——地震发生时，她正在小金县，她受了伤，而且生了病，接连不断地咳嗽、感冒、发烧。劫后余生，她是回上海省亲的，她在地震时无数次想到再也见不到青芸姑姑了，那一次她专门陪青芸姑姑住了好几天，到了晚上偶尔也和我打打电话。那时候我还在桂林，在听说她回上海看姑姑之后，我跟她说，这几天一定要抽空去见一见她和青芸。一天晚上，我和胡晓文在电话里聊天的内容被青芸听见了——她的听力很好，也很敏感，但是精神也容易因此紧张。在听说我要去看她之后，青芸就一直开始念叨我的名字“林东林”。她考虑的是我怎么去上海、去了住哪里、来回要花多少钱等，想得细密而周全。但那次我没有去成，直至青芸去世的两年里也一直没有去成，和青芸也就永远见不上面了。

2

来说说青芸吧，胡兰成在《今生今世》里念念不忘的那个青芸，从浙江嵊州胡村乡下走出来的那个青芸。他们之间是这样一种关系：胡晓文是胡绍钟的长女，她的姑姑青芸与胡绍钟是同父异母的亲姐弟，他们的父亲胡积义正是胡兰成的三哥。在胡积义亡故之后，青芸、胡绍钟姐弟的教养之责全仰赖于他们的六叔胡兰成。胡绍钟跟着胡兰成读书，后来又念完上海交通大学，1948 年去了台湾，后来局势突变，他就此横隔在了海峡那边。生于 1916 年的青芸，本名胡春雨，幼时曾经受过继母的虐待，在她的父亲亡故之后就一直跟随祖母和六婶唐玉凤。胡兰成与发妻唐玉凤，都视青芸为己出，玉凤在去世之前还专门将幼子托付给青芸，望她姐行母职。青芸识书认字，“全是伊（胡兰成）教的，把着手”，“后来伊不教了，我也不去读了，就是伊给的这点基础”。夏天里乘风纳凉，胡兰成还会在稻田里坐把椅子，叫青芸拿把小矮凳来听，六叔要给她讲《圣经》和《三国演义》里的故事。

当时光来到 1939 年，遵照六叔胡兰成的安排，二十四岁的青芸辞别乡下老家，带着十三岁的阿启（胡兰成长子）离开胡村，坐了三天船，从宁波转到上海投奔胡兰成。在大西路（延安西路）美丽园 28 号，在那幢三层红色小洋房里，青芸住了下来，从此就成了半个主人兼整个仆人，一手操持打理着那个孤岛之中的家的里里外外，拉扯胡兰成的五个儿女。1943年，曾经春风得意的胡兰成因为对汪精卫说了一句“日本必败，汪政权必亡”，而遭汪精卫逮捕下狱，胡家的一个用人老炸得知消息后，星夜赶回上海向青芸报信。青芸很镇定，她想了很多救六叔的法子，最后她决定去日本驻汪政权的使馆找和胡兰成交好的池田笃纪，靠了日本人帮忙，被关押四十八天的胡兰成才得以出狱。在生死攸关之际，还是靠二十七岁的侄女青芸奔走相救，胡兰成才保全而出，这是他无论如何也难以想到的，却也应验了他早年在乡下时所说的那句话：“如今只有青芸是我的知己了！”

人世纷扰，青春蹉跎。为拉扯五个堂弟堂妹的生计，青芸一直没有婚恋，耽误了终身大事，一直到三十岁才嫁给沈凤林。当时是胡兰成作为家长给他们主持的婚礼，新婚照上的青芸盛妆端坐，手捧一束马蹄兰，微笑矜持而美丽。虽然当时张爱玲跟胡兰成已结为夫妻，青芸却还比张爱玲大三岁，身为年长的晚辈，她喊张爱玲为“张小姐”，而张爱玲则直呼她“青芸”。在《小团圆》里青芸被张爱玲化名为“秀男”，“俏丽白净的方圆脸，微鬈的长头发披在背上，穿着件二蓝布罩袍，看上去至多二十几岁”。有一次，秀男到九莉住处，九莉和之雍在高楼阳台上看她离去，她在街上还别过身来微笑挥手。秀男告诉之雍：你俩像在天上。张伟群先生曾登门拜访青芸，写成一篇《红烛爱玲及其他——青芸亲见亲闻张、胡生平事证续》，青芸详述胡兰成、张爱玲结婚前后，“两张纸头我看见咯，一对蜡烛插勒馒头里厢，也点蜡烛咯”，一幕幕回放拜堂、签约、媒证、洞房花烛，终令这场情缘公案大白于天下。与张爱玲的婚姻，胡兰成在《今生今世》中是这样写的：“是年我三十八岁，她二十三岁。我为顾到日后时局变动不致连累她，没有举行仪式，只写婚书为定，文曰：胡兰成张爱玲签订终身，结为夫妇，愿使岁月静好，现世安稳。”婚书前两句是张爱玲所写，后两句为胡兰成撰，一旁写的是炎樱媒证。青芸所说的张爱玲和胡兰成结婚的“两张纸头”，应当就是这张由张胡联手起草、全文尚不足五十字的婚书。胡兰成说，他最爱的是旧式婚姻，但是想想看，把一对红烛插在馒头里权充蜡台这样的主意，应该只能出自天才如张爱玲者。独立自我、受西式教育长大的她，当时当地却情情愿愿接受旧时旧式的婚礼规矩，可见在她的内心深处，该有多么渴望被胡兰成认同为妻子！

3

2009年8月，上海展览中心举办全国书展，我前去出公差。忙里偷闲——我仍然没有想到偷闲去见青芸一面，我约了青芸的二女儿亚丽见面，碰巧她的小女儿云英也刚从西班牙回国，她住在昆山，于是也特地赶来见面。在展览中心对面上海商城的一家咖啡店里，三杯咖啡，一个下午，青芸的两个女儿跟我聊起她们的家庭往事，借云英和亚丽之口，青芸后面大半生的形象才渐渐丰富真实起来。

那是一个单独作为个体出场的青芸，一个脱离了胡兰成和张爱玲这层背景却又被编织到这层背景之中不断受其牵连的青芸，一个她的全都要靠自己的一双手挣扎着去打捞的青芸。

1949年之后，胡兰成靠着他的一套脱壳之功退身而出，辗转香港去了日本，后来又去了台湾。没有走的青芸，并不像她的六叔所想的“已经穷饿苦难死了”，而是一直强健地生活在上海。她住在一条老弄堂里，四邻都不知她叫青芸，而是喊她“老虎姆妈”（她的长子沈寅，属虎）。自从丈夫沈凤林死在劳改农场之后，青芸就一个人在弄堂生产组做手工活养家糊口，一家老小此时已经退缩到了二楼的亭子间里。在编织组的收入并不够，为了养家糊口，青芸便去别人家里帮佣，“每月十块洋钿，带小菜，汏汏衣裳”。集市上，早上四五点就开秤了，她便在半夜里早早起来，排在最前面去买紧缺的产品——小排骨、猪肝……有时候，青芸还把编织的活计拿到家里来做，两个女儿也帮着她一起做。她辛苦地维持着一大家子的生活，每到冬天手上都长满了冻疮。每逢月末，米钱她都要向人借，东西也经常拿出去典当，家里经常摞着一沓当票。当时的邻居都夸赞青芸是一个有文化、有见地的女人，生养的一帮子女也都很争气，而她自己也在“文革”之后靠着自修读完了大学——这是后话。

可能跟着六叔见多了风浪的缘故，青芸有着很多女人所缺乏的极为敏锐的政治嗅觉。20世纪50年代，在初兴向党和政府提意见之时，青芸即不要家人去讲什么批评的话；而在后来搞批斗时，因为胡兰成的背景以及沈凤林 1949 年之前的身份关系，批判青芸夫妇的大字报从街口贴到他们的家门口，一直贴一直贴，后来竟然糊满了整个家门口，但青芸不管不顾这些，而是带着子女照常生活。青芸的小女儿云英说，妈妈什么都清楚的，政治上敏感得很。想来纵然青芸是一个平凡的家庭妇女，但究竟待在胡兰成身边三十多年，政治上的风风雨雨和人情世故的变幻莫测她亦遭际良多，现实训练出的敏感嗅觉到底非凡人可比，也非很多读书人可比——联想到当时很多知识分子的幼稚，更可显见青芸的洞见。

胡兰成晚年与留在大陆的子女通信，也总不忘叮咛再三："是青芸将你们拉扯长大的。"在《今生今世》里，胡兰成对这个侄女的评价更是极其之高——"人世的富贵贫贱，她唯有情有义，故不做选择。"胡兰成的五个小孩，再加上青芸自己的五个小孩——也就是她常说的"上五下五"，都说靠她自己一手拉扯带大的。在胡兰成得意时，青芸为他操劳持家；在胡兰成失意出奔时，青芸更是一肩挑起六叔留给她的这副重担。六叔说她是"故不做选择"，然而一家十口小人儿的吃喝拉撒，青芸又有什么可以选择呢！ 2009 年 8 月，我去南京拜访胡兰成的幼子胡纪元时，提到其堂姐青芸，胡纪元忍不住眼眶泛红："近几年我都去看她，有一次她跌倒了，我到上海去看她，她看到我亲得不得了，抱着我，临走时我亲她脸，她哭了，我扶着她照了张相，她半闭着眼，哎呀，心里面亲得不得了。我去看过她以后过了一段时间，她身体好起来了，好得很快，奇迹般又恢复健康了，有过三次都是这样的，就这么神奇。我爸爸后来给我的信中也说，要记得青芸姐。”

前些年，随着《今生今世》的出版和《小团圆》的面世，胡兰成是被狠“炒”过一段，时有好评如潮，时也有恶批如浪，但世事风云变幻，彼时彼地情形如何到底不是揣测出真知，随意乱捧或乱骂都显轻佻。对于这个被钉死了汉奸身份的人，世人所知道念叨的无外乎那点儿风月往事，除此之外就是他“人不值一提，文还可一提”的所谓文字功夫。而他跟唐玉凤、全慧文、应英娣、张爱玲、周训德、范秀美、一枝和佘爱珍的男女关系，则从始至终饱受批评。他被讥为一个在操守上无大节、在私德上滥情负心的人。但青芸所看到所认识的，似乎和我们这些外人都不一样，她以其特殊身份能够深入胡兰成前半生的生活交际，和他的前六位女子也都有着深入的渊源和联系，所述虽然可能有为尊者讳的嫌疑，不过到底也有她亲见和亲身参与的事实所凭。青芸说，她的六叔并不像外界所传说的那样滥，而是“断了一个，再跟第二个的”，在全慧文患上精神病之后，胡兰成虽然一面也发展感情，但是另一面的确又对待病妻很好。没有完全的好人，也没有完全的坏人，胡兰成当然也不是“汉奸”和“负心汉”这五个字能盖棺的，正如张伟群先生所言，每人都是复杂的多面体，胡兰成对女人重情尽责固然不像他的风流行为那样被彰显传播，却也同样包含在全部的人格和人性之中。

2009 年 11 月间，胡纪元有一次从南京去上海看望青芸，我本来也有意一同前往的。后来想了想，记起张伟群先生嘱咐我的一番话：“有些事外人问也不大能问出什么，且都是零零碎碎的，还是由亚丽、云英姐妹平时留心记下来为好；此外他们姐弟亲人相见，外人在场也不大好。”于是我便没去，不想两个月之后，想与青芸再见一面却永远阴阳相隔了。但是胡兰成的这个亲侄女，在其周遭环绕三十多年，多少大事小事都晋身其间，她的一言一语虽然并非真理，却大可为那个时代的人人事事画像还原，而且她自己的一生，身为一介凡人却胜过一介凡人，如戏如剧般颇堪后人细思量。同时也应该说，我一直念着青芸和胡兰成、张爱玲其实也并没有太多关系，而是单纯地因为青芸这个人，但是话又说回来，如果在青芸身上没有铺展着张爱玲和胡兰成的这层关系和背景，那么她作为一个平凡的女人又能算什么呢？那么多和她一样的、置身过深海的升斗小民，他们又能算什么呢？他们最多是被历史的大笔一笔带过。更有可能的情况是，历史甚至连一个笔画都不会留给他们。

在横店村

1

叫“横店”的地方，在中国不止两个，但是我只知道两个。一个是那个影视基地，另一个是余秀华的家乡。余秀华的那个横店，在荆门的钟祥市石牌镇，虽然下属钟祥，但距离荆门城区却更近一些。

还记得那年秋天某个早晨去横店村的情景：坐出租车沿着 001 县道走，公路两边呈现出一幅江汉平原进入深秋后的景象，割过的稻茬一畦畦地挺立在田野里，绿色的新季秧苗在萧瑟中更见油亮，旁边的田野中不时闪过池塘、枯草、秋树和人家，朝阳透过白茫茫的清冽雾气洒在一切之上。因为刚刚经历过一番新农村改造，现实中搬迁的村落和手机导航上的名字已经对不上号，这让我在到了横店村口之后，又自以为是地多走了两小时。此后，在折返回来的路上，我看见一群百无聊赖的老汉，于是问他们横店村怎么走，他们说的就是我刚才已经到达的地方。我忙不迭道谢：“谢谢啊，谢谢发根烟撒。”一个老汉在我身后说。最后回到正在修建新农村楼房和几家食品厂的彭墩集团气派的大门外，我找了一个骑摩托车的憨厚中年汉子，请他帮忙载我一段到新农村改造之后的横店村。路上聊天，汉子问我："你是来干吗的？"我说："来找余秀华。"他忙问："你是他男朋友还是诗友啊？"我答："诗友，诗友。"他说："那就对了，男朋友嘛，绝对不得要她的！"摩托车在崭新而开阔的柏油马路上疾驰，我问起他们村人对余秀华的印象，他说："她现在是个大忙人，她的诗我们都看不懂。但是她跟老公离婚是不对的，孩子都那么大了，她就会写几个字，也没得生活生产能力。"

不过即使到了横店村，也依然并不容易找到余秀华家。改造之后，七八排每排由几十户人家组成的二层连排楼房就构成了整个村庄，因为绝大部分都还没来得及入住，所以家家户户都一模一样。我打电话问余秀华她家到底在哪里，她也说不清楚方位，于是叫我发照片给她，看过后她说她家就是照片中的红房子那一户。于是，接下来就出现了这一幕：我一边往红房子那里赶，一边远远地看见余秀华一瘸一拐地走出家门口，一只手拿着手机，另一只手高高地举着跟我打招呼。余秀华家，可能也是横店村唯一一户还没有拆迁的人家。在已经改造完成的横店村，只有她家像个钉子户一样孤零零地挂在村头一角：周围是叶子还没变黄也没有凋落的一圈绿树，掩映着房屋和院落夺目的橙红色外墙，这也正像余秀华作为一个诗人极不协调地生活在靠种地谋生的横店村人中一样。她的父亲，一个普通中又略带一点儿文气的农村老汉，正在大门外洗衣服，我递了一根烟给他。对他来说，女儿成名后登门拜访的人络绎不绝，他可能也已经习以为常了，所以也就没怎么和我特别热络。

就农村人家而言，这颇能算得上一处幽静别致的院落。这座建于三十多年前的四合院，房屋和院墙通体都已被氧化成带有一股怀旧味道的橙红色，正中是三间带有耳房的堂屋，左右两边分别是厨房和余秀华的住室，前面是一堵搭着平房、开了正门的院墙，院子外面则是她家的一片空地。院子的很多门框上都贴着对联：大门的两边是“门前仙鹤歇圣地，庭后凤凰栖梧桐”，横批“风水宝地”；堂屋的两边是“天上人间灵气汇此地，人杰地灵神圣下旨愿”，上下两个横批是“神恩浩大”和“天行地过”；余秀华住的那间，两边的门框贴的对联是“不懈努力创文学高峰，唤文人共筑文学金塔”，横批“潮流勇进”。这些既不讲究对称、也不严守平仄、更不合乎韵律却颇花费过一番心思的对联，出自余秀华父亲的手笔。天气真好，深秋时节的明媚阳光穿过没有雾霾的空气洒在这座院子里，一切看上去都是那么的宁静安详，即使这座院子的女主人、余秀华的母亲两个月前刚刚去世，即使更早一点余秀华和跟她结婚二十年的上门丈夫离了婚。一只刚生完五只小狗的母狗，带着它的幼崽一摇一摆地在院子里走来走去；一只刚生完两只小猫、浑身没有一根杂毛的黄色母猫，眯着眼睛旁若无人地在这把椅子上睡一会儿，又跳到另一把椅子上睡一会儿，它的两只小猫则灵巧矫捷地追来追去，最后趴在余秀华父亲已经废弃不用的渔网上晒太阳；一只雪白的兔子偶尔也来到院子里，事实上余秀华养了两只兔子，其中的一只前几天杀了——午餐时它将会登场。

在我和余秀华正在她房间里聊天时，外面传来一阵声响——我探头看到，院子里径直走进来一个打扮得很有小乡镇时尚水准的年轻女性，跟在她身后活蹦乱跳的是她七八岁的女儿和外甥。进来之后，她自我介绍说自己家原来就在横店村，今天正好是周末回娘家来，就带着孩子来看看著名的余秀华诗人，想进行一下文学熏陶。看到我在，她就问余秀华我是谁，余秀华快言快语地跟她开玩笑："还能是谁？是男朋友啊！"我则连忙解释说："不要听她瞎说，是诗友，是诗友。"拍过几张照片后，她就带着可能还完全不明白诗人是什么人和余秀华是谁的女儿和外甥走了。在余秀华成名走红之后，像这样慕名而来的人应有不少，在一个文学失落、诗歌比文学更失落的年代，他们所感兴趣的可能仅仅是"余秀华"这三个字，仅仅是"著名"这两个字，而非诗歌本身。

2

余秀华的父亲六十多岁，但看上去要比实际年龄年轻一些。他收拾完家务之后做了一顿招待我的午饭，过油的牛肉、干炸小黄鱼、煎豆腐、清炒白菜、凉拌藕片、红烧兔肉等，满满摆了一大桌，我数了一下一共十个菜。后来他又端出一盘有点发馊了的剩鱼肉，但不让我吃，余秀华自己尝了尝。开席时，他倒了一杯家里的苞谷烧酒，略略问起我的一些情况。我称赞他的对联写得有意思，他风趣中不乏自豪地自称是"农村里的大学生”和“地球修理所总裁”；又谈起新农村改造，他说三十亩地都收走了，一平方米补贴二十元，一共补了差不多四十万，分房子交了十万，搞装修又花去了十万，靠剩下的二十万也过不了生活，他问我能不能在武汉帮他找个看大门的差事，“一个月两三千块钱就行”。午饭之后，余秀华父亲去忙活自己的装修活计。余秀华到院墙外上厕所，厕所旁是她家的狗窝，所以也顺便带我去看那几只小狗，几只杂色的小狗依偎着挤成一堆，在午后和煦的阳光中依然瑟瑟发抖。其实我更喜欢的是厕所旁边的那一株柿子树，树上的叶子眼下已经落光了，只有光秃秃的枝干凭空托举着几十颗黄澄澄的柿子。余秀华不信我能爬上柿子树，但已经胖了几圈的我，依然凭着孩提时代的攀爬经验顺利爬到了树上。站在树杈上向四周眺望，基本上就能将整个横店村尽收眼底——余秀华家的院落，的确很像一个异数。

回到院子里，又扶着她来到平房上，我给她拍了很多照片。在她住的那间平房的屋顶上——那里本是用来晾晒粮食的，她身后的背景是那片树冠上闪闪点点的柿子，是如今已经不再冒烟的烟囱，是已经楼房高起的横店村，是她家的鱼塘，是曾经属于现在又不属于她的田地。她脚下的这间房屋、这个院落暂时还属于她，但是未来很有可能也不再属于她。午后的阳光在她身后投下一截细长的影子，余秀华眯着眼睛，就像回到了还没有被婚姻、被欲望折磨到绝望的少女时代。我跟她开玩笑说，今天给你拍的可能是目前为止你一生中最漂亮的照片。她笑得欢天喜地，真真就像一个未经世事沾染的少女，但是一转眼她又开起了黄色玩笑。她说自己是一个“亦正亦邪”的人，喜欢开玩笑，喜欢说笑话，喜欢逗弄人，反正从小就是不习惯正常说话——她调侃村里人，调侃朋友，调侃媒体，也调侃诗人。有一次，在诗人毛子（本名余庆）的朋友圈里，诗人陈先发和余笑忠在回复一个话题，余秀华在下面给陈先发留言说：“先发，你看我们三个姓余的都那么有才，你们姓陈的就不行，你不如也跟着我们姓余吧！”这个玩笑据说一度让陈先发动怒，余秀华说他心眼太小了。

余秀华，这个凭着一首《穿过大半个中国去睡你》而一举走红的女诗人，身上有着太多的话题性和新闻点：农民，脑瘫，诗人，女性，睡觉。事实上，在成名之前余秀华毫不掩饰想睡很多人，在成名之后她更是肆无忌惮地想睡很多人。这种“想”甚至发展为一种“行动”，在很多人看来这是骚扰，不过她绝对不这样认为。“当我选择要睡别人的时候，我觉得是一种无私奉献，是因为我特别信任你，我想把这种感情完全传达给你，我都是这样的想法，除了睡之外没有任何一种形式能表达我的感情。”她这样解释去“睡”别人，而之所以想“睡”那么多人，“也不是转移，我只是感情太丰盛了，一个人装不下，不是转移，是收回”，“并不是说我想搞他们，我是想爱他们，这是两回事。”在一个耻于言性、女人要做贞洁烈女的道德国度里，余秀华的主动去“睡”，集结着她身上的其他诸多话题元素，让她成为一个迅速点燃大众热情的女诗人符号。这或许是她比其他女诗人甚至当代诗人更幸运的地方，也或许是不幸。事实上她也坦陈，这些对她和她的诗歌有放大和夸张的效果，“但我觉得夸大属于个人性质，不属于公众性质”，同时她坚持认为让她走红的基础是她的诗歌文本。

就诗歌本身而言，余秀华于诗歌文体有天赋，她的诗歌中也确有生活、有现场、有经历、有苦难、有生命体验、有普遍情感。但与此同时，也像很多诗人所诟病的那样，她的诗歌还有诸多不足之处，譬如艺术高度还远不够，更缺乏语言上的技艺和锤炼，在诗学上也不足以形成自己的诗学理路，甚至她都不了解其他诗人在做什么。有诗人说，如果把余秀华的诗歌看成当代诗歌的最高成就，那就是置中国几十年来的诗歌进程于不顾，比余秀华写得好的诗人太多了。事实上，即使在走红几年之后的今天，余秀华也没有得到中国诗歌界的认可——不过余秀华说她并不需要这种认可，“我不需要诗人认可，诗人的认可算个屁，那么多破诗人，他们自己都搞不清楚自己在干吗”，甚至她不需要任何人认可。而且，余秀华对自己的诗歌是有一定自信的，虽然她认为自己搞不定陈先发和张执浩所代表的两种方向，“我也不会说自己的诗歌写得有多好，但是比一般的人还是要好一点，特别是在女诗人面前。”她甚至觉得，“她们明明想和一个男人睡觉，但是她也不写，那么你的诗歌的意义在哪里？所以诗歌的意义被她们的性别直接抹杀了，这是很可悲的一件事儿。我现在就是非要把这个事给它干到底，睡就睡吧，这又不犯法。”而道德这个东西，在余秀华那里根本就不是个事儿。

"她的诗放在中国女诗人的诗歌中，就像把杀人犯放在一群大家闺秀里一样醒目——别人都穿戴整齐、涂着脂粉、喷着香水，白纸黑字，闻不出一点汗味，唯独她烟熏火燎、泥沙俱下，字与字之间，还有明显的血污。"诗人刘年这番话，或许颇能道出余秀华和她的诗歌站在中国当代诗人尤其是女诗人之间锥处囊中的境况。真实、粗粝、决绝、血污，烟熏火燎和泥沙俱下，是余秀华与其他诗人拉开距离的一把标尺——尤其是当代诗人整体被大众诟病和指责的语境下。当然，脑瘫、身世、苦难、不幸甚至传奇，也给余秀华和她的诗歌拉到了不少道德优势和同情票——这一点很多人未必能意识到。事实上，平心而论，她的诗的确称得上很好——至少从某个角度来说，但更重要的是，她的诗并不是一个"好"字所能概括得了的，这既关涉她的诗歌，也关涉她的人。她的诗的真大于诗的好，更大一点说，她的人的真也大于诗的真。

3

和余秀华认识是在 2015 年 5 月 2 日，在武汉 403 国际艺术中心——那时候我刚到武汉没多久，在那家艺术中心负责一家书店。那一次，是诗人张执浩邀请她来参加我们组织的武汉—南宁诗歌双城会。

听说余秀华要来参加朗诵，当时北京有一个女人还给我打过无数次电话，说我们邀请的余秀华是假的，是被包装和炒作出来的，甚至她的脑瘫也是假的，而她才是真正的余秀华。我后来索性不接了，打来一次挂一次。自从那次之后，我和余秀华有过很多次接触，给她开房，请她吃饭，手牵着手穿着人群和车流送她去车站乘车。后来因为朋友们的关系，我和大家一起集体在微信上把她拉黑了，为此她愤愤不平，后来一度跟我抱怨说“本以为能做一辈子的闺蜜，却没想到你把我拉黑了”。事实上，我也从未想过写余秀华，一是天然地对热点的回避，二是怕人说是蹭名人之名。其实对于余秀华，与其说我关注她的诗歌，不如说我更多的是关注她作为一个诗人、女人和人，我想知道她的怕和爱、苦与乐、恶与善、邪与正、绝望和希望，以及她这些正反相背、前后相离的背后那一条曲曲弯弯的来路。中间有几次，余秀华一再说有机会要我去一趟她的钟祥老家，看看新农村改造之前她家还没有拆掉的老房子，她亲自下厨做饭，晚上就住在她家。好在我终于去了。

那天下午，我一直和她在她房间之前的空地上聊天，阳光把整座院子都填得满满当当的，这种满满当当随着太阳的逐渐西落越来越少。等过了五点半之后，原先挂在厨房屋脊上的夕阳基本上就落下去了，院子一下子显得空空荡荡的，清冷的院子里开始降下一层淡蓝色的雾霭，将院子里的一切都染上一种荒凉的色调。正聊着天，突然之间，她条件反射般从椅子上猛然起身，跌跌撞撞地拿起一把玉米就冲到院子里去了，她口中喊着“喽喽喽喽喽，喽喽喽喽喽”的声音去喂鸡——这可能已经成了她的一种习惯。而正在这时候，余秀华的一个邻居来到院子里找她——找她借一支笔，余秀华把笔拿给他之后，又一再叮嘱道："要还回来啊，要还回来啊。"在横店村——其实也不只横店村，除了学生之外，时下还在用笔的可能也只有余秀华了，而这可能也正和她担心的有关："我觉得现在农村文明和文化的消失，让我心里真的感到恐慌和悲痛。"

晚饭和午饭是一样的，余秀华的父亲把中午吃剩的菜重新热了一道。不过他晚上没有喝酒，却给我倒了一杯苞谷烧，他说就不陪我喝了，自己先盛了一碗饭吃起来。席间，他说起去年来的云南一个团级干部，要跟余秀华合作剧本，在家里住了一个晚上，喝了很多酒，喝醉了，身上还被蚊子咬了很多包。"他的剧本我看了，不行，一个剧本好不好我看一眼就知道。"他很有把握地说道，在自己的女儿走红成名之后，做父亲的似乎也自信了起来——也可能是在隐隐地暗示我的某种"合作"，也可能是在隐隐地暗示不便让我留宿，我也完全理解一个父亲的这种心理。7 点之后，一轮皎洁的明月挂上了院子上空，淡淡的清辉洒在空空荡荡的院子里，如霜，似雪。我和余秀华来到她房间里聊天，从她房间的窗户——那是用一层塑料薄膜钉成的窗纸——望出去，窗外的夜色明显地暗将下来，傍晚时分的鸡鸣、狗叫、兔子和猫的身影一下子消失殆尽，这个村落和这个院子里之前的热闹瞬间沉寂下来，余秀华家又将迎来一个寻常的夜晚，她和她的父亲又将迎来两个寻常的梦乡。

虽然带着一定的地方口音，口齿也不清晰伶俐，说到激动处还会哈哈大笑或者激动落泪，甚至在她的激烈和落泪中你还会被喷溅到几滴口水，不过这些都不能减弱你跟余秀华聊天的趣味性：如果你要逗她，在你开口逗她之前，其实她早已开始逗你了；她在言语中会夹杂着女性并不常见的“屁”“他妈的”“傻 ×”等粗鄙字眼，同时也能偶尔流露出动人的金句和深刻的洞见；与此同时，你也不得不佩服她言辞背后的勇敢和真实，即使不能说她完全没有表演成分，但这表演也带有某种真实性。到了晚上 8 点多，余秀华坚持要给我铺床。不过，我本来就打算要走的，在遍寻不到出租车之后，我请一个与余秀华也相熟的朋友开车来接我。在车子到来之前，我到院子里抽了一根烟，明亮皎洁的月光从平房屋檐上洒下来，暗蓝色的天幕上挂着几颗稀疏的星星；在我回到房间之后，余秀华起身拿起朋友送她的一把吉他，胡乱而深情地播弄着琴弦。我不懂音乐，我想她也未必懂，但在她的指尖划过琴弦的嘈杂和错乱之中，我仿佛又听到了某种若隐若现的动听。

车子在朦胧的夜色中开出悄无声息的横店村，行驶在我早上来时兜兜转转的公路上。眼前的一切都跟早上所见的不一样了，还在施工的新农村楼房举着高高的塔吊，像是在对零落的路人行一个巨大的注目礼，食品厂、加工厂、稻田和被拆毁重建的房屋也都隐在无边的黑暗之中。我和前来接我去荆门市区的朋友有一句没一句地聊天，在无言的间隙，我又想起去年的那场诗歌音乐会。那天晚上，余秀华登台朗诵了她的诗歌《我爱你》。后来，一个当天在现场的姑娘跟我说：“余秀华的朗诵并不动听——可能也未必需要动听吧，如果我没有读过那首诗，我甚至完全没听懂她朗诵的是什么，不过这才是最好的朗诵，因为那是最真实的朗诵。”

而在我离开之前，余秀华弹琴时那种嘈杂错乱之中若隐若现的并不源自琴弦的动听，不也正是因为她自身的真实吗？还有她的唱歌，她最喜欢唱周杰伦的《菊花台》，虽然唱得让人完全听不懂歌词，甚至唱得跑调、五音不全、让周围的人哈哈大笑，但她还是会一字不落地唱下去。这也更像几年之前在武汉的一天，深夜 11 点多，消夜之后送她回酒店，我们要搀着她走，但是她拒绝了任何人的搀扶。在灯火幽暗的长长的宝通寺路上，她一瘸一拐地走着，歪歪扭扭地走着，好像周围森林般矗立起来的楼房、举着路灯的灯杆、人声鼎沸的小馆子、来来往往的车辆以及行人都不存在，好像都变成了横店村的树木、屋舍、庄稼、花草、鸡鸭、兔子，她在深夜的城市街头走出的是她在横店村田间地头走路的样子。

流浪者

1

好几年前，我和武汉的几位诗人一起去西藏。有一天在拉萨去纳木错的路上，我们在花花绿绿的贴纸上写下了很多句子，一路贴在电线杆、石头、木栅栏和桥墩上。这种颇具象征意义的行为，寄托着我们把诗歌带到青藏高原的一种理想——但事实上除了风根本不会有人看。诗人张执浩写的是“千山万水美好，千山万水莫名其妙”；诗人小引写的是“山河壮丽，不值一提”；那时候我还没写诗，我写的是高原上经常可以看到的一个场景：“牛羊分散，拒绝统一。”我写的这句诗，张贴在电线杆一人多高处的蓝色胶贴纸，诗人毛子是在一个朋友的朋友圈里看到的，当时他还不认识我。后来他跟李以亮打听我，李以亮说我不写诗，但是毛子却说：“能写下这个句子，就说明他是一个诗人。”

这一番话，我是一年后在宜昌的那个晚上听毛子说起的。但这并非为了说明他对我的认可，而是我们之间最早的接触——他第一次接触我；而我第一次接触他，则是在前年恩施巴东的一个诗歌活动上。那天下午他在夕阳中赶到大面山上眺望巫峡的垛口——第一眼我把他当成了诗人余怒。

那时候的毛子，在获得“扬子江诗歌奖”和“屈原诗歌金奖”之后，又刚刚斩获了有十万元奖金的“闻一多诗歌奖”，在湖北乃至中国诗坛风头正健——虽然也有不少人说他写的一直都很主流，说他的诗歌也没有那么好。不过，深居于中国四线小城却走到诗坛一线的他，从那时也或许更早的时间起产生了一种越来越深刻的危机感。他的诗歌写得越来越少、越来越不满意。他抽烟，一根烟要掐灭三次以上，掐灭再点，点着再掐；他睡觉，一晚上要辗转反侧多次，醒来再睡，睡着又醒。他写诗，一首在读者看来水流云散般流淌的诗，可想而知其背后又有多少次断点和接续。毛子的焦虑显而易见，靠吃安眠药才能睡觉的失眠也显而易见。这当然关乎诗歌，但更关乎他日益感受到的生命状态与写作的关系，就像他在一首名为《那些配得上不说的事物》中所写的：

可一旦说出，就减轻，就泄露
说，是多么轻佻的事啊
介于两难，我把写作视为切割
我把说出的，重新放入沉默之中

和毛子第一次见面是前年6月在巴东，在时隔一年之后，去年6月我和张执浩、毛子又去了一趟巴东，还是住在当时的那家酒店，我和毛子住一个房间。聊天到夜里两三点，毛子临睡前吃了一颗安眠药，然后我们各自在巴东的夜里沉沉睡去。第二天一早醒来后发现毛子不见了，我大吃一惊，等我下床到处找他时，却发现他正蜷缩在床铺最里侧——他的头和脚竟然颠倒了一百八十度，颈椎有问题的他也不用枕头，两只枕头正躺在他的脚后。把说出的重新放入沉默之中，也就意味着把说出的重新放入述说的这具身体，我看着那皱巴巴的床单，就像看到了“说出的”被放入“沉默”之后的挣扎。

事实上，对于写作应有的一个警惕在于，在写得顺风顺水时要看到“顺”中的某种惯性——对自我的模仿，那意味着技艺的成熟和自我风格的形成，但同时也可能意味着“我”的消失和对“他们”的顺从。讨巧式的写作在中国这片缺少独立阅读精神的土地上至今还拥有广阔无垠的市场空间，对于早已沦为小众阅读的诗歌来说也一样。事实上我并非说毛子的诗歌已经实现了对这种嫌疑的规避，但是我看到了他对这种嫌疑的警惕：他写得少了，有时候干脆就不写了。在中国式追求创作量和创作质量的悖论中，我依然相信的是写得少很有可能也是写得好的一个门槛——然而，这并非刻意为之。

那年春天我去宜昌，晚上住在毛子家中——准确地说是客厅边隔断出来的一个小睡间，睡在他平时睡的靠窗的那张小床上，窗外是已经越来越繁华的一座江城，窗内是他的小床和床头的一排书：阿甘本、茨维塔耶娃、汉娜·阿伦特、荷尔德林、保罗·策兰……我似乎理解了他的危机感。是中年危机也好，是写作危机也好，反正是危机，他的危机很大程度上来源于他的敏感。头一天晚上，听说我的杯子丢在了火车上，他就记住了，并在第二天起了个大早，匆匆下楼给我买了一个绿色的不锈钢保温杯——就像一枚绿色的炮弹，冲洗之后泡上茶，于是我就跟他一样，提着一个保温杯随他前往他的宜都老家。事实上，那个杯子后来我再也没用过，不是不好，是我不习惯提着杯子到处走。现在，那个绿色的杯子就摆在我的桌子上，它越来越像一枚炮弹。我喜欢炮弹，是因为我喜欢炮弹爆炸之前的沉默。我知道那其实就是毛子的沉默，把说出的重新放入沉默之中的沉默。

2

尽管相差二十岁，也许是有着相似的家庭出身，我和毛子有许多共同话题，譬如政治、历史、旅行、女人。而更相似的是，我们都有着早年的乡村生活记忆图景，也都有着曾经很差的学习成绩。跟我一样，他的数理化和英语也都很糟糕，只有语文比较好；跟我不一样的是，我没想到他的成绩会那么差——高考时数学是 0 分、外语是 6 分，只有语文成绩全校最高。没考上大学的他，在会计学校和技校之间选择了后者，学了两年钳工后被分到宜都农机厂做了一名车工。不过对于怀揣浪漫念头的毛子来说，整天在弥漫着噪音、灰尘、柴油的车间做同样的铸件，做完一天鼻孔里都是黑的这种生活不啻于一种折磨，觉得搞一辈子也没什么意思的他于是经常请假，甚至旷工。1986 年宜都刚成立史料办公室，想抽调他去搞写作，但他那当兵出身的厂长无比传统，在改革开放初期，他连工人戴手表都看不惯，他不同意抽调毛子：“即使你会开飞机，我还是让你拖板车。”血气方刚的毛子一怒之下把套筒、扳手等工具扔进粪池里，再也没有去上班，厂里最后把他除了名。

毫不夸张地说，接下来的这段岁月，如果说在其他同龄人身上显示的是“时间”的话，那么在他身上作用出来的则可称为“传奇”。譬如在 20 世纪 80 年代末的致富浪潮中，他是宜昌最早下海的人之一——做胆红素培训。作为一种药物，用烧杯、蒸馏瓶、曲斗和一些化学原料把猪苦胆汁煮沸、蒸发、过滤，就得到了这种红色粉末，其学名为胆红素，当时据说一千克可以卖到二十万元。他和朋友把宜都图书馆的一层都租下来搞培训，穷怕了的中国人在割资本主义尾巴的禁锢打破后想致富都想疯了，以至于以前没人要的猪苦胆涨价到五角钱甚至五块钱一个，但实际上一个苦胆提炼出来的胆红素怎么也卖不到五块钱。后来收不到猪苦胆，他们就决定自己养猪取苦胆，又挖来一个华农的大学生实验用活猪引苦胆。他们租了一个养猪场，养了十多头猪，最后胆汁没有引出来多少，倒把十多头猪都折磨死了。

之后，毛子就开始了他一路跑一路教的胆红素培训之旅，先去湘西凤凰，又到贵州凯里。在凯里他在旅馆租了一个房间，每天去大街上贴培训广告，后来工商部门说他乱贴招生广告要罚款，他又连夜跑到怀化。他遇到一个湖北老乡，对方说搞胆红素不行，既然都是湖北老乡，就介绍一个好门路，搞稻草制棉花，学费一千块，但可以优惠。对方现场弄给毛子看，用一个烧杯，加上药粉，把稻草揉一揉，搅出来就成了棉花。毛子看了好兴奋，他想宜都那么多稻草，牛都不吃，也不要钱，可以制棉花。怀揣制棉花技术的毛子回来之后，也搞出来了棉花，但是第二天醒来就都成了黄色的粉末。在一起搞胆红素培训的朋友跑掉之后，毛子把保险柜、支票、公章都交给了朋友的姨爹——一个税收征稽站的书记兼站长，对方看他老实，就把他弄去当了交警。作为他们交警队唯一一个没当过兵的人，他很不习惯早上学习、白天拿着指挥棒、出门要请假的生活，但他最不适应的是暴力。当时中国的县城里很少有小汽车，主要是卡车、摩托车和自行车，毛子主要是拦截骑自行车载人，有一次他拦了一个人把他带到派出所，他还没反应过来，民警上来就对那个骑自行车的人拳打脚踢。毛子觉得这样干一辈子肯定会变态，于是他坚决要辞职，把衣服、冬天发的靴子、棉衣还给单位，队长去找他，说把他换到派出所锻炼一段再抽到办公室搞材料，他回绝说："凡是警察这一行他都不干了！"

当然，在这一段南来北往的辗转和流浪之中，毛子怀里揣着的除了远方还有诗歌。又或者说，对一个向往诗歌却还不太明白诗歌为何物的年轻人而言，远方就是他的诗歌。在当年的胆红素培训之旅中，当客车开到凤凰时，毛子一眼看到的是车站围墙上用白石灰写着的一行字：边城文疯田晓清向前五百米。他感觉这下找到组织了，下车就对暗号一样去找田晓清，把自己办的《傻孩子》诗报给他，和对方大谈北岛和顾城，对方则大谈魏尔伦、兰波——这一度让毛子觉得对方比自己知道得更多。那是1988年。后来毛子的一个朋友去凤凰，他说找田晓清吧，朋友带回来的消息是田晓清得白血病去世了。再譬如早年毛子认识了一个刚出版了诗集的老师，便毕恭毕敬去找他，诗人疯狂忧郁潇洒的形象让毛子崇拜不已，当诗人说自己的梦想就是背上行囊浪迹天涯，在天苍苍野茫茫的大草原尽头大吼几声时，毛子的眼泪就要出来了。几天后他背着行囊找诗人去内蒙古看草原，对方的反应让毛子非常失望，他丢下一句"你不去我自己去"就去了内蒙古，去找通过信的一个诗人——内蒙古大学学生王海阔。电影《长江图》制片人之一的许飞雪，当时也在内蒙古大学读书，是毛子通过王阔海认识的，许飞雪当时也写诗，还办了一家小书店，毛子就帮着守书店。他的生活是这样的：每天两根大葱、几个馒头填肚皮，连黄瓜都吃不上，最后饿到看东西都是双影，走路直打飘。

在内蒙古待了几个月之后，毛子那位办公司的朋友从新疆给他发来电报，说自己混得不错，邀请他去新疆。即使到现在，毛子还是愿意相信有些事情是在冥冥之中发生的。当时在包头，他经常去附近的一家餐馆吃饭，在那里他认识了一个年纪很大的、看起来很文明的乞丐。有一次，乞丐到书店问毛子有没有《易经》卖。毛子有点诧异，语带嘲讽地说："好家伙，还看易经，你会不会算命？"毛子就让他算自己想到哪里去，乞丐说他想去新疆。这让毛子一下子相信了，那时候所有人都去海南和广东，几乎没人会从内蒙古往新疆跑。第二天，毛子一路逃票坐火车从北京辗转去了新疆。到了他才知道，朋友混得也很糟糕，于是他们一起给一个浙江老板推销皮鞋。做了几个月也没拿到工钱，临走时毛子就拿了两双皮鞋抵工钱，却慌慌张张拿回来两双一顺的皮鞋，穿也没法穿。

后来他又跑到石河子，在花完盘缠、吃住无依的情况下，他遇到了孙老头，这个忘年交邀请毛子在他家吃住数日。每天饭后，他们坐在院子里的葡萄架下，一杯清茶，神聊海侃。这位毛子称为“孙叔”的老头，祖籍湖南，父亲毕业于黄埔二期，1949 年后沦为“反动军阀的狗崽子”，被迫回家种地。在 1958 年的大饥荒中，孙叔不堪忍受辛劳，就从湖南跑到了新疆石河子农场——当过垦荒工，教过书，做过猪倌，在后来的“文革”中他与落难发配到新疆的著名诗人艾青在同一个劳动组，艾青负责清扫厕所，他负责养猪。这位毛子口中的恩人孙叔，是在两年后患肝癌去世的，后来一个偶然的机会他联系上了对方的儿子，还邀请对方来宜都游玩了一趟。直到今天，毛子还记得离开石河子那天的情景，在荒郊野外般的公交车站牌下，他冻得瑟瑟发抖，孙叔从朔风中一路小跑着赶来，给他带来了一件毛衣，又往他口袋里塞了两包“天池”牌香烟。这一趟内蒙古和新疆的辗转流浪，让毛子收获了另一重诗和远方，这在一个年轻人心中或许也是浪漫的。但最浪漫的则是他收获了一份爱情：在新疆，毛子认识了他的前妻——一个老家在河北廊坊、父母在石河子兵团的姑娘，这个被毛子形容为“一个头脑简单的人”的女子，跟要离开新疆的毛子说“我跟你到湖北去”。不过从新疆回来后，两个人都没事做，就在街上摆摊贩卖从武汉汉正街进的衬衣、短裤、棉鞋、挂历等。

早年生活在毛子身上烙下的，虽然不乏苦难和苦难的见闻，但应该绝不只是苦难，我甚至怀疑那造就了他的一种流浪型人格特质。就像上一次在巴东，我跟别人介绍说毛子喜欢住宾馆，即使在老家，他有时候也会去宾馆开个房间。毛子听了，马上纠正说是“旅馆”。或许在他看来，“宾馆”这个稍显现代却又不像“酒店”和“饭店”那么当代的词语，远远不如“旅馆”更能概括他的情结，或者说不如“旅馆”更接近他的流浪型气质。

3

他对人很热情，尤其是对他看重的朋友更是热情。他表达热情的方式之一，就是邀请对方到他所在的宜昌去游玩，或许在潜意识中，他觉得游玩是一种很隆重的招待，就像他对自己所安排的“在路上”的那种感觉一样，他认为这是接近生命真相的一个路径。这种感觉，或许让他在骨子里自认为还很年轻，而这种年轻又让他觉得跟同属60年代的很多诗人相比要稍逊一筹。这个“逊”并不全是指诗歌成就，更多的是诗龄和诗歌经历。毛子的诗歌是望着像张执浩、陈先发、余笑忠等60后诗人的项背成长起来的，甚至是在朵渔等很多成名已久的70后诗人面前，他也仍然觉得自己是一个“后辈诗人”。尽管最早接触新诗是在高中时期，但毛子当时的兴趣点更多是小说。直到有一次，他在新华书店翻到了雷抒雁写张志新的诗歌《小草在歌唱》，看了之后全身发抖——这是诗歌第一次带给他生理上的感受。不过他也承认，当时对诗歌的认识还很含混，但是从雷抒雁开始，到顾城、北岛，再到他的邻居李燕翔，他和诗歌之间的距离越来越近。他第一次投稿是投给《湖北青年》，写的诗不像诗，散文不像散文，就是心灵体会。他觉得真正写诗、发现自己是一个诗人是在进入工厂时。那时顾城在他心目中就是神，他的梦想就是弄到一张顾诚的照片贴在床头。后来他认识了宜都一些写诗的朋友，一起成立了“傻孩子文学社”。也是在那个时候，毛子在《诗歌报》上读到海子，一下子就迷恋上海子——他的诗和死。

在刚开始写诗时，在认识全国更多的诗人之前，毛子是通过写信和听收音机先认识的诗人余笑忠，这让他觉得余笑忠是个伟大的诗人。当年在一腔热血激荡之下要去看草原时，他还把收音机带上，想在火车上听听余笑忠的节目“文海纵横”，而实际上火车纵横千里，根本就搜不到信号。几年后的一天，在弟弟去武汉出差时，毛子让他给仰慕已久的诗人余笑忠带去了一件礼物——一尊烤瓷的圣母玛利亚塑像。在弟弟回来之后，毛子急不可耐地问他的第一句话就是：“余笑忠是不是特别高大？”在得到“和你一样瘦小”的回答时，毛子有一点失落，他觉得这不大可能，在他心目中那些诗篇和声音的出处应该是一个高大挺拔的身躯——显然这也暴露出他对诗人与诗歌某种过于浪漫的想象。

毛子真正对诗歌有意识始于2003年，在父亲去世后他重新拿起笔。他还交了四百八十元钱去九华山参加《诗歌月刊》的改稿会，在那儿认识了深圳诗人大草，大草教会了他上网，在网吧中毛子哆哆嗦嗦地敲开诗歌论坛——这让他找到了失去联系多年的余笑忠，余笑忠邀他参加车溪的一次诗歌活动，由此认识了张执浩、韩少君、李修文等诗人。这打开了毛子的诗歌之门，但这个已过不惑之年的中年人仍处于“青春期写作”，为了跟青春期，跟同时代的的海子做个了断，他决定在第二次结婚的蜜月期出门旅行，他甚至都没跟新婚夫人说，就在武汉径自改变方向，决定到安徽以看望海子父母的方式告别海子。毛子真正形成自己的诗风是在两三年之后——他著名的《捕獐记》就是那时写的，他认识到以前写的是青春期虚头虚脑的抒情诗，甚至是为抒情而抒情的诗歌，他觉得应该转向日常生活，要“俯身于日常的细节而不是高蹈于天空之中”。《时间的难处》这本只印刷了几百册的诗集，是毛子2009年初自费出版的。如果说蜜月旅行时选择去看海子父母是他跟青春期的一种决断，那么这本诗集则是他对个人经验穿过“漫长青春期”和“日常性”的回声的另一种决断。第二次，他觉得又该清空或者改变自己了，必须从舔理自己羽毛的写作中走出来，直面时代和生活中目不暇接而触目惊心的荒诞和恶，要思考诗歌这种文体的吞吐容量和消化能力，思考怎样从真、善、美深入罪与恶。在后来写下的这些诗歌中，毛子想做的是给诗歌设立一个穿越历史、当下、未来的现场，“我开始把自己空投到所有时代中，用诗歌的方式作为它们的当事人和污点证人”。

4

距宜都半小时车程的陈岗村——四十多年前的青林公社新建大队，现在全然不是旧时模样了。

这片鄂西山区向江汉平原过渡的丘陵地带中的一块，水泥路在和缓的山坡上俯下去又仰上来，惨白的水泥路包围着漫山遍野的橘子树，空气中飘浮着春天带来的花粉香气。而毛子一家当年住过的、生产队帮他们盖的几间茅草房，已经完全不见了踪影，原来的房址上现在建了一栋两层高的楼房，没有院墙的院子里扯着几根空空荡荡的晾衣绳，在该建院墙的墙基上种着一棵枝枝杈杈的毛桃树，毛子一伸手就攀了上去。在 1970 年因为家庭成分全家下放到陈岗村之前，毛子一家住在宜都陆城童家巷 1 号，但是那里已经卖给邻居开了一间豆制品作坊。从童家巷下去一点，就是长江和清江的交汇处，在更早更早的过去，那里是一片很繁华的商埠码头。毛子的爷爷早年开油行，就在那里卖从川东鄂西下来的生漆、桐油、桑麻，从汉口、沙市上来的美孚公司的煤油和火柴。毛子的父亲余昭太，当年就读的是宜昌高师，刚解放时在宜昌莲沱区公所给土改干部当文化教员，后来分到宜昌文教局，1957 年打成“右派”后被贬回宜都老家，之后在装卸大队当码头工人，再后来就携家小下放了农村。

我和毛子在屋前屋后寻找那些遗迹，他那条八岁的老狗跑在前面带路。来到一处堰塘前，毛子说应该还有一个堰塘——没走几步果然又找到一处，这两口已被填去大半的堰塘还是旧址。毛子在这里读完小学又读初中，接受了那个年代铺天盖地的红色教育。有一次他的班主任从宜昌开会回来，兴高采烈地给他们宣讲全国一片大好的形势，说宜昌修了一个比地球还大的球，原子弹和氢弹在上面爆炸成功，万吨巨轮在上面乘风破浪，过几天火车就要从每个人家门前经过。毛子听完后满怀忧虑——火车马上要开过来，这两口堰塘怎么办？于是他就跟弟弟每天用粪筐捡石子填堰塘，给火车铺路。尽管在宜都长到五岁，后来又从农村回到宜都度过了青春和中年，不过毛子更愿意把陈岗村当作故乡。至今他对于农村的记忆还有很多，最根本的印象是穷，但很快乐。他们两个生产队的小孩子在山上攻战，用石头互相打，去偷生产队的苞谷、红薯，因为都吃不饱，他母亲就拿着甑子今天东家借一点明天西家借一点，过两天别人又到他家借。也经常有人来找他父亲，一起收听台湾的电台，毛子也跟着在旁边听。父辈们聊局势、谈天文，说天上的星星比地球还大，毛子在学校里不敢这样说，他就说星星比石磙还要大，为此他还被取了个绰号叫“日白佬”，在方言中那是吹牛的人。

如果说 20 世纪 50 年代出生的人是红旗下成长起来的一代，

会天然地对政治、对革命有兴趣，那么这种兴趣在20世纪60年代出生的人身上就淡了许多——但是毛子可能除外。或许是受了父辈们的影响，又或许岁月在山乡间的人身上比在城市同龄人身上的作用力要迟缓一些，而且在那个铺天盖地的红色年代，毛子受到的是“越贫穷，越革命”的教育，搽雪花膏、穿皮鞋都是资产阶级的生活方式，穿袜子都被认为是“封资修”。这让他对革命和政治记忆尤为深刻，同时也让他将朴素的想象埋入骨殖深处。譬如在毛主席去世后，有一次毛子在文化馆的橱窗里看到一些缅怀毛主席的照片，其中一张是毛坐在黄河边，穿白衬衣，坐在藤椅上，跷着二郎腿，穿的是一双皮鞋。毛子觉得一定是文化馆搞错了，毛主席怎么会穿皮鞋呢？穿皮鞋是资产阶级的生活方式。之前毛子的父亲到县城，给他带回来一双半新的猪皮皮鞋，毛子觉得很丢人，怕同学们笑话，快到学校时就把皮鞋脱下来，藏在田垄间没有水的管道里，赤脚去上学，回来时再穿上——即使是新衣服，上学前他也要故意搞脏了才肯穿，搞脏了才心安理得。

我们来到马路对面邻居家的院子时，那家人正围坐在堂屋前聊天，几个小孩正提着刚钓的一桶鱼回到家里。一个年迈的婆婆和一个老汉，对着毛子恍惚了很久还是没能认出来，当毛子介绍完自己、说起当年的往事时他们才恍然大悟，终于把眼前这个一脸皱纹的中年男人和四十多年前的那个小男孩对上了号。1970年随父母下农村时的毛子还很小，也还不叫毛子，他和弟弟是被装在箩筐里挑到陈岗村的，他记得那天下着很大的雨，土路的泥泞中布满一串串很深的牛脚印。四十七年过去了，那串布满很深的牛脚印的泥土路已换成了水泥路，而那个叫余庆的五岁小男孩也长成了五十二岁的毛子了。

5

我是在毛子宜都的家中见到“憨子”的，这是他和在银行系统工作的第二位夫人田兰玉的新家。

他们没有儿女，憨子就成了他们的“儿子”。这条八岁的老狗原先是街口超市老板寄养在他们家的，后来成了他们家中的一员。毛子给它取名“憨子”，他的夫人则亲昵地叫它“憨哥”。憨子比平常的狮子狗要大一些，一身灰白色乱毛，头上的几缕毛发从眼睛上耷拉下来，毛子说憨子长得和他一样，都很潦草；他还说憨子“嫌贫”，不和流浪狗一起玩，就像他真正聊得来的朋友不超过个位数。

因为夫人对狗很关心，基本上是当儿子在养，这也打动了毛子。前年冬天，他家附近的一个花坛里被丢进了四只狗，他弄回来喂了两个月，后来选了放心的几户人家送了出去，后来别人又丢了几条狗，他再也无能为力了。跟狗接触多了，毛子说他发现狗的眼神里有一种东西，好像是穿过很远的时空来找他的，这种雾一样的东西冥冥之中要跟他发生点什么，这让曾吃过狗肉、小时候还杀过一条狗的他对憨子充满了一种赎罪感。在宜都那天，中午出门时他对憨子说“上班去了”，晚上出门吃饭时他又对憨子说“上班去了”，这句憨子或许也能听懂的谎言显示出他还在渐进中的对动物的情感。那条狗是毛子小时候在陈岗村杀的。当时生活很穷，狗养到一定程度就杀掉换钱，他有个同学会杀狗，他家房后有一片松林，毛子就把狗唤到身边，用绳套套上，他的同学就拉绳套让狗窒息而死。杀完狗那个晚上，月亮非常明亮，极其安静，毛子感觉到有一种追不回来的东西。前两年，有天晚上他回家时很晚了，路过一个学校的操场旁时看见有人杀狗，他上前劝说道：“兄弟们，它毕竟是一条命！”对方回他一句，那你把它买下来吧，八百块。毛子已经养了一条狗，他估摸着再养一条有点困难，就走了，但走了没多远他就想不如买回来，但当他回去时狗已经断气了，这让他觉得错过了一条生命。

《捕獐记》是毛子一首非常知名的诗歌，但写的并不是一件真事。小时候，毛子在山里捉过动物，兔子、獾子、受伤的鹰，没有捉过獐子，也没有放过，放过乌龟和鹰。回城以后，他在街上买过一个獐子，杀它时，它眼神里的无助和无辜弄得他心里非常难受。尽管是虚构之诗，但这首诗带着毛子真实的乡村自然经验和捉放其他动物时的感受，在诗的末尾他用了“善良”这个词，那是动物眼睛里更清澈单纯的东西，“人或许是唯一的脊椎和大地不再保持平行的动物，这实际上离自然也更远了一点”。他觉得动物身上那种纯粹性的东西比人类更能让人安静下来，“更纯粹，本能性，也更真实，包括性，动物的交配没人类那么复杂”。往回追溯，他觉得所有物种基本上都是同一个物种。《捕獐记》收录在毛子的那本诗集《我的乡愁和你们不同》中。那本他初次正式出版的诗集，涵括了他迄今为止所有重要的诗歌创作，既有《失败之心》《赌石人》《那些配得上不说的事物》和《给薇依》等常见诗篇，也有我们并不多见的《我想》《在赤壁，看逝水如斯》等个人意义的诗作和与友人的酬唱之作。这些跨度超过三十年、风格各异的诗作，最终层层叠印出一个这样的诗人形象：在时刻进入人间与永恒出离人世的破碎的世界边缘，他郁郁独行，瘦小驼背的身躯上同时背负着沉痛与温良、对抗与乏力、绝望与希冀、撞击与和解这两股反向作用力。他既心藏雪花之轻也怀揣入土之重，既袒露着肉身之恶也高擎着星火之善，在道德与反道德之间超越道德。他是一个历万乡而悲万乡的游子。

在毛子那本诗集出版之前，据说有人看了之后说，毛子的诗写得参差不齐，有些不错，有些就不那么能入人眼了。这个看法其实并不客观——起码在态度上不客观，就像我一直认为的，事实上只有二流诗人才会整天写“好诗”，才会整天想着写“好诗”，而一首技艺越来越纯熟、语言锤炼到天衣无缝的所谓“好诗”，有时候却远在真诚之外。对一个真正的诗人来说，也许并不在于他的全部诗篇中好诗与坏诗的比例——这也就像诗人张执浩所说的，“我们都要以败笔为生，几首好诗也能照亮其他不如己意和不如人意的诗，能照亮越写越短的秃笔。”而在更深的层次上，一个好诗人肯定是一个失败者，面对浩瀚苍穹，一个好诗人只是坐在一粒如尘埃的星球上的写作者，世界无穷，写作也无穷，“伟大的诗歌在你之前和之后都永远存在着，你即使和它相遇，也不过是在它的千山万壑中，穿过一小片丛林而已。”永无胜利也永无成功——但只要写出过好诗，也就能照亮我们那永附肉身的失败命运。

就个人而言，我其实更偏爱毛子厕身于日常生活的诗歌，而对他后来转向历史、知识和文化的诗歌书写持保留态度，对他渐近于东欧和左派知识分子的沉郁浪漫气质也并不十分接受，但是我完全能够理解他的转向。这种转向，在某种意义上并不尽然是诗歌本身的转向，可能还更意味着人生和价值结构的转向——去寻找他自身缺乏而周遭经常出现的那些事物。一个人欠缺的部分，会在别的方面弥补出来。就像一个热衷于书写男女之事的人，其实未必好色；就像一个在方格中穿越古今的人，平日只是固守着一方书桌而已。这一点在他身上非常明显，他诗歌中的知识气息和思想气息，填补着他身上（或者学历上）缺少的这些内容，至少他自认为缺少。

可能正因为如此，他的诗比较硬、比较紧，硬和紧是一种质感，而并不是一种好坏的判断。就好坏而论，毛子的诗当然是好的，但是到底有多好，这个谈论空间其实很大，在不同的指向上而言，它体现出来的好坏程度其实是不均匀的。诗的硬和紧与他的紧张程度表现出相关的一致性。这几年他是非常焦虑的，这种焦虑既来源于写不写得出、写不写得好、写到现在这种程度还要怎么写，也来源于他的一种精神状态。他的诗的紧和有些诗的那种紧相比完全是另外一种紧，有些诗是蚕虫自缚的紧，而他是拧螺丝那种紧。我建议过他松开，他也想着松开，他也想松开而不能松开，这就是他的天花板，归根结底，这不是诗歌本身的事，而是因为人紧。现在我不求他松开，只求他别把自己拧滑丝了。

6

在毛子还很年轻时，父亲余昭太跟他说过一句话："在三十岁之前要多跟年老者交往，在三十岁之后要多跟年轻人交往。"这句话似乎正在被毛子践行着，我也成了他所交往的"年轻人"中的一个。

现在，我又想起和毛子在宜都的那天下午。从童家巷里溜出来之后，我和他散步到下面的清江岸边，又沿着江边的乱石荒草一路拾阶而上，来到了长江和清江的交汇处。事实上，被分段架设了高坝洲、隔河岩、水布垭三个水电站的清江被称为三段水库应该更准确。它现在已经不再是那个还没走上河堤就能听到哗哗流水声的清江了，而它所注入的长江也不是那个一群群江豚在水里拱游，机帆船来来往往，船舱中有人、有动物、有鸡鸭和蔬菜的长江了。这两条安静得已经成为水库的江，无论在生活还是生命的意义上，跟毛子、跟当地人已经没有什么关系了，"虽然它的确很美，但是美得让你心虚，而且河流作为一个有生命的东西，它的生态都消失了。这个生态不光是河流的声音，它还应该有生命。清江河应当说是土家人的河流，有土家族文化上的东西，包括跳丧、吊脚楼等，也包括物质上的东西，包括以前的桐油和布匹，但所有这些东西基本上没有了，完全消失了。”

在这些消失的一切之中，也还包括毛子的两个故乡——宜昌和宜都，或者还有他一直都不存在的乡愁。“我的故乡好像碎片一样，事实上我从来没有离开故乡的感觉，也没有回到故乡的感觉，对故土我始终是一种游离状态。如果有些东西让我在精神和情感上接近，我就把它认定成故乡。”故乡的概念在他身上一直很淡，如他所言，“我的生活和精神好像钟摆一样，我在宜昌时和它没多大关系，有一种无根的感觉。”在宜都，他的故乡不断缩小，指向于一个个具体的人和碎片；在宜昌，走在街上认不得一个人，他可以更随意一些，他希望在人流里谁也不认识；他更喜欢的是宜昌和宜都之间，“我在宜昌时想回宜都，到了宜都又想回宜昌，只有中途坐在大巴上的颠簸让我感到踏实一点。”

在合江楼下，我们眺望着大桥上的落日余晖，左边的点点夕阳洒在澄碧的水面上，犹如碎金铺地，右边两条江交汇处的水面上是一条泾渭分明的水线，一边是长江之水的黄，一边是清江之水的绿，更远处则是已经混合得分不清彼此的江水，江水绕过那几个星星点点的垂钓者身边后渐渐东去。在高大的合江楼下，毛子的夫人牵着憨子，我和毛子望着茫茫的水面没有说一句话。回来后我写了一首《在合江楼》的诗赠他：

我们走着走着，就没话说了
江水流着流着，就变成了湖水
我不说话，像清江
你也不说话，像长江
合江楼是一座猩红色的纪念碑
我们沉默
运沙船的突突声，加重了我们的沉默

那几天在路上我们说过些什么又说出了些什么，不知道毛子是否还记得，我基本上已经忘了，又或者它们都回到了无言之中，最后只剩下沉默，今天我也只是记得那些沉默。那是一些像草原一样的沉默，也是一些像海一样的沉默。草原和海——毛子最早见过的和最近见过的，这两种被陆地托举出的有着某种共通性质的存在方式，都无边无际，它们与头顶的苍穹都宛若两只巨大的扣碗，一种被称为“波浪”的东西在其中此起彼伏，人在其中则如一叶被荡来荡去的扁舟。在只成为布罗茨基一个人的威尼斯，水是时间的一种凝聚态形式，“我忙于滤取它的原因，是水里有众多的倒影，而在它们中间有我自己的影子。”而对毛子来说，他滤取的则是那些影子被荡来荡去的回声

一个读诗的下午

1

因为付出的最少而得到的最多，文学似乎总是距离穷人更近一些，尤其是在中国。事实上，一本薄薄的小书带给我们的想象可以是无穷无尽的。十九年前，在我刚刚从农村初中考进县一中前后，我对一切写有字的纸片都充满了渴望和某种敬意，过期的报纸、家谱、《计划生育手册》、电器产品说明书，都被我读得津津有味。有一次，不知是从谁家的书架上弄到一本诗集。厚厚的一本，封皮已经被撕掉了，每个诗人选了几首诗，名字都很陌生。我爱不释手，每天晚上睡觉之前，都会打着手电筒在被窝里看上几页。还花五块钱的巨款，买过一个皮面笔记本，把自己觉得好的诗句一字不漏地抄下来，反复地朗读和背诵。至于当时的动机，现在说来比较夹杂。如果抛去年少的羞赧和不好意思，坦白一点承认：一小半是为了那些诗句本身，一大半是为了在女生面前显摆。

十四年前，我去一座煤矿小城读大学，二十岁第一次出门远行，终于从五年高中（高三有两年是复读）的苦学中解放了。进大学不久，我就结识了胡伟、白荀、王优、吴杰、粗人、张宗勇等一帮子写诗的朋友。那时候，他们几个中文系的人刚刚接管了美术系的一个文学阵地，办了一份叫《美术青年》的文学小报，每期印上个几百份，免费发放。我这个教育系的新生，被吸纳进去之后就给他们打杂，主要做两件事：其一是去大街上找商家拉广告赞助，其二是报纸印出来之后到各个宿舍散发。平时，我们就征用张宗勇的餐馆做据点，在那里商量报纸的约稿、编排、设计、印刷等事项，饿了渴了就由他提供吃的喝的。事实上，我后来才知道他们之间也才相识不久，是他们去张宗勇的餐馆吃饭时认识的，顺带着把他发展成了一个诗歌爱好者。他年纪比我们都大，已经在社会上飘摇好多年了。他不写诗，好像也不怎么读诗，但他就是喜欢跟我们这帮子人聚在一起玩，就是愿意为我们这些充满文学理想的小年轻提供这么一个地方，提供吃的、喝的。

在某个冬日的晚上，在一家打字复印店里，胡伟还与我坐而论诗。我们一边喝着九毛钱一瓶可以退瓶的啤酒，一边就着从烧烤摊上买来的廉价烤鱼。胡伟跟我说起那些名字，那些曾经被我抄写在笔记本上的名字——于坚、北岛、王家新、西川、海子等，他还说到著名的“盘峰争论”、韩东的“诗到语言为止”。那时候，胡伟最爱的诗人是于坚吧。他从怀里掏出一本随身携带的《于坚的诗》，找出《怒江》《女同学》《感谢父亲》，还有写松果的那一首：

听见松果落地的时候
并未想到“山空松子落”
只是“噗”的一声
看见时，一地都是松果
不知道响的是哪一个

他说：“于坚这诗有唐诗的感觉，字字充满禅意。”于是激扬澎湃地念，轻声细语地念，抑扬顿挫地念，以至于让我觉得他的每一个表情和词语背后都隐藏着莫大的深意，而我的每一下咀嚼、吞咽和一饮而尽仿佛都会影响到能否准确理解。于是我把动作的幅度放慢、放缓，异常小心谨慎和虔诚，甚至诚惶诚恐。

那时候生存还远没这么迫切，物欲也不那么横流。我们对形而上的东西还保持着足够的热情和浓厚的兴趣，眼前破碎的生活似乎总是那么容易打发，理想和愿望也总那么容易接近容易满足，大街小巷满是卖盗版书、旧杂志和情色光盘的小商贩，一行激动有力的诗句和某个姑娘隐约的回眸足以让我们兴奋半个下午。中午没课时，胡伟就带我去他的出租房前后转悠，到了饭点就去买两毛钱一个的大馒头，在卖淮南牛肉粉丝汤的小摊那里要一块钱的烫面——虽然主要是为了喝不要钱的汤，使劲喝，喝完再加；吃不要钱的辣椒油，吃得满头大汗，辣椒油也可以给瘦弱的我们补充些油水。后来老板和我们熟了，就允许我们只吃五毛钱的烫面，我们还是使劲喝、使劲吃。每到周六下午，我们就去爬山，一直爬一直爬，也没有目的地，然后再走回来，累一身臭汗，下来之后就去吃一大碗羊蹄板面。要两块钱一碗的那种，多放点儿辣椒，就着大蒜头。偶尔，也会带回来一瓶黑米酒，去朋友的打字复印店楼上念诗，于坚的"从前我统治着一大群黑牛，上高山下深谷我是山大王"，西川的"风吹着空旷的夜也吹着我，风吹着未来也吹着过去"，海子的"草原尽头我两手空空，悲痛时握不住一滴眼泪"。一直念一直念，直到很晚很晚，有时候就干脆不回去了。对酒当歌，人生中见到的最美的夜色似乎也是那个时候，大雾被街对面的霓虹染成梦幻般的粉色，水汽蔓延开来，我们被包裹在其中，宛如两个等待着领取圣餐的孩子。

2

毕业前后那一段日子，我先是南下广州，之后又前往桂林。在桂林，因为一个偶然的机会认识了写诗的刘春。有天晚上他约我见面，请我在一家小餐馆吃饭，就此相识。那两年我们一起喝酒，一起谈书和诗，一起春游和秋游，一起去爬山，一起逛书店。我们经常光顾的那家刀锋书店，装修雅致，环境清幽，就在桂林城内的漓江边上。有时候我推门而入，会迎面碰见他；有时候他推门而入，会迎面碰见我；更多的时候，我们会约在那里或结伴买书看书，对着刚刚出版的新书评头论足一番。记得有一次下班后，我们还相约着步行回家。他从榕湖边的报社走到中华路，或者我从中华路走到他们报社，然后一起穿过车水马龙的解放桥，穿过游人稀少的七星公园，一路上谈的都是诗、诗人、写书、做书等。在公园里，我们商量编选一套诗人随笔，由我来负责黄灿然的一册，想法尚未成形，他的《朦胧诗以后》就出来了，我花了近两个礼拜断断续续看完，目光又一次停留在那些熟悉的名字上：于坚、王家新、韩东、柏桦、北岛、翟永明、西川、欧阳江河、海子……

在桂林那两年多，还结识了黄芳、安石榴、莫雅平、胡子博、光盘等很多诗人，一起喝酒、喝茶、吹牛。那段日子，虽然过得不显山不露水，却真实而静谧，生活贫乏，精神富足。后来我去了上海，刘春刚写完他的诗歌随笔集《一个人的诗歌史》，整本书散淡细密，以诗人为经，以诗歌为纬，以温情为基调，串起背后幽微的人事，几乎就是一部诗人列传，编织还原出了一代人的诗歌记忆。我乐于读诗，却一直不喜欢读诗歌理论，诗歌评论更不喜欢。一是嫌过于矫情和一厢情愿，二是觉得笔下庞大、激情、潦草而无趣，三是觉得诗歌也不需要评论。或许刘春不在此列，他笔下的诗人，他大都与之有过切身的交往，一起年轻过，见过面，开过会，喝过酒，谈过诗，吃过同一口锅里的面条，喝过同一个酒瓶里的酒。所以即使写起诗学随笔，他也不像学者和评论家那样正经八百，而是时不时地穿插一些忆旧的小段子，怀旧的、伤感的、严肃的、插科打诨的，都那么贴切，一点也不跑题，直到现在我还禁不住时常回忆起那些与诗、与他为伴的日子。

刘春一直生活工作在山水之城桂林，湖光山色不但没有给他平添暮气，反而愈见锐气，身在西南边疆却须臾不想离开诗坛中央，我那时欣赏他这种无处非中的气度。他的笔下率真性情，虽然有时稍显枝蔓，对文学和诗歌的虔诚与热情让他把每一处细节都放大甚至夸大，字句也不那么简洁甚至有些拉杂，不过倒也不失原生态。太干净的文章大都有雕琢之嫌，跟人和阅读会有一种相隔。文章如生活，本来就应该不乏枝蔓吧，口水话、俚语俗语不避，怎么想就怎么写，粗糙，真实，有力，就这么一路下来，半道冒出一处点睛之笔。但他至少做到了一点，笔下每个诗人的脸庞都是清晰无尘的，每个字的弯曲和回环都出于切身感受。他对生活细节的不羁，和对笔下每一句话的谨慎，让我至今难忘。从外形上看他或许是个粗犷汉子，轮廓分明，面目深刻，并非清秀相貌，但他心底微澜又细密致密，感受力和表达力灵敏而深刻。

兜兜转转，我离开桂林至今有十年了，和刘春也有很多年没联系了——中间也联系过几次，在桂林也小坐过几回，他现在也不大写诗了，成了一个出版人和以诗歌和诗人为对象的随笔作家。我们之间也不再有以往那么亲近，我还有的印象是，某年坐在他位于太平路上的那间图书工作室，我一瓣一瓣地吃着橘子，一小口一小口地喝着茶水，至于说了什么已经全忘了，我们隔着桌面就像隔着一片茫茫的人海，互相都难以找到对方。这或许可以归因于地理上的天各一方和某种个人旨趣上的渐行渐远，也或许时光如波浪，已经推移着我们各自的肉身之舟划到了彼此向往却不再能左右的水面之上。

3

惭愧的是，这中间有好多年我都不读诗了。我那些曾经写诗的朋友，也都不怎么写诗了。

几年前，胡伟搞房地产挣了大钱买房子娶老婆；白荀从电厂辞职下海卖小麻辣虾、开赌场，最后迷上吸毒又被强制戒毒，现在也差不多快出来了，他有一句被胡伟惊赞不已的诗——“所谓自由，不是向上飞，而是往下掉”；而当年最有才的王优，也回马鞍山做了个悠闲自在、白白胖胖的公务员；至于以前从没写过诗但从来都被诗和诗人激动的我，也基本上再没摸过诗集抄过句子了。也许只有翻译过《匹克威克外传》、现在成了律师的莫雅平还在写，还有一直奔波不定现在也娶了妻生了女的安石榴还在写。我很难想象大家再见面会是什么样子，谈起诗歌又会是什么心情。在我们之间，诗歌也许就像被兑水稀释了的二锅头，回想起当年的狂热不羁和通宵达旦也不过讪然一笑，以现在的世故否定当年的稚嫩与不成熟。生活总会铺天盖地地袭来，一路市声隐然而巨大，我们每个人终究都被荡起的连天尘灰淹没，许多双手暗中把流年偷换，漫天的稻粱谋夹杂着小聪明一起袭来，我们不得不放下诗歌，捡起柴米油盐。

或许要等到很多年以后的某个下午——事实上，一生中你总会有这么几个下午。那个下午，窗外正好下着不紧不慢的雨，厨房的灶台上小火慢炖着砂锅牛肉，那是你中午去菜市场买回来的新鲜牛肉。雨虽然没有下得更大，但丝毫没有停下来的意思，就这么一直淅淅沥沥地下着。你无所事事、百无聊赖，趿拉着一双拖鞋在地板上走来走去。在踱步踱到第四个来回之后，你终于走到那张布满积灰的书柜前——那里已经很多年没添置过新书了，你漫不经心地抽出一本卷了边儿的诗集，也是厚厚的一本，也是封皮被撕掉了的一本，也是每个诗人选了几首诗的一本。你斜披着外衣躺在竹椅上，想用这么一本诗集打发妻子下班和女儿放学之前那段百无聊赖的时光。你随手翻着脆薄的纸页，纸页在你的手中随意地展开着，你小心地撕开被潮气和虫子的尸体黏在一起的第 189 页——某个字被黏到了第 188 页，你读到米沃什的那个句子——“想到故我今我同为一人并不使我难为情”。

或许跟我一样，看着蓝色雨篷锯齿形边缘流下来的雨柱，你会呆呆地出上一会儿神，然后顺手把诗集倒扣在旁边的茶几上。相信你也会跟我一样，在凄迷的雨幕之中回忆起二十岁时读到这个句子的你，那时候你还青涩、稚嫩、瘦弱，嘴唇上方刚刚冒出胡茬儿，你的背包里经常带着一个抄着很多诗句的蓝皮笔记本。你想到了以前的很多很多，你甚至已经忘记了灶台上正在炖着的砂锅牛肉，忘记了即将回到家的妻子和女儿，直到锁孔里传来一阵钥匙转动的响声……

难得肉声

1

如果足够敏感和用心，读一本以倒叙手法编排的诗集会给你带来这样的感受：如果从前往后正着读，你将能感受一个五十二岁的中年人如何返身成一个二十五岁的年轻人，你会发掘出那些词句、语调以及其背后情感曲折幽微的来路；而如果由后及前倒着读，你却不太能与这个年轻人携行并看他如何成长为一个中年人。这或许就是倒叙手法的鬼魅之处，同时也是一个人自我审视过往的应有理路：既惊心动魄又步步不虚。在这里，我说的诗人是张执浩，读的是他最新的诗集《高原上的野花》。这本诗集中的第一首《写诗是》，他写于 2017 年，时年五十二岁；这本诗集中的最后一首《糖纸》，他写于 1990 年，时年二十五岁。

几次暮晚夜半时分，当我坐卧着翻读这本诗集，一种熟悉之感再次卷土重来，犹如将右手重新放入由其先前灌制的手模之中般严丝合缝。这或许是因为诗集中每一首我都读过，又或者因为在生活中与张执浩过于熟悉的缘故，我在读他所有诗歌的过程中其实已经不是在读，而是更接近于听。每当我翻到一个标题，然后他的声音就跟着飘了过来，低沉缓慢，一字一顿，旁边的虚空中仿若漂浮着他绽开时略带收敛的表情、花白中不失整齐的龇须。无独有偶，在与我相熟而与张执浩不相熟的几个朋友的交流中，他们也提到了读张执浩的诗“读即听”的这种感受。这种“巧合”正能说明的一点恰恰是“不巧合”，也即并不全因为我与张执浩相识相熟之故读其诗才会产生这种“听感”。

应该说，这是张执浩多年来孜孜以求所达成的，正如他所说的“诗歌是一种声音”（他还说过“诗歌是一种画面”，这一点不在本文所说的范围之内）。如果说这种诗艺认知来源于他近三十年来生活在武汉音乐学院这个“声场”——他还在此校做过十年的历史老师，来源于他的夫人是音乐文献学的权威教授、女儿是在香港研究流行音乐的在读博士，以及他的一帮在音乐领域造诣甚深的兄弟和朋友，应是比较贴合诗人生活现场的。音乐学院这个特殊的声音发生地，在日常之中无疑濡染并影响了他的诗歌观念与写作，一如前文他所说的“诗歌是一种声音”，也正如他平日常以“音色”“音质”“音准”和“调门”等音乐学术语谈论诗歌。对写到一定程度的诗人来说，和他笔下的每一个词语发生关系是必须的，但事实上也是有难度的，难度不仅仅在于防止词语的打滑，还在于要将“作者的词语”转化成“读者的声音”，让读者在第一个字初入眼帘时犹如第一个音符响起，情意陡来。读者先是通过诗人成为诗人，而后又通过诗人找到并成为自己。

问题的另一方面在于，如果以最近这些年张执浩清晰形成的“声音诗学”这一观念概括他中期和早期的诗歌，是不是能够在概念上自洽、在逻辑上周延、在事实上成立？而更让人忖度的是，这一诗学观念究竟是他后期（近期）的某种一时附会，还是渊源于他由来已久的自觉实践？

2

如果说新世纪之前的张执浩在诗歌中更多关注的是现实之音，那么被认定为他的代表作的《高原上的野花》则昭示着他关注的更多已转向内心之音。这首咏叹着递进的八行短诗，呈现了一位“老父亲”的形象，以四句“我愿意”过渡到最后一句的“我真的愿意”，自我呢喃中的声音从平静到激烈、从节制到喷薄，其力度愈来愈强，而老父亲的形象愈来愈苍老也愈来愈清晰。当时的诗人尚不足不惑之年，却提早发现和底定了自己作为一个“老父亲”的形象。这首诗歌中并没有关于声音的具体描述，但当你念出这八行诗句时，你一定会发现它们就是声音本身——也即诗人的自言自语。这些诗句可以有对象，也可以没有对象，然而它们已然通过诗人获得了超越文字的穿透力，这些纸面上的文字被赋予某种清脆激越又浑厚朴拙的声音的质地。当然，你也可以说任何一首诗念出来都会有这样的效果，或者说任何一首以话语写成的诗歌念出来都会有这样的效果。事实上“声音”的表象效果可能会有，但是其背后构成一首好诗的那些技艺、情感、语言要素却未必具备，这或许可以用“诗歌是一种声音”的下半句来解释，也即“声音并不是一种诗歌”。

在《高原上的野花》这首诗之后，尤其是最近五年来，“目击成诗，脱口而出”和“轻言细语是一种美德”已经成为张执浩越来越清晰的诗学观念和诗学实践，这一点在《高原上的野花》《欢迎来到岩子河》甚至更早的《宽阔》这三本诗集中可以得到证明。“脱口而出”和“轻言细语”这两个成语，代表着他所说的“诗歌是一种声音”的两种诠释，“脱口而出”说明了诗歌的语言是口语的、官能的、即刻的，是肉身最直接和最下意识的反应，犹如婴儿的瞬间之哭和刹那之笑；“轻言细语”则说明了诗歌的词句、气息、节奏和情感是中低声部的、舒缓的、悠长的、和解的，犹如老僧之入定和说法。

还是以张执浩写于2017年的三首诗为例，《你把淘米水倒哪儿去了》《晚安之诗》和《危险的梦话》分别选择了日常生活中最为常见的三个场景。在这三首诗作中，前文所述诗人早期那种有力的声音已经不见了，而替之以最普通寻常的声音，这与其说是诗人的自信，不如说是作者的自觉，自觉地规避和选择词语和词语对应的声音。这三首诗都称得上诗人的目击之诗和轻言细语之作的典型作品，“目击”说明了选材面向的宽广——“我看见”，“轻言细语”说明了写作情感的基调——“我说出”，但它们所建立的某种“声场”却是素常之景中的挠人之音，文字所唤起的声音、声音所唤起的情感并不因为你没有类似的经验而减损其共鸣之感。

跟很多诗人尤其是很多具有知识分子气质和学院背景的诗人相比，张执浩的诗歌是简单的——而且有越来越简单之势，这种简单一方面让读者易进入、易懂得、易共鸣，另一方面是诗人语言本身的简单和简洁，尤其是他近十年来写作的去修辞、去长句、去思想，让他的诗歌在本来的简单简洁中获得了更深一层的简单简洁。他把难度留给了自己、留给了创作。应该说，就“诗歌是一种声音”这种诗学追求而言，简单简洁的词语相对更容易获得某种声音的属性，而知识性的、思想性的、文言和文学化的词语很难被赋予这种属性，可能也正因为如此而很难进入大众读者的阅读范围和心灵范围。

3

那么，到底是简单和简洁让张执浩的诗歌获得了这种“声感”和“心感”，还是支撑其诗歌具备这两种特质的还另有其物呢？在我看来，简单和简洁只是他的一种呈现方式，而呈现方式的简单简洁并不说明创作本身的简单。对于任何一个真正的诗人而言，创作都是艰难的——诗歌这种文体的艰难可能还甚于其他文体，因为创作虽然关涉语言却并不只意味着语言。最近一段时间，张执浩常常说起的一个问题是，一首诗的难度究竟在于文本的难度还是在于内心的难度？于张执浩而言，这个难度当然是后者。而这个难度中的一种或者说最重要的一种，在我看来，是他一直坚持要用声音去反复擦拭和清洗词语，使之退去积灰沉锈，使之放射昨日亮光，使之发出喃喃肉声。这一点反映到《高原上的野花》这本囊括近三十年诗作的诗集中，既是他几次转向的呈现与抵达，也是他这首十几年前的同题诗所提前切中和一击即中的，一如这句“我愿意终日涕泪横流，以此表达我真的愿意做一个披头散发的老父亲”为他提前确立而今已然而至的形象。这首近于自言自语的短诗，正是以放弃技艺的方式放声了他“目击成诗”和“脱口而出”的人世之音，技艺是简单的，词句是简单的，情意也或如是，但萦绕于耳畔的每个音节以及其中的无声之白却犹如产床上的婴儿破啼和山谷中的洪荒足音。

或者更进一步说，张执浩的“声音诗学”也可称为一种“通灵诗学”——我之所以借用“通灵”一词并非是削减语言技艺、生活经验和个人情感等在诗歌写作中的作用，这种“通灵”并非宗教、巫术和神秘意义上的通灵，尽管它不可避免地会带有某种神秘气息，而是作为一个有着长期写作训练的肉身在创作中所达到的、结晶般的本质把握能力。对于张执浩，很多读者和评论家的共识在于他是书写日常的高手，正如他在饭衣蔬食和璀璨俗世中也是个高手一样。他不赏玩把件儿珠串，房间没有字画文玩，更进一步说，他没有很多诗人追求的古趣和文气。他排斥和拒绝被文人化、被文学化，而是转圜并留念于杯盘碗碟之间的烟火，作为一个人过着一个人的生活，作为一个当下的人过着当下的生活。

对一个技艺日臻完美的诗人来说，应有的警惕之处，或许在于语言、声音化的语言会比情感和意义来得更快，但是其承载力也会因此而趋弱，甚至会出现斯宾格勒所说的那种“假晶”现象：一种岩石的熔岩注入他种岩石的缝隙和空洞中，以致造成了一种混生的“假晶”，即貌似乙种的岩石实际包裹的却是甲种岩石。借助于这个地质学概念，斯宾格勒在《西方的没落》中解释过有关阿拉伯文化各项问题在历史上的现象。事实上，纯粹的自我晶体并不多见，更多的是一种共存混生的“假晶”。借用到诗歌创作上来说，一个成熟诗人的危险在于，其技艺的成熟和内容指数的“假晶”现象是很可能伴生的，所以一首诗的打滑也是难以避免的——甚至作者自己都难以分辨出“真晶”和“假晶”，何况即使不打滑，语言（声音）对真相、情感、意义的呈现也会挂一漏万，这既是语言（声音）自身的困境所在，也是一个成熟诗人在成熟之后要面对的“瓶颈”。或许正因为如此，终极意义上的写就是——不写，终极意义上的声音就是——无声，但不写、无声又和写作这种现实实践构成了永远的悖论。而在这个“瓶颈”和这重终极意义之外，值得一说的是，一首诗真的就必须呈现出某种情感、意义、本质或者“通灵”状态吗？

写到这里，我想起与张执浩在一起的诸多深夜，我们从或远或近的街头醉酒而归。因为住得近，我会先送他穿过大半个武汉音乐学院前往其寓所的单元门前。此时基本都已近凌晨时分，校园里杳无人迹、黯哑沉静，秋冬之风在墙角翻卷着黄叶使之郁郁前行，那些白天或独鸣或合奏的乐器也都一一被藏诸器匣，我们穿过空荡荡的夜色和许多高过屋顶的水杉，而后我再折身返回。等走过一旁正沉睡着一些稚嫩而漂亮的女生男生的宿舍楼时，我仿佛能听见他们低回的梦话、湖畔的吊嗓、琴房里的排练、舞台上的放歌。而再想想多年之后，人世过半的他们在某一天的薄暮之中来到阳台，对着窗外的枯冬枝杈随口哼出几句无来由的曲调，没有伴奏与和声，也没有舞台和镁光灯，肉声辗转低回却犹如尘世召唤之音。他们是否会知道，陌生的诗人邻居张执浩当年每天就在旁边的房间反复打磨着词句，那“声音的旧址或遗骸”？他们终生不相识但是又殊途同归——也正如人海之中的你我，只有那些诗句高高飘荡在人世上空，证明着他们的存在，也证明着他们的某种相通之处。

读须兰

偶然翻到一本书，深黄色的封面，截取的是一副古代的仕女花鸟画，下方的女子丰腴安然，正抬头看着停在斜上方铁架上的那只鸟。书名《黄金牡丹》，下头是作者的签名：须兰。一笔一划，清晰可辨，随意里藏着几分稚拙，稚拙里又透出一股子力道。翻开来一看，装祯设计得也别有一番兴味，简约，干净，白纸黑字，旧照片，裁剪得体的油画插图，是作曲家迈克尔·尼曼奉行的那种极简单主义在视觉中恰如其分的运用。从篇幅上来说，这本小书真算得上小，所选文章仅八篇。八篇文章，说长皆不长，说短也不能算短。除了末尾那篇谈四部电影和导演的寥寥数语外，其余七篇皆四五千字篇幅，《狐狸的棋局》写上个世纪三十年代的沪上名媛闺秀，《好色》写日本的浮世绘，从喜多川歌麿、柳柳居辰斋、鸟居清信、歌川贞景，写到能剧演员出身的画师东洲斋，《非相》写“巴黎画派”意大利象征主义的代表人物莫迪格利阿尼，《切割》写生于俄国喜欢在画中述说乡愁的犹太画家夏加尔，《黄金》写卡拉瓦乔，《凤凰委羽》写高更，《牡丹》写明式家具。书中文章并非初次面世，皆是须兰在《万象》杂志上刊载过的文字。

须兰写民国上海女子，个个皆能得其风采神貌。她为那些烟视媚行、俏净如狐的女子或赞词，或微责，或开脱，到底是真懂得上海十里洋场、万千气象的根本所在——世俗。“世俗”两个字，最是上海情怀，所以遑论袁世凯的女公子、康有为的小姐，巨商大贾的掌珠，又或闾巷人家的女儿，“眉眼间都有人间的烟火气，再美到极处，亦是下凡的织女”。然而 20 世纪 30 年代的上海，是俗世，却终究又是乱世。乱世之中才有佳人，这样的佳人亦多是慷慨女子，因为“上海是有杀气的城市”，有“古小说里用竹管捅破窗户纸吹进屋子的迷香”，所以无论出身富贵还是平民，“都染上了这个城市的美和杀伐”，妩媚又亮烈。

《黄金牡丹》里我最喜欢的是须兰写卡拉瓦乔和高更的那两篇。名画家卡拉瓦乔，是文艺复兴时期的“遗腹子”。他的画萌发着一种激进的自然主义，兼具精确的观察和生动的色彩，构图饱满、集中，完美而又有重量感。须兰比之以“上古的黄金庙宇”，又说卡拉瓦乔之美是物质的，譬如泥土经过水火而成空，所以才能容万物，可谓中的之言、切肤之论。她又以宗教来解《诞生图》《圣马太蒙召》这些名画，以宗教解宗教，以基督说基督，而卡拉瓦乔便是她笔下自始至终不断续的那行字。她写得风生水起、动魄惊心，我看得有如乘了挪亚方舟到世间走一遭，虽然遭受着重重劫难却终究有惊无险，一切的一切最后都归于物质，又归于物质的形之上。

须兰又说高更，说他有了塔希堤岛是“新帖绣罗襦，双双金鹧鸪”，是“乱世儿女乍相逢，狂喜不是，缠绵不是，唯是顺从。唯是低眉俯首，是真实逼到眼前来时温婉的哀”，这是以最中国的话来解高更——高更是世界的高更，而不再是那个自己被发入山寻求脱解的高更。彼时，高更别了妻儿，辞了工作，只身一人来到塔希堤，来寻盛大的阳光、高密的树林和未经文明沾染的原始——因了这些他才自身分明。须兰说，高更是佛，塔希堤也是佛，但高更做不到遇佛杀佛，这虽是他“笔下慈悲”，但“亦可算是他的好处，岁月沧桑皆可以化作一年一度的青竹黄花的寻常面目，归来依傍人身”，“是天地有亲，人世的大吉祥”。高更想来不懂佛、不懂禅，亦不懂得慈悲为怀，但是须兰如今用佛来解他，亦无有不好，反倒像一斧子劈开了天地，有那别开生面的格局。

须兰的文言功底很好，笔下一股子清末民初的摇曳姿韵，古诗词和旧派小说也引用得活灵活现，笔端温婉华丽，飘荡着一片彩云祥瑞，但又不失言之有物，并不曾沦陷于广大都市摩登女作家和供中产阶级、波波族与小资们消遣的华丽刊物那种精致的空洞——这样的女子，这样的人，这样的优雅，想来差不多已绝种许久了。时代在破坏之中，还有更大的破坏要来——竟不曾想到多少年之后，几十年后，一层又一层的割裂、断绝之后，还有这样的人在层层破坏的委顿之中重又冒出了头角，蔷薇蔷薇一处开，虽开得寂寞孤零，倒也开得多姿又多彩。

又有《牡丹》一篇写明式家具，虽枝叶烂漫，从头到尾洋溢着奢华与得意，但我不喜欢。应该说，须兰是有她的武断和一厢情愿，只知这明式家具的虚实变化与物质之美，却不懂得再美再好的器物要在日常烟火的使用中才好，才能格物致知般

“格”出那种好。陶器如果只为观赏，慢慢就会变得单薄，以致最后走向没落，所以烧制的初衷并不是为了看，而是为了用。家具也是这个道理，好东西原来都不单单为好，却还要有一瓢饮、一箪食的真实，在触摸与使用中方才能成其美、成其大。王羲之的字再好也是用来写信的。须兰又爱用比。她以杰克逊的舞蹈、从《雪国》到《睡美人》处于破立之间的川端康成和禅门公案来比附莫迪格利阿尼的画，以爱森斯坦拍《伊凡雷帝》、所罗门情歌和蓓拉的传记解说夏加尔，以数学、礼仪、物质、光、基督和命运来写卡拉瓦乔，以古诗词、梁山好汉、《山海经》里西王母的仙女、九天诸神、古代的士、唐玄宗宴群臣、民间的守门神、《镜花缘》里因私自开花被谪人间的牡丹仙子来解高更，又以电影导演布努艾尔、戚继光练兵、黑泽明的《乱》和京剧来诠释明式家具，真是把天南海北熔于一炉之内。

当我第一眼看上去时，确实也曾为这种漫天花雨的气势和征引心惊不已，想这须兰必定是手眼通天之辈，竟然能以一己之力在艺术的通感里如此翻转回环、翻江倒海，而全然没有一丝滞碍。不过等我读了几天之后，却开始不满于她的这般比附来，心头盘踞着不少隔阂。想她围绕着一个点，拉拉杂杂地扯了许多，历数古往今来的人人事事，遍引东西方典故、著作、电影和音乐，比得虽然看似恰切通透，十八般兵器件件耍得密不透风，又如抛花撒玉一般落了诸人一身，地上也是星星点点难分难辨，但端的不敞阳，让人虽然起了意却难落下心。一来是她过于流于形式主义的致密和广博，二来是她痴人说梦般的自言自语里终究没有她自己，难得同大家一起肩并肩地站在这春风浩荡之中。要说比，上好的比、《诗经》里赋比兴的那种“比”，应该不是这种笔法，就连胡兰成的“比”也不是。他们的那种比，是前面正在说好多话，说很多另外的话，说着说着后面忽然轻轻一笔荡开，给人留下许多的想象无尽，有四两拨千斤的功力，然而却又海晏河清，像是什么都说了，又像是什么都没说，并不像须兰这番车水马龙般比来比去，热闹是热闹了，却终究不免嘈杂。

要承认的是，须兰的文字学胡兰成，半文半白、妩媚妖娆的表达学得好，行文之中偶尔来一两句恰切至极的诗词，那股子日月山川、诗书礼乐、天意人世、儒释道兼备的架势也拿捏得有板有眼。然而，她到底不如胡某人那般地道（她比胡兰成还多了许多西洋绘画、电影和音乐的见识），端的会在疏漏之处现出马脚来，渐至于迷失了她自己——这当然是她的失落与不足。岁月倏忽过去，纵使须兰再流连过去的时代和光景，再流连于优雅而富足的那些古诗词、旧派小说、神话、诸大师的绘画、怀旧电影和音乐，然而花落却还花又开，春风明月依旧，但今天的气息到底不比昨日的风华，她也端的是回不去了，终究不能以自身去投入其间生活，不能以身世通达学问和悟，而只能在心底，在禅门公案、诗书礼乐、旧照片、线装书、旧报刊、复制油画、老碟片和磁带中，在那片由十里洋场改造成的洋上加洋、新上加新的上海马路街头，用文字和想象去缅怀那些能编织绮梦、道理和悟的奢华风物了。

一人食

孵小鸡时，孵不出小鸡的鸡蛋容易形成两种蛋，水蛋和毛蛋。没受精的鸡蛋是水蛋，受了精、已成鸡的雏形却没破壳的是毛蛋。这两种蛋，都可以煮着吃。在乡镇的街口，立一方烧煤球的煤火灶，用一口搪瓷脸盆当锅，加大料、尖椒、葱、姜、蒜、生抽、料酒、面粉慢慢煨，一边煨一边卖。味道极香，随风能飘荡很远，往往还没有看见，就已经闻到了香气。做了一天工的劳力们，路过时就在锅前蹲下来，打二两散酒，再要几颗毛鸡蛋，一边慢慢地剥，一边悄悄地呷，一边不咸不淡地扯闲篇儿。这时候我往往是看客，也不是看客，而是闻客，搪瓷盆里徐徐冒出来的白烟中有着煮肉也不及的香味。剥开的毛鸡蛋已经有了小鸡崽的形状，清晰的鸡头、嘴尖、小爪子。我不敢看，第一次吃毛鸡蛋是闭着眼睛被塞到嘴里的，毛茸茸的那么一只，真是又残忍又鲜美。

我父亲曾经是农村红白喜事的厨师，但是他并不会煮毛鸡蛋。也曾经煮过一次，为了讲卫生，洗了又洗，泡了又泡，结果也没那么好吃。很多吃食，还真不是料一样就能做出一样的滋味，北京的卤煮，桂林的螺蛳，长沙的臭豆腐，成都的兔头，都是不那么干净的街头小店做出来的才有味，你到大馆子里吃，还真是不如不吃。陈璧君爱吃各地的小吃，据说有一次去杭州，她誓言要把杭州的名小吃都吃个遍，随从说小吃虽好但是不卫生，陈璧君却从来不担心卫生不卫生的问题，她说想要吃到地方特色就不能担心卫生。她食量极大，据说一次早餐，她一口气就吃掉了一个红烧羊头。

鸡好吃，越小越好吃。据我吃鸡多年的经验看，毛鸡蛋最出味道，半大不大的小鸡次之，鸡越大越老越不好吃。寒冬腊月下雪天时最适合炖鸡吃，用一只小砂锅文火慢炖，炖一上午，皮鲜肉嫩，滋味尽出，吃的时候总觉得那雪还下得不够大，下得不够紧。早年读书时还学过一篇什么课文，讲红军爬雪山过草地时一个老红军抓到一只小野鸡，用荷叶包了裹上泥巴烧着吃，小红军吃了觉得那真是天下至味。每次上课不想听讲时，我都会翻到那一段，慢慢地读，慢慢地想，慢慢地流口水。相比之下，大公鸡和老母鸡就没那么好吃了，肉老而柴，炖汤还可以，但是汤里的肉根本就不是肉了，与干柴无异。

去年在丽江永胜的他留山上，有一天中午吃鸡，土乌鸡。从我啃的两只鸡爪能看出来，那只鸡很是肥大，肉多、肉紧而不烂，大欠火候和滋味，不过我照样赶到碗里大嚼而特嚼。山西去的小说家王祥夫吃了一两筷子就停了下来，转而开始喝酒。当地的土酒入口绵甜，不过后劲儿颇大，跟每个人都干了若干杯的王老最后喝醉了，红润的两颊越发红润，乌黑的两片墨镜越发乌黑，越发像一个旧时的“还乡团司令”。下午去当地的瓷器厂，王祥夫受邀作画，在众人的簇拥下一挥而就，又挥而就，三挥而就，一连挥了好几幅。到了晚上，他在席间一伸手，还不解地问众人："手上怎么有墨啊？我什么时候写字了？"我看出来了，他中午喝那么多酒是托词，当菜没那么好时，只有舍菜就酒了。

王祥夫是一个吃家。他可谓好吃、能吃而又懂吃，他说猪头肉是猪身上最最好吃的部位，就酒吃好，不就酒、夹在山东大馒头里吃亦好；喝粥，最好喝大锅熬的粥，一小把米是永远熬不出好粥的；喝羊汤，临端上来要撒一把芫荽末儿，会更香；干白菜可以和鲜白菜一道煮，也可以和虾米一道熬了就着小米干饭吃；煮过面条的面汤、煮过玉米嘎嘎的面汤，也都是滋味精华俱在的好东西；肥猪肉炼过油后的油渣也好吃，晾冷后撒上微盐，嚼之一阵儿脆响。王祥夫的吃，吃的不是《随园食单》，也不是汪曾祺在《金冬心》中给扬州大盐商请客开的食单，什么甲鱼只用裙边、花鱼只取腮下两块蒜瓣肉、车螯只用两块瑶柱，黄裳笑说那是汪先生的卖弄，是"才子文章，不过以技取胜"。王祥夫是以寻常菜觅不寻常味。

文人谈吃，其实最爱拔高，也最忌拔高。但是王祥夫那样的吃法，是只问味道不问意义。用荠菜花煮鸡蛋有什么典故？其实也没有，他也不问，只是大呼好吃。但是你若觉得不好吃，也很正常，吃是每个人自己的，睡也是，最本能的东西都是最自我的，私人化的东西是没有道理和逻辑可讲的，也不应该讲。王祥夫就是这样一个人在吃，他写出来的吃，也就是他的不讲道理和不讲逻辑。吃家并不等于美食家，美食家是过于讲究对食物的雕琢，偏于形而上，而吃家是对食物本身充满兴致，偏于形而下。武松吃卤牛肉和蒸鹅，鲁智深以狗肉蘸蒜泥，都是好吃家；宋江也是，他在江州时想吃鲜鱼，认为隔夜的就不好吃；而富贵出身、讲究精肴细馔的柴进和卢俊义则是美食家。临刑前给大儿子留下一封家书说盐菜与黄豆同吃大有胡桃滋味的金圣叹也是好吃家，而他的舅父、把董小宛做的菜誉为“诗菜”的钱谦益则是美食家。王祥夫不想当美食家，他既不讲“形”，也不论“道”，他的吃肥肠、羊杂割、羊肚汤、芫荽鱼、肥肉、螺蛳、浆水面等，也是重其本味而轻其浮华。

曾经看过一部老电影，里头一户陕西人家娶亲，吹吹打打好不热闹，流水席的最后一道大菜是红烧鲤鱼，端上却不见有人动筷子，众人只是扫些汤汁。汤汁荡尽，露出一截鱼形的木头。原来黄土高原缺水，无湖无溪，平时根本吃不到鱼，结婚讲排场的红烧鲤鱼，也只能是用木头刻一条做做样子。这木鱼爷爷结婚时用，爹爹结婚时用，到孙子结婚时还用，几乎是传家的文物了。没吃过木鱼，但我以为在心理上，其滋味可能比真正的鱼还要胜过一筹。吃鱼是有讲究的，古代强盗打劫，会先胡乱抓个小孩上山，弄一条清蒸鱼给他吃，看他第一筷子往哪儿去。如果直奔肥肥的鱼肚子，说明是穷人家的孩子；如果先吃鱼尾或鱼头，那就要被留为肉票了。鱼头和鱼尾比中段好吃，会吃的人是不吃鱼中段的。王祥夫如果生在古代，万一被强盗抓上山去，他家肯定是要千金倾尽的！

在丽江那几天，和王祥夫相伴着喝了几天酒。我发现的一个细节是，没有好菜时他便喝酒，嚷嚷着要别人喝，自己也喝，几至于喝醉；而有好菜时他便偶尔起盏致意，随着众人高举的觥筹抿一小口，在推杯换盏之间就只是吃菜。而那天晚上在古城临河的那间酒吧里，喝啤酒，无菜，他则点歌为我们下酒，五十元一首歌，他一连点了好多首。那一晚他喝多了，回来去他房间聊天，他给我朗诵他写的诗，又表演起年轻时唱戏的舞台功夫，把一只腿压在另一只腿上金鸡独立。他是个性情中人，不是不讲究，而是讲究对方和场合，讲究以旁味佐正味。就像他写吃，我读出来的更多是“吃之余”，夹着一筷子腊猪脸的民工，做菜坚持用白酒而不用料酒的母亲，菜市场专心剪螺蛳壳的女人，吃蟹只吃蟹黄和蟹膏的父亲，乃至他有一整本谈吃的书中不谈吃的部分，这些其实都是余事，却又是比正事还正的余事。拔出萝卜带出泥，没有那样的泥怎会有那样的萝卜？

其实在一起的时候，和王祥夫也并没怎么说到吃，聊得更多的都是一些逸事，关于画，关于史，关于色，关于物，也关于人。记得有一次在车上说到胡兰成，记得他说胡某人“别有一功”，这话我倒是很同意。而且我以为在浙江近现代诸才子之中，其他的不表，单单是写乡村生活的部分，可以说无人能出胡某人之右者。胡兰成自称“荡子”，他笔下也是有这么一荡的，好似江河湖海中泛舟弄楫，只那么一摇橹就跑远了，涟漪四起，天地之间都在轻轻地摇。很多人都说王祥夫是“汪曾祺之后第一人”，这话看似在表扬王祥夫，其实还是在表扬汪曾祺。依我看，王祥夫是有胡兰成的那种“荡”，他写着写着的那一荡与胡兰成有得一比，是比而非承。如果说胡兰成是摇橹弄楫之荡，那么王祥夫就是舞枪弄棒之荡，他手中捏的是一柄方天画戟，那戟杆上的彩绘也跟着热烈亮堂起来。

临别那天，王祥夫送了我一本汪曾祺的《晚饭花集》，又说要给我画一幅芭蕉。春节过完之后，收到了他寄来的几本书和一幅芭蕉图。芭蕉他是这样画的：一只纤毫毕现的红蜻蜓飞在左上首，两枝浓淡相间的芭蕉叶左右分开，既有齐整细致的工，也有意趣放纵的写。我不懂画，但是当我把这幅画裱好后挂在卧室的墙壁上，就只觉得怎么看怎么好。白天好，晚上亦好；开着门好，关上门亦好。至于怎么好就说不上来了，不过能说出来的好也都没那么好吧！很多年没见过红蜻蜓了，以前在农村夏天下雨前总会飞过来一片红蜻蜓，飞得低低的，就在脸前脑后那么来来回回地飞，有时一伸手就能捉到一只，就捏着玩，捏着捏着捏狠了就捏死了，就丢在院子里的花草旁。春天里多雨，现在窗外又泛起了一阵阵黑云，有雷声从远方隐隐传来，红蜻蜓是下雨不下雨都不会飞来飞去的了，有也只是我卧室里挂的王祥夫画的那一只，估计就是先前被我捏死的那一只变成的。

印度的颜色

1

如果来到达拉维，一点儿也不夸张地说，呈现在你面前的应该是这么一番景象：从密密麻麻的电线缝隙中望向瓦蓝瓦蓝的天空，你看见的将是一群群黑褐色的鸟，一会儿奋力地飞上云霄，一会儿又轻盈地冲向人间，振振有词地发出嘎嘎的叫声，那是被中国人视为不祥之兆而此地满眼皆是的乌鸦；穿行在垃圾遍布的空地和街头，最显眼的一抹颜色是雪白的牙齿和一闪即消失在人群中的笑容，那是追打嬉闹和玩板球的孩童；而牛粪、垃圾、猫狗、小摊、食物、香水、皮革、汗臭、奶茶融合在一起，又融合成你的嗅觉经验中前所未有、可以不断拓宽嗅觉阈值的一种味道，那来自全亚洲最大的贫民窟。达拉维，这里是孟买的达拉维，全亚洲第一大、世界第二大的贫民窟，仅次于里约热内卢的罗西尼亚贫民窟。在这片不足两平方千米的土地上，生活着一百多万最低阶层的人和已经脱离了贫穷阶层却也不愿意搬离的人。除了和达拉维有关系的人，对于孟买这个全印最大城市和最大海港，每年还有无数梦想着咸鱼翻身或放手一搏的人潮水般挤进来，初来乍到，人地两疏，他们有些寄居在亲戚家，有些睡在廉价的旅馆和脏乱的街头，而有些就住进了达拉维。

虽然对印度这个国家有着足够的想象和阅读，那是甘地的印度、泰戈尔的印度、奈保尔的印度、福斯特的印度、佛陀的印度，但是去年年底当我第一次来到孟买，经过八个多小时的飞行在凌晨1点多俯瞰这座灯火辉煌、被海水拥抱、犹如安睡在梦境中的城市时，第一个从我头脑中冒出来的词语竟然是“浪漫”——是的，也许在凌晨的红眼航班上俯视最苦难的人间景象时，你所得出的代表着你印象的那个词语依然是“浪漫”。但是当机翼越来越贴近地面，当你透过舷窗越来越清晰地看到零落的街头和昏暗的灯光簇拥着低矮的棚户，当起落架有力地碰触到土地那一刻，你才会惊觉自己暂时成了这座城市的一部分，而棚户区却永远置身于此。事实上，第二天的达拉维之行很快就打破了我对“浪漫”缺少现实生活基础的理解。在一个谙熟当地境况的向导带领之下，我们穿行于达拉维纵七横八犹如迷宫般的底层百姓生活现场：狭窄的小径，逼仄的楼房，破旧的门楣，幽暗的房间，脏乱的户外，无处不在的垃圾和人畜粪便，以及小作坊凌厉刺耳的机械加工噪音和极臭的皮革处理味道。

人不是动物，但是在达拉维，最多的动物一定是人，最多的人是小孩。我们每出现在一处，莫名其妙地就会从四面八方拥出一群衣着脏乱、眼神明亮的小孩，伸出本来就很黝黑又加上布满灰尘和油污而更显得黝黑的小手，身前身后叫嚷“money，money”。在打发完小丐帮进入下一个狭窄的胡同，一转弯看到的就是在家门前咧着嘴刷牙、牙膏沫横飞的小孩，旁边是路中间的锅灶边争抢“鱼下水”的几只流浪猫，在布满生活垃圾还燃烧着废旧塑料的空地一旁就是他们晾晒衣服、埋锅造饭、劳作休息的家。的确，如果用一种颜色来对应的话，达拉维是黑色且只能是黑色的，既有在生活上毫无出头之日的精神上的黑，也有破旧幽暗、极其脏乱的物理上的黑——稍微衣着干净的人走过时一定会被那样的环境衬出来，因为与背景的差距实在太大。这种与人类正常生活条件有着极大差距的现状，让几位同行者不禁骂起政府的不作为和当地人熟视无睹却无意改变的惰性。一路同行的画家梁占岩说：“上帝看到了是会哭的。”

转完半个达拉维，说实话，我跟同行的人大概一样，也暗暗生出了一种对比之下的幸福感。在冬日阳光依然强烈的孟买，我们来到达拉维街头。而事实上对一个地方最好的观察方式，我觉得就是来到街道，驻足形形色色的人群之间左看右望，可以用眼睛看，也可以用相机镜头看。比用眼睛更胜一筹的是镜头，用镜头捕捉到的每个人都是主体，都有着更为清晰的容貌、表情和动作细节，而在眼睛中他们和它们则会淹没于人山人海。在我的镜头中走过的是形形色色的达拉维人：接送孩子放学的穿着明亮纱丽的母亲，开着布满涂鸦、色彩缤纷的出租车司机，用头顶着一竹筐酒红色小陶瓷碗在车流人海中行走的妇女，在街角阴凉处翻一个身又沉沉睡去的老乞丐，还有守着店铺喝着奶茶看着报纸的小商贩。

站在一个优越的外来者的角度看，在达拉维的生活或许并不能称得上是生活，最多是生存，但是从他们一闪而过的表情中我读出的两个字并不是“苦难”，而是“安静”，这种安静并不一定是沉默，而是安乐于自我的现实状态。即使到处脏乱、提供了滋生疾患和病菌的土壤，即使老鼠旁若无人、大摇大摆地过街，即使生活依然只停留在生存的层面，但他们可以任心自由地成为自己，哭或者笑，贫穷或者暴富，都不会有人报以艳羡和嫉妒，因为这些都是生活的一部分，而他们仍然要为梦想到来之前的生活努力。这当然可以从印度教或者佛教的宗教信仰中找出解释理由，不过在宗教之外，对他们影响更大的也许是传统——生活传统和文化传统。

作为生于斯、长于斯、很可能还要死于斯的贫民窟人，他们中的大多数都在这里生活了三代以上，事实上已经有不少达拉维人在这里靠着廉价的劳动力和聪明的头脑发了财，生产皮革、制陶、纺织、做小吃，成为百万乃至千万富翁，他们虽然有能力但依然不愿意搬离达拉维，对他们来说离开这里或许就是离开了一种浸润骨心的生活方式和一种混乱中只有他们自己才能领会精要的生存秩序感。所以，一切外来者初来乍到的谩骂诟病、悲悯同情、痛心疾首或恨铁不成钢，都是在跟自己或者理想中的标准做比较，而对达拉维人来说其实不需要。事实上重返孟买的奈保尔在《幽暗的国度》中就曾说过，“你的惊讶、你的愤怒和不平，反而剥夺了他们身为人所应该享有的生活权利”，“在这样的地方，悲悯和同情实在派不上用场”。他们并非不向往改变和梦想，或许这种改变并不是革命式地跟过去决裂，而是蚂蚁搬家一样地改良；或许这种梦想也不是今晚买个彩票明天就能中大奖，而是靠着积累和努力且不背叛自己而戴上王冠，就像《贫民窟的百万富翁》中的街头少年、穷小子贾马尔。

用镜头扫视完一圈街上的行人之后，我注意到的是身后那个倚着门框、穿着一身明黄色裙子、梳着长长的辫子、出神地望向街头的妇女，她就那样定定地往外看，在她身边的橱窗门板上贴满了各种美容美发美女模特的海报。我不知道她在看什么，或者她什么都没有看，只是呆呆地出一会儿神，但也许那就够了，再严酷压抑、生存交困的现实也总要允许人们做一做天马行空、无伤大雅的美梦。就像在达拉维街头拍完照片要抽烟时，我发现已经用完了最后一根火柴，而那个缠着头巾闲坐在门前的老汉竟跑过来借给我一个打火机，就像后来我在整理照片时发现在达拉维所拍到的最多也最让人难忘的是那样一些场景：无论小孩子还是大人，都在窗户背后用力地向外寻找着什么。大概在某些并不经意的时刻，我们都会在粗粝顽劣、不入法眼的浅层表象之下一眼瞥见令人惊讶和振奋的东西。而你能选择的，也可以不是看见遍地的垃圾和脏兮兮的人群，而是望向达拉维上空干净的蓝天，直至把它望穿；你愿意认识的不是那些伤害你、给你使绊子的人，而是那个给你递打火机的老汉。置身于被困厄于现实但又不放弃梦想的善良人之中，突然间你会觉得生活很美好。

2

如果说达拉维是黑色的，那么乌代布尔则属于一个完全相反的颜色：白色。这座沙漠中的白色之城，现在是拉贾斯坦邦的首府，而在遥远的公元 448 年，这座城市由它当年的主人乌代·辛格一手缔造。整座城市到处都是刷得雪白的建筑：大理石宫殿、湖畔花园、庙宇和传统住宅，它们以漂亮的皮秋拉湖为中心点，渐次往四周缓缓展开。的的确确是印度风格，又的的确确一点都不像印度风格。出现在这里的人，大多是印度的富人阶层和世界各地的游客，日本人、美国人、欧洲人，当然也有不少像我们这样的中国人。当我们到达乌代布尔的城市中央皮秋拉湖畔时，天色已经暗下来。已经落山的夕阳透过云层形成一片绮丽的绯红色，洒在远山和皮秋拉湖面之上，湖面载客摆渡的快艇和小船一时犹如置身于梦境之中。这样的景象在去印度之前是难以想象的，甚至在坐车穿过大半个乌代布尔时都难以想象，一路上两边低矮的楼房、泛黄枯萎的群山和与别处并无二致的街景，让人并不知道这座被誉为拉贾斯坦邦乃至印度最浪漫的城市出于何由。但是等你在皮秋拉湖畔停下来，等你看到一群在湖边石阶上奔跑而过的长尾猴，那些长尾猴背后是那样的水波漾荡、绮霞远山时，你终于意识到乌代布尔并不愧于其所称。

但是我在乌代布尔感受最深的，还不仅仅是浪漫。虽然第二天参观由皇宫改成的博物馆，站在之前只有王公贵族才能登临的眺望台俯瞰这座白色之城时，让人感受到的的确是震撼；虽然在下榻皮秋拉湖面上由皇宫改成的豪华奢侈酒店时，酒店入口处的确有鲜花从天而降；第二天醒来有成群的鸽子绕着酒店在飞，即使什么地方也不去只待在楼顶晒晒太阳、看着日光在水面上静静地流逝，也足以让你觉得这一趟来得很值。不过这种属于生活层面的大众式的浪漫于我而言可能还缺少了点什么，而一开始我并不明白缺少什么。第二天下午去参观皇宫博物馆后面的加格迪许神庙，这座乌代布尔最大、香火最旺的耆那教神庙建造于三百六十五年前，外壁上布满了精美绝伦的白色石雕，庙前半人半鹰的雕塑为神庙守护者、三大主神之一的毗湿奴，但是我并没有随同行者进去参观，而是坐在庙门正对面小店铺前的石阶上注目街头。与神庙相比，我更想看看与神明相对的、被诸神护佑下的众生的日常。如果宗教有用、神明显灵，那么体现在他们步履、衣衫、脸庞上的作用力才是最真实不蔽的，而庙台高筑、神像高耸只不过是神明自己的道场。

在加格迪许神庙前的一处一人多高的平台上，躺着一个穿着白布衣衫、蓄着长长的花白胡子的老者。他一会儿拄着一根锡杖一样的东西坐起来吃东西，一会儿又旁若无人地在脚底有一排神像的平台上睡去。如果牵强一点，也可以说他做到了孔子虽说得出却未必能做到的“饭疏食，饮水，曲肱而枕之，乐亦在其中矣”。谁知道呢，即使他自己。在我端起相机、努力抓拍他的表情细节时，神庙前面的一家民居楼顶忽然飞起一大群鸽子，遮天蔽日地飞掠过头顶的蓝天，不知道是我的快门声还是他的鼾声惊起的。如果说在达拉维最多的鸟是乌鸦，那么在乌代布尔最多的则是鸽子。这座城市大大小小的角落都有鸽子的身影，无论是乞讨者的头顶、神庙的上空还是皇宫酒店的屋檐上，它们无分贵贱地停落在每一处能停落的地方。鸽子象征着和平、平等和圣洁，但是在白色的、浪漫的、富人区的乌代布尔，一样到处充满了底层百姓的挣扎和生活苦难——虽然当事人未必觉得，在他们看来或许修行不够、命该如此更能解释现实。

除了加格迪许神庙，在乌代布尔我们还去了另外三座神庙，纳格达神庙、埃格灵吉寺和千柱神庙。历史悠久、庙堂恢宏、雕刻精细是它们的共同特点，清真风格的埃格灵吉寺和千柱神庙都是白色的大理石材质，进门之前都要脱鞋致敬，规矩严明的埃格灵吉寺甚至不准带相机和手机；雕工不精的千柱神庙吸引我的并不是建筑和宗教，而是停车场中那群嬉戏耍闹、向游人要食物的长尾猴，其中的两只甚至还蹲在阳光中表现出非常人性的一面：一只猴子扒着另一只猴子的头顶在给它捉虱子或者挠痒痒。而纳格达神庙如今已成遗址，西风残照之中尤有历史和宗教调和出来的让人不禁想顶礼膜拜的意味。

以从印度回来之后筛选过的印象来看，“富人区”“乞讨者”和“神庙”是我对乌代布尔感受最深的三个词，它们混杂组合在一起，让我想到了一个遥远古老的印度人——释迦牟尼佛。

我并没有能力解释这三者之间的关联，但我直觉地认为他作为古印度迦毗罗卫国的王子，富贵自不必说，但他十九岁时有感于人世苦恼能舍弃皇族生活出家修行，终能在三十五岁时在菩提树下证道成佛、被世人建庙膜拜，却也是经历了富裕、贫寒和被奉祀的三个阶段。不知是否是心理暗示，事实上，在从千柱神庙回乌代布尔的途中，看到那些满山遍野在阳光下笼起一团树荫的树木，让我不时想起的也是菩提树下的佛陀。佛与人之间，究竟相隔为何？在佛和人之间，看似相隔山远水远，其实又可能只是一念之间，富裕和贫穷、施舍和乞讨、生和死、邪恶和良善大抵就是一层纸的距离。而谁又能说，我们这些貌似幸福优越的人会比乌代布尔街头的乞讨者和睡在寺庙平台上的无家可归者更幸福，会比他们更接近佛呢？更何况，从认真和虔诚的层面而言，很多时候我们活得其实比他们更糊涂潦草、更不接近本质、更不像一个人！

3

就色彩来说，在印度最常见的颜色是五颜六色。就像在泰国，就像在尼泊尔，就像在柬埔寨，就像在南亚、东南亚国家一样，大部分地区位于热带的印度其实到处都充满了明艳、亮烈、大对比度的颜色，大红大绿大黄大蓝，无论是蔬菜、瓜果、绿树、蓝天、宝石这样的自然色，还是服装、建筑、颜料、图案上的人为颜色，大面积的强烈撞色和对比色都让人眼花缭乱。

形成这种风格，我不知道究竟是因为地理位置的原因还是宗教信仰上的原因，有一点可以肯定的是，外在色彩上的奔放热烈和他们内心身处的安宁简单形成了一种迥异的反差，而我们可能正好相反。我喜欢简单的颜色、最基本的颜色，在印度缤纷琳琅的五颜六色之外，在经典的黑色和白色之外，我偏爱的另一种颜色是黄色——印度人没有特别忌讳的颜色，他们最喜欢的是他们国旗上的那种橙黄色。在大街上你能看到出租车的车顶是黄色的，挎着真枪实弹的保安和警察的制服是暗黄色的，贫民区空地上裸露出的土壤是黄色的，如果幸运的话，与你迎面走来的妇女的纱丽或衣裙也是黄色的。而我看到的黄色都不属于这些，而是属于印度的农村。准确地说，是属于我见过的两个村庄，一个位于从千柱神庙回乌代布尔的路上，另一个位于从阿格拉回德里的路上。

第一个村庄要大一些，看上去更像一个公路边的小镇，街道两边有一些水果摊、理发店和小超市之类的。看到我们从车上鱼贯而出，村里的人显得既新奇又热情——在国外我们也终于当了一回老外。同行的几个艺术家支开画架和笔记本开始写生，我则一个人到村头胡乱转悠。第一眼的印象就像到了黄土高原，漫天漫地的土黄色，墙壁是黄色的，堆砌成一垛的喂牛喂羊的稻草是黄色的，晾晒在矮墙上的一排排牛粪是黄色的，而远处的旷野和枯树也是黄色的。两个蹲在矮墙豁口上聊天的男人大老远就伸着手跟我招呼，而在他们身后则是两个穿着亮丽的妇女一前一后正顶着东西走出田地——如果不是因为衣服的颜色，你甚至很难辨认那竟然是两个人。真正逛起来，深入村中那些曲里拐弯的巷子，你才发现印度的农村很简陋、很原始，那是同一种基于生存本能聚居起来的地方。

与第一个村庄不一样的是，我们在第二个村庄几乎停留了半个下午，并与村头的几户人家以及一大群孩子打成了一片。我们为他们铡草，和他们打板球，借助手忙脚乱的比画和蹩脚的英语——他们也借助蹩脚的英语——和他们聊起家长里短。而看到一个妇女抱着婴儿走过来时，同行的一个姐姐甚至还掏出了一千卢比做礼物——对当地人来说那几乎是他们一个月的收入。这个村庄中最重要的黄色是牛，一头头黄牛就拴在村头的石槽上，一边安安静静地盯着我们一边若无其事地吃草，而黄牛背后的红褐色砖墙上则爬来两三只浅黄色的松鼠，在墙壁上不断爬上爬下寻觅着能吃的食物。临走的时候，刚刚还在打板球的一大群孩子围拢过来，熙熙攘攘地挤在大巴车门前，每过来一个人他们都伸出脏兮兮的手来握，而我们的同行者中大部分人是不愿意伸手去握的。

等我在大巴上坐定的时候，一个穿着浅蓝色衬衣、戴着黑框眼镜的当地少年眼巴巴地朝我望来，我跟他挥了挥手，却没见他有任何回应，挥过几次后才发现是我自作多情了，他的目标是坐在我身边的大美女宋林倩，热切地挥手企盼她能有所回应。坐在前排的一个艺术家回头开玩笑说："一定要跟他挥一下手，说不定他把你当成初恋情人呢，你要知道你的一挥手对他的一辈子影响有多大，在他心里就留下了一个最好的回忆！"在宋林倩转过身来朝他挥手那一刻，我分明看到了那个少年嘴角露出的一丝满足。是的，如果不是艺术家们坚持要下车写生，估计我们一辈子都没机会去印度的农村看看，而全世界各地前往印度的各色游客估计也不大会去那里。对绝大部分当地人来说，他们在家门前看到那么貌似优雅的、漂亮的、与他们的境况有天渊之别的老外的机会几乎为零。他们看不到那么多让他们充满想象和憧憬的五颜六色，只能与无处不在的黄色为伍。他们要在那样的颜色中出生、长大，并在那样的颜色中老去和死去，来于那样的黄色，又归于那样的黄色，一辈子都跳不出那样的黄色。

可能是因为出生于河南农村的缘故，对于黄色，我有一种天然的亲近感和一种挣扎的逃离感。那是我最熟悉的颜色，也是我的父祖辈最熟悉的颜色，甚至在我还没来到这个世界之前，就从基因上被打上了那样的颜色。从我出生一直到成人，事实上我的父母就一直在那样的黄色中佝偻着从土地谋生，而每年的夏季我还会跟着他们在那样的黄色麦浪中参加收割。在我被鼓励被要求着离开那片黄色多少年之后，我的父亲终于被埋葬进了他一辈子都没离开的那片黄色之中，那是他躲不开的颜色。而在印度更广大的村庄，像我这样背负着黄色走出黄色的少年，有一个、两个、三个直至无数个，在某种程度上我们都是同一类人。黄色，那是最卑微的颜色也是最高贵的颜色，那是土壤的颜色也是帝王的颜色，那是皮肤的颜色也是内心的颜色，那是黄牛的颜色也是稻草的颜色，那是夕阳的颜色也是朝阳的颜色，那是灯光的颜色也是点亮灯光的手掌的颜色。对于印度的这两个村庄，对于黄色，与其说我感叹的是那些村人的命运，倒不如说我是在借着他们感慨自己的命运。而将“我”的意义放大来看，将那样的“黄色”视作赤橙绿青蓝紫来看，其实每个人和每个人的成长色、背景色、保护色，大概也都存在着一样的心路和命运吧！

如果以短短的十天之行来概括一个国家，那一定是徒劳无益且粗浅浮泛的。事实上，我也不想为印度下一个清晰的结论，只是想坦诚我模糊、偏颇、矛盾、零碎的印象。无论是黑色的达拉维、白色的乌代布尔还是黄色的印度农村，在回来两个月后它们碰撞混合在一起，组成了一个叠加的印度，它在我心里呈现出来的是一种这样的印象：那既是最脏最乱的地方，也是最具有生活秩序和自我传统的地方；那里既拥有崭新的现代感和国际感，也根植着遥远的落后、原始、历史、文化和宗教；那里既沉迷于浅尝辄止和裹足不前，而又步履蹒跚摸索着前行；那里既不乏大批消失的人群和死亡的气息，但同时也富于培植鲜活生命的那种底层元气。黑、白、黄，这三种颜色就像是印度的三原色，它们既组合成了印度光一样的简单，也组合成了它万花筒般的复杂。事实上，要了解进而理解一个国家和组成这个国家的万千细节是极为困难的，更何况在置身之前我们早已怀揣鲜明的、持久而深入的成见，即使直面相见，也无非是加深或削减而不能消除殆尽。

早在 20 世纪 80 年代初，英迪拉·甘地就曾经对一名前往印度采访的英国记者说过这样一番话："如果你想知道些关于印度的情况，必须掏空心中所有的先入之见，不要试图做比较。尽管惹人气恼，但它情愿一如既往，我行我素，这就是印度的秘密：全盘接受生活，无论善恶。"这样的印度，我想既是达拉维，也是乌代布尔，还是印度的广大农村；是黑色，也是白色，还是黄色。而无论印度的哪里、无论印度的什么颜色，它们最后汇合成的就是印度自己。世相万花，赤橙黄绿青蓝紫，其实并没有哪一种比哪一种更好，红未必甜，紫未必涩，而黑也未必就是苦。光分七色，我也只是粗浅地看到了它的黑色、白色和黄色——而白色也并非七色之一。即使铺开印度的光谱，从富贵到贫寒，从南端到北国，种种都能看到又能如何、又该如何？最后你也许会发现一个真理：光谱并不能照耀万物，只有光才可以，赤橙黄绿青蓝紫属于我们，而光则属于印度。

原上草

1

一片被命名为“盛源·金水岸”的小高层楼盘，基本上已经完工了，七八排矗立在河东岸的高楼林立间隔着，在夕阳的照耀中呈露出一派现代城市的气派。在缓缓流过的海拉尔河边，当你把目光移到周边簇新的建筑时，你很难解释从飞机上俯瞰这座城市时的那一幕：荒无人迹的草原逶迤铺展开，云朵在大地上遮出一个个黑斑，看不见城镇、公路和村庄，也看不见想象中的一排排蒙古包。然而，这两种景象却都是真实的海拉尔——它曾经是一个单独命名的市，而现在它成了呼伦贝尔市的一个区。穿城而过的海拉尔河，远远望去是黑色的，因为是枯水期，河道中遍地裸露着河床。曾经长满河岸的野韭菜——在蒙语中海拉尔即为野韭菜之意，现已难觅踪影，替之以草丛、荆棘花和白桦树，透骨的秋风中有人在垂钓。这条发源于大兴安岭西侧吉勒老奇山西坡的河流，全长近一千五百千米，靠夏雨冬雪兼而补之。沿着海拉尔河，找到了一处名为“菌香原”的餐馆，便宜而好吃的牛羊肉让我们大呼过瘾。而更难得的，是吃到了当地种植的薄荷，略甜，也更有薄荷味。

第二天一早，由海拉尔出发驱车前往阿尔山，中间路过巴彦呼硕草原。青黄相接的草原从山基蔓延到山顶，缓缓上升成一座座小山包，在一个山顶上的即是号称“天下第一”的敖包。“十五的月亮升上了天空哟，为什么旁边没有云彩……”据说，电影《草原上的人们》中流传近半个世纪的《敖包相会》就是从这里传唱出去的。入乡随俗，我们也捡起石子，双手合十放在胸前，绕着敖包转了三圈。神明无言，但风好像已洞悉心事，把五颜六色的彩条旗吹得哗啦啦响。顺着招展的彩旗，当目光落在山坡的另一侧时，是一幅灿烂得不像样子的草原秋景：山坡包围着草原，草原包围着黄绿相间的树林，树林簇拥着九曲回肠的伊敏河。一只小松鼠在草坡上跑，在我将要追上时，它以迅疾之姿钻进了草皮下的洞中；而在草坡上捡虫子吃的那只鸟，却在我离得很近时还没有发现我的行踪。

从海拉尔驱车到阿尔山，路上要花费一整天时间。但一路上随处都是风景，我们停停走走。车窗外是广袤的草原，不时闪过星星点点的草垛子和大片的羊群牛群，放牧人在一旁悠然地骑着马或摩托车。定居下来的牧民，都拥有了属于自己的草场，在实现机械化之后，已经无须再人工割草打捆了，眼前的一卷卷草垛子是被收割机轻松打包好的。一户人家有上千只牛羊，真有钱，我们对着窗外感叹。司机宋师傅笑说，家财万贯，带毛的不算。草原上的人最怕两灾，终年无雪天干地旱的黑灾和一场大雪冻死牛羊的白灾。他的一个朋友在去年的白灾中就冻死三四百只羊。冻死的羊没放血，真正的蒙古人是不吃的，羊皮也不容易扒下来，只能砍下四条腿。早上有雨，从阿尔山出城后一路上淅淅沥沥，秋色也暗沉下来。这里地处大兴安岭西南山麓，山峦起伏，莽莽苍苍，层林尽染的秋树头顶着迟暮的灿烂。女导游开玩笑说，内蒙古人民很不欢迎费翔。1987 年的春晚上他唱了一首《冬天里的一把火》，结果大兴安岭着火了；第二年他唱了一首《三月里的小雨》，结果又发了大水。往事谐谑，众口腾传，也不失一种好玩。不过，阿尔山的天气的确越来越不寻常。冬天最冷时，气温可达零下四十摄氏度；而到了夏天最热时，气温则能上升到四十二摄氏度，“就像下了火”。

路边是缓缓流淌的哈拉哈河。作为中蒙两国的界河，哈拉哈河发源于阿尔山的摩天岭北坡，上游穿越火山熔岩地段，在茂密的林海中曲曲弯弯地一路向西，经过伊尔施镇流入蒙古国的贝尔湖，而后又折返回中国，最后流入呼伦湖。奔腾千里，九曲回肠，流经异国终回头。当地人说，这是一条爱国河。爱国河的上游是阿尔山森林公园，沿着台阶而上，天池就坐落在山顶。四周是密密叠叠的落叶松和白桦林，一池秋水波平如镜，秋色倒映在湖中，美是当然的。但比美更令人称奇的，是这里的池水久旱不涸、久雨不溢。雨水在我们到达天池的那一刻落下来，水面上顿时泛起点点涟漪，油画一般的倒影混沌起来。很快雨就停了，天朗气清，映现出比刚才更清晰的池景。哈拉哈火山群久远的一次次喷发，给这里带来了亿万年后的美丽：天池、温泉、熔岩地貌。在熔岩台地，一个最大的感慨是，把每一处拍下来都是上好的风景，但是无论你拍多少张其实都是同一张，极致的灿烂和极致的重复，让我后来几乎不再打开镜头。白桦林中，有河水，有火山熔岩堆，千万年前那些高流动性的岩浆由一大群裂缝中渗透出，形成了眼前的景象——就像一盆燃烧的岩浆泼洒在楼梯之间。在阿尔山，美景遍地，让人置若罔闻。视若无睹的我，不断想起路上碰见的那两只狐狸，它们好像就躲在林中，我去拍照、捡火山石，总担心它们会蹿出来。前一天路过红花尔基辉河林场时，一只狐狸跑出树林，走在公路对侧静静地看着我们。扔给它一块面包，跑过来探着脑袋叼走了，吃完后它又跑过来，另一只也从斜刺里跟着跑过来。它们几乎没有惧怕，也许已经不怕人了，也许是饥饿感已经超过了惧怕。同去的人说，第一只狐狸怀孕了，所以走路时肚子拖着地。

2

记得有个笑话是这样说的，有一个人在草原上自驾旅行，有一次跟当地人问路，当地人就指着草原说："沿着这条路一直开，开一天一夜之后再往右拐开一天半，就到目的地了！"即使从小生活在平原地带，我也从来没见过草原这般壮阔无际的景象。车在草原上奔驰，除了偶尔闪过的蒙古包、牛羊群、树林和河流，几乎看不到其他东西。你所能想象到的一切关于辽阔的词语，用在草原上都是恰当无误的，而这种辽阔会让你感到孤单和卑微，也可能会让你想成为一个主宰者。成吉思汗曾经就是这里的主宰者，作为乞颜部头领也苏该的后人，他打败了蔑儿乞人，打败了主儿乞人，打败了塔塔儿人，打败了泰赤兀人，打败了乃蛮人，打败了克烈人，打败了西辽国、花剌子模国和西夏国，一直打到多瑙河边。从甘珠尔寺出来重新上路后，导游就开始播放起电视剧《成吉思汗》来。于是在此后的几天里，同行的七个人且行且看——主要是两位女性成了成吉思汗和饰演者巴森的铁杆粉丝。或许和过于单调的封闭环境有关，后来我们都看起这部十几年前的电视剧，尽管拍得比较粗糙，情节简单，人物也过于脸谱化。也速该、铁木真、脱朵、脱黑脱阿、也遂妃、塔里忽台，这些电视剧中的人名也被我们戏谑性地命名为彼此的绰号：英雄之名留给自己，坏蛋则安给对方。

用了五天时间，在从根河返回海拉尔的路上，这部三十集电视剧终于播放完了。放完之后那一刻，颠簸在车里的每个人都陷入了自己的世界，有人觉得终于放完可以安心睡觉了，有人仍旧沉浸在剧情中久久不能自拔，有人说回去了还可以找出五十集的《忽必烈传奇》接着看。在车上断断续续地看过几集《成吉思汗》，很多内容已经忘了。窗外的草原茫茫无际，风吹草低，牛羊还在，蒙古铁骑早已不见了。那位动不动就屠城的可汗如今被家家户户挂在厅堂里，日日夜夜看着他八百年后的子民，那些先前逐水草而居的牧民也停下了迁徙的步伐，被分片安置而居。在信奉藏传佛教的甘珠尔寺（又名寿宁寺）里，我拍过一张坛城沙画的照片。坛城沙画，藏语称为 dul-tson-kyil-khor，意思是“彩粉之曼陀罗”，自两千五百多年前佛陀亲授弟子开始，这门精致的艺术修行就历代相承。象征本尊神及眷属众神聚居处的沙城，以从矿石中开采浸染、代表五方佛的五色沙粒为料，在数人艰辛而精细的堆砌和勾勒中完成，之后诵经护持，再毫不犹豫地毁灭掉。繁华世界，不过一掬细沙。那位即使打到多瑙河边、占据了世界上最庞大国土的成吉思汗，盖世功业，千秋传诵，在佛家意义上也不过是在用流沙堆城。一切坚固的都会烟消云散，在空荡荡的草原上，只有风吹过来又吹过去。

车尔尼雪夫斯基，陀思妥耶夫斯基，十二月党人以及他们的妻子和情人，普希金，列宁，斯大林，捷尔任斯基，托洛茨基……这个名单，还可以开很长很长。他们命运中的一个共同点在于，都和曾经流放西伯利亚有关——谁能想到，斯大林更是被流放达七次之多。三百多年来，作为一片千年苦寒之地，西伯利亚一直是沙俄和苏联流放罪犯的重地——今天仅仅从天气预报常见的“西伯利亚寒流”这个词语你也能感受到那里的气候。傍晚时来到室韦，缓缓流过的蓝玻璃般的额尔古纳河左岸就是西伯利亚。作为中俄两国的边界，这里的国境线除了有铁丝网还有额尔古纳河——两国的真实边界是河流中线。缓缓落入俄罗斯境内的夕阳，洒在长长的国境线两侧，一边是碧绿草原上零星吃草的牛马，另一边是缓缓的草坡和一个俄罗斯小镇。一排排大雁，飞过中国，飞入俄罗斯；一阵阵秋风，吹过俄罗斯，吹入中国。我们沿着长长的国境线散步，在国境线、铁丝网和额尔古纳河的上空，是空空如也的蓝天。蓝天下的对岸，俄罗斯缓缓起伏的山坡上堆着零零星星的草垛子，那些被放逐的名字如牛似马，一个个闪隐其中。流放，将人置于最艰苦原始的环境中，使之在动物意义上挣扎生存，这实在是人类很“高明”的一种惩戒。其实流放并不限于对岸，中国的这一侧同样也有。史书上经常可看到，动辄有人被流放宁古塔或伊犁。宁古塔，这个满族的发源地、清皇族的老家，在历史上以寸草不生、五谷不长而知名，在清朝时还一度成为流放罪犯的重要场地之一。

3

边陲之地，置身的季节和真实的温度往往不成比例。白天还是秋天，到夜里就变成了寒冬。

半夜时分，我和诗人小引、川上爬到天台上看星星。长居城市的我们，无论如何也想象不到天上竟然有那么多星星，小的挨着大的，暗的挨着明的，星星越看越多。我们架起三台相机，调成大光圈，用长时间曝光的方式拍出了天上的灿烂——只有在头顶着那么多星星时，才让我真实地觉得脚下踩着的是大地；而一闪而过的那颗流星，则让我想到我们头顶着的是宇宙。对岸的那个俄罗斯小镇隐没在无边的夜色中，只有零零星星地挂着的那几盏灯火，证明着那里还有人迹。好在天上的星宿不分国界，那些被两个国家流放至此的人，现在应该能比邻而居了。次日一早，天气大好，阳光普照，站在阳光之下竟能感觉到寒意从身上一丝丝抽去。但是大地上的寒意仍在，客栈院子里的草丛上结满了厚厚的一层白霜，远处额尔古纳河河面上的融冰正升起白雾，而背阳的车窗上也开满了六角的冰凌花。经过一个寒夜形成的冰凌花，在被阳光融化之前目送我们上车离开室韦。

如果不熟悉驯鹿，你很容易把它当成一个动名词，事实上它是一个鹿种。这种在中国只见于大兴安岭东北部林区的鹿，无论雌雄皆有角，且分枝繁复。作为鄂温克族人驯养的一个鹿种，它们曾经长期被用来作为交通工具。在敖鲁古雅，在一个称为“中国最后的狩猎部落”的景区中，我们见到了这种鹿。走进由落叶松和白桦树组成的高大金黄的树林中，风吹落一阵又一阵的松针雨，透过枝叶的细密阳光洒在厚厚的松针上，一些驯鹿是被放养的，一些则被关在铁丝栅栏中。温驯，这是我们对它们的第一印象，事实上它们也的确温驯，除非你触摸它们的角。景区入口处，摆着很多盛满石蕊的竹篮，十块钱一篮，可以买来喂鹿。喂了两只鹿，一只是栅栏里的鹿王，角枝巨大；另一只卧在路边，肚子上有一道伤口。这些驯鹿已经不再是真正意义上野生的驯鹿了。敖鲁古雅，这个鄂温克民族乡，事实上也是一个驯鹿景区。早在十几年前，世代居住在山林的鄂温克驯鹿人就停止迁徙狩猎了，被整体搬迁到此处定居。广阔的森林中，似乎不会再响起鄂温克人召唤驯鹿时敲响桦皮桶的声音。十年前，东北女作家迟子建写过一部《额尔古纳河右岸》。这部曾获茅盾文学奖的长篇小说，写的就是鄂温克族人和驯鹿的事。在驯鹿园景区的空地上，有很多用整根木料做成的能旋转的巨大跷跷板，据说是供作息之余的驯鹿人自娱自乐。我和朋友一人一端坐上去，一边高低起伏一边快速旋转，金黄色的森林在头晕目眩中越来越黄，直至在眼前连成一片。

下午去根河湿地。这块被誉为“亚洲第一湿地”的湿地，据说是目前中国保持原状态最完好、面积最大的湿地。如果站在山顶上远观，应该可以一览它的壮阔和层林尽染。不过对于兴致在于即兴之游的我们来说，远观并不一定是首选。沿着河边的草丛和树林深入，我们一路上披荆斩棘，寻觅着这片湿地深处的幽微之景。河水静流，秋树倒映，我们在河边甚至还找到了“世界上最小的摩天轮”——一束兀立的干花。在折返回来的路边，远远地看见一排排精致而豪华的度假木屋，就那么坐落在河边的野草和密林旁边。一方面放弃迁徙，一方面又在人造迁徙，一类人的无奈和困窘在另一类人身上却成了向往和情趣，这也许应该就是人类一种永远的吊诡。

第二天从根河返回海拉尔，十天的行旅至此结束。是晚深夜从海拉尔飞北京，在北京住一晚，次日上午又从北京飞回武汉。天气大好，晴空万里，旅途奔波的我在飞机上睡了一觉。醒来的时候正好飞临黄河上空，隔着舷窗往下看，只见被田垄和道路分割的大地条条块块地界限分明，华北平原上低矮的房屋依偎成的一处处村落仿若冢冢蚁穴，众生如蚁。飞了几千公里，仍然还像飞在草原上，草木一秋——而一切又莫不如草。

紫阳公园

世界上最能让人感受到生活集无聊和美好于一身的地方，莫过于公园。就此而言，无论是京沪广深等大都市的公园，还是省会城市、地级市和小县城里的公园，概莫能外。紫阳公园自然也如此。紫阳公园因紫阳湖而得名，紫阳湖号称“武昌九湖”中仅剩的两湖之一，至于另一片湖是什么湖，我就不知道了。我去紫阳公园，固然是因为我拥有让我感喟人生空旷和无聊的大把时间，同时也是因为它的园子大、湖面宽、游人少、树木繁盛，最重要的是离我比较近。而究竟有多近，以我多次步行来回的经验看，应该在一千米左右。很多个天朗气清、阳光大好的早上，在我从床上一边挣扎着爬起来一边搜索着附近能溜达会儿的地方时，它总是会第一个冒出来。今天早上也是。

紫阳湖是紫阳公园里的一个湖，这既是它的主体，也是招牌。跟每次一样，也跟人往右拐的天性一样，我一进公园就往右拐，准备沿着湖边绿道走上半圈，中途在躺椅上或坐或卧地休息一会儿，再到处转转，然后回来。我的右首还是那几个提笼架鸟的中年人，准确地说，鸟都在笼子里，笼子挂在高高低低的树枝上，遛鸟者坐在条石凳上抽烟、喝茶、晒太阳。这并不稀奇，别的公园也是这样，紫阳公园里别的日子也是这样。

我的左首是一排晨练的人，几个老太太在做广播体操一类的运动，两个中年男人在玩推手，与他们相隔一张石桌的是一对母女。年轻的妈妈，花枝招展的小女孩，公园里似乎总有这种年轻的妈妈和花枝招展的小女孩。在母女和玩推手的两个男人背后，那一座半人高的假山上，是一个打太极拳的中年男人，不知他为什么要爬到假山上去打太极。是标新立异，为了在众人间显示身手的非凡，还是想练习稳定一下底盘？

在对他的诸般猜测中，我来到那个正斜卧在躺椅上、用帽子盖着脸、呈入睡状态的男人背后。从衣着和那双运动鞋来看，他的确很像一个保安或送快递的小工，而一大早就用这种落魄失意的姿势躺在这里睡觉，或许说明他的工作或家庭不如意，是被扣了工资和奖金？还是因奸情被老婆撞破而赶出了家门？但也许他根本就没睡，那顶黑帽子下说不定正瞪着一双铜铃般的牛眼。沿湖前行，湖中间是一座呈半开发状态的小岛，通往小岛的那条绿树成荫的路中央有一对正学跳舞的中老年男女，女学生、男老师（一般来说都是如此），两人双手相接呈拥抱状，男的正高声指点女方“把胸挺起来”，不知真想让对方把胸挺起来还是提醒对方（或自己）注意其硕大的胸部。不过可以肯定的是，他们并非夫妻。坐在临湖的躺椅上正专心致志看《参考消息》的那个男人，许多国际大事让他忽视了周遭，包括在他身后瞥了一眼的我；而另一个正清唱“为什么我还在等待”的男人，注意到了我，但他仅是注意到而已，那个“待”字的颤音又让他颇为得意地转走了目光。再往里走就是土路，低矮的树丛里摆着游乐园里的那种小马、小鹿、小熊形状的儿童车。一个老男人正在一小块空地上练习爬行，这让我想起华佗和“五禽戏”，更让我有点想发笑。我鄙夷这种积极，我甚至想上前跟他说一声“人都是要死的”，但是我没有。在我的注视中，他爬了两三圈，然而并没有丝毫想停下来的意思。

一个中老年女声从前方飘过来，唱的是“不要说你错，不要说我对，恩恩怨怨没有是非”。声音带着我继续前行，水泥台子上果然站着一个中老年妇女，她正拿捏出昂扬的姿势，几个老头也正以二胡、笛子等乐器闭着眼睛无比动情地伴奏着。等一会儿，准确说在我离开这个地方二十分钟之后，我还会再转回来，我会躺在木凳子上，会看到那堵被涂写上“钓鱼岛”和钓鱼联系电话的墙壁（我甚至看到了涂写者正为自己做钓鱼生意时这个带有爱国色彩的创意得意扬扬），会听到这个妇女在那堵墙壁前先后演唱《为了谁》《天下感情》《鸿雁》《少年壮志不言愁》和《呼伦贝尔大草原》等一些富有年代感的歌曲——这当然也暴露了她的年龄。在她唱到《呼伦贝尔大草原》时，我还会躺在椅子上，甚至还会在她的歌声中把身下的地面想象成我曾去过的那片草原，会在她的歌声中想象出一群群牛羊，一朵朵白云，草皮上的小松鼠、蒙古包、马奶酒、少女龟裂的皮肤和风吹日晒的红脸庞，甚至还会想起很多年前的一天晚上去KTV 时陪唱小姐也唱过这首歌。最后我会坐起来，聆听这位阿姨在水泥台子上的模拟谢幕：“谢谢大家的鼓励，真的是谢谢大家，再见了！”我还会感激于她的说到做到，也会在歌声和伴奏的戛然而止中发现四周如此安静。

我接着往前走。在这片小岛出口处的廊桥下，一个年轻的、打扮入时的、戴着帽子的妈妈和一个上班族状的男人各自带着年幼的孩子在玩沙子，哦不，他们肯定想的是“亲近泥土”“拥抱自然”之类的。旁边因深度富营养化而呈深绿色的湖面上停着一艘小船，就是环卫工人打捞水草的那种小船，一个秃顶的工人正坐在船舱里打电话，他在打电话时顺便摆弄了几下竹篙和捞网，竹篙、小船、水草和几片漂在水面上的无名绿叶。接下来的，是一堆堆沿着湖岸摆放的刚捞起来的水草，几个上了年岁的男女在水草中翻捡着什么。我蹲了下来，看到白色塑料袋中的螺蛳，那个正在忙碌的女人见我站在一旁，主动跟我说这是“让螺蛳回归大自然，它们也是一条生命”。一旁的男人也表达了同样的意思，他们一听说这里捞水草就跑来做放生的义工。义工要我也加入他们，“后天就是庆祝观音菩萨的出家日，可以消灾祈福”，她甚至说出在她看来如此富有吸引力的话来邀请我。我表达了还有其他事的借口，在用脊背也能感受到的那种充满惋惜和遗憾的注视中继续往前走。

走过那片被涂写着“王八”两个大字的蓝色铁皮围墙时，我看到里面翻耕起来的新鲜泥土，黄褐色的土壤甚至让我在内心深处浮泛起某种故乡的情结，紧接着我的脑海中又出现了麦苗青青、玉米抽穗、农人牵着耕牛等庸俗的浪漫画面。然后，我又走过坐在一排抽烟的老头面前，被一位跑步的大妈拦了下来：“这位同志，麻烦问一下现在几点了，我手机在家充电。”

当然，我没有不告诉她的理由，我甚至为我还能帮上这个小忙而自我感动了一下，但更让我讶异的是已消失多年的“同志”这个称呼和它被用在了年轻的我身上。这位目测年龄有六十多岁的大妈，显然被那个年代的流行称谓影响甚深，也显然不像对世情了解甚深的那些人明白它的另一重含义，她或许参加过生产队、当过红卫兵？月光灿烂的某一晚，年轻的她在看完一场露天电影后“偶然”遇到了脚步匆匆的、根红苗正的年轻干部？后来躲在草垛后面的那次偷尝禁果给他们带来了婚姻，接着是一儿一女……如今她老了，既要带儿子的儿子，同时又要忍受儿媳的挑剔——譬如准点做饭，但某种近乎圣洁又近乎苍白的记忆让她在漫长的年代中又保留着对这个称呼的使用，一如她对爱情的理解。

在湖边我还看到了很多人：一个坐在椅子上正对着手机咧开嘴笑的女人，一个在无人的角落倚着树干默默抽泣的女人，还有一个走着走着突然停下来摆弄了一会儿头发和五官然后自拍的中年妇女。更多的是那些推着婴儿车晒太阳和临湖放歌的人。他们或是三五成群，或是独自一个，一个头发高高盘起、浑身散发着异香的女人正在高歌一曲《马背上的太阳》（我是从拉二胡者的谱子上看到的这个曲名）。而那个临湖独坐的中年男人正在吹萨克斯，可能老伙计们今天都有事在身让他落了单，也可能是他不愿意与其他土里土气的乐器演奏者和歌唱者为伍，某种洋气和高高在上的虚荣让他选择了这把孤悬在外的石凳，甚至在我想要驻足似的从他面前经过时也没影响到他流畅自然的吹奏。这些人，包括前述的所有人，他们当然也都看到了我，看到了这个脖子上挂着一台相机的年轻人。可以肯定的是，他们也会在心底对我说一句“搞摄影的”“摄影发烧友”之类的话，他们还会想我为什么没有穿那种带有四个兜的草绿色马甲，没有背那种装有长枪短炮的行李包，甚至还会想象一下我所拍的荷花、牡丹、蝴蝶、蜜蜂、鸟、旗袍美女等一些被认为“很有美感”的照片。让她们失望了。

在往公园大门口走的路上，我还遇到了一只朝我迎面跑过来的土狗。在我发出的一连串带有亲热性质的呼唤声中，它跑远了，我的呼唤声越大它跑得越快，最后它终于夹着尾巴消失在树林中；在那片高树绿荫的路中央，我还遇到了一个男人和一个三四岁的小女孩，他们一前一后地坐在那种投币式的儿童车上，一个小女孩奶奶模样的妇女往车里投了几枚硬币之后，车子缓缓开动了，并发出一连串只应该属于儿童年龄的歌曲。但是我知道，那个父亲现在肯定是幸福的，他的幸福并不来源于胖臀之下看似要压垮的儿童车和它的缓慢前进以及那串动听的音乐，而是来自他怀抱中那个正在开车的小女孩——这位父亲应该还跟自己贫寒的、没有任何此类玩具的童年做过一番对比，虽然这一幕在路人看来颇有些滑稽。在大门口的树荫下和草地上也聚集了一些人，他们在踢毽子（同时口中报数）、打牌或者野炊，秋天、周末、阳光、草地、树荫和不远处的湖面赋予了他们某种积极、闲适和慵懒，与一墙之隔的公园外马路上那些行色匆匆的人相比，这形成了一种鲜明对照，也提醒即将步出大门的我——这种时刻感到虚无的人——去想象正能量和生活美好之类。

哦，刚才忘记说了，在公园另一个门前矗立的那块铁皮招牌和上面的文字，又一次提醒了我这片湖水遥远的过去。三百七十五年前，大明王朝辞官归故里的前礼部尚书、东阁大学士贺逢圣，在回到武昌城（那时候叫江夏）住了不到一年后，就碰上了张献忠带领的农民军攻打这座城。在城池陷落那天，据说贺逢圣带着全家二十余口人乘坐一只大船来到墩子湖（紫阳湖旧称）的湖心，他下令凿漏船底，带着全家人沉于湖底。这段历史在今天似乎给了我与往日不一样的感触，在湖边坐下来时，望着湖底摇曳生姿的那片水草和水草之上偶尔翻起的水花，我甚至还想到"冤魂""大义"和"忠贞"一类的东西，准备对照一下投湖的贺逢圣和在公园里遇到的这些人，发发某些今不如昔的历史感慨。但是当我在临湖的亭子里坐下来后却走神了，我想起的是之前的一天早上。

那天也像今天一样，天朗气清，阳光大好，我也想爬起来去紫阳公园转上几圈。但是前一晚的醉酒使我懒得爬起来，于是我就以想象代替了实际行动：我打开门，坐电梯下了楼，往左拐到那条热气腾腾的巷子里，在某家店里吃了一碗热干面，又继续前行，然后右拐进体育街和张之洞路，过马路（还在想象中等了一会儿红绿灯），然后再走几十米拐进了紫阳公园，进园之后往右拐——接下来的部分可以参照前文所述。最后，我又在午饭时分步行回来，沿着跟出发时同样的路线走到楼下

（这中间还在菜市场买了蔬菜、牛肉和一把挂面，当然也是想象），拐进小区，坐电梯到二十楼，掏出钥匙，用力往右拧半圈打开门，然后看到了躺在床上的自己。也就是说，那天我神游归来之后看到的我，跟我今天看到的这些人别无二致，我看到了一个正挣扎着起床去公园散步、感受某种积极和美好的宿醉男人，一个类似在躺椅上以帽覆脸的小工那样的男人，一个正在走向拉二胡、看《参考消息》或爬行的男人，我成了他们中间的一员（事实上我又何曾不是过）。这再次说明，公园里那种四海升平、人生幸福的景象，既是我们的孜孜追求所致，也是我们的庸常本身。

我的零

“坟上长草儿孙旺，坟上长树败家财”，这是我们乡下的一句俗语。村里人都说，是我祖父坟前长了那一根蒿草，所以才家丁兴旺、个个子孙都有出息，一连出了好几个大学生——也包括后来的我。

的确，祖父坟上长了草，但并不是一根蒿草，而是在冬雪春风中交替枯荣的一片荒草。祖父生于1912年，死于1987年。对于他的记忆，我只有两个场景：其一，某次村里有人去世出殡，他带我去看热闹，买了一包焦花生；其二，春天里太阳很大，他带我和堂妹在村外树林中捡柴火。祖父是读私塾出身，师傅是我祖母的父亲蒋老先生。祖父家虽有一百多亩田地，但大伯说，那时候还要用白面换红薯面，一斤白面换三四斤红薯面，才够一家人的口粮。祖父不事稼穑，农事一应不会，他爱打算盘，喜欢看书，他最喜欢读的是一部《纲鉴易知录》。据说，他还会作诗。据父亲回忆，和祖父一同读私塾的同学中有些混得颇为不错，在国共两党中都说得上话。解放前夕，祖父有同学拉他去台湾，但他没去；而解放后他在浙江省委的同学推荐他去做文书，寄来了二百元盘缠，他也没动心，又把盘缠寄了回去。据说，他担心对于阵营的选择会让邻村的大地主对我们家人不利。

父亲生于1946年，兄弟五人，他排行老四，另外还有三个姐妹。本来他还有一个弟弟，十几岁时夭折了。因为家庭成分不好，父亲读书只读到高小就不读了，也是不允许读了。虽然他成绩很好，按他的说法是“清华、北大都考得上”。也是因为成分不好，他直到1975年才结婚。当时是三家换亲，我姑姑先嫁到陈家，陈家的姑娘再嫁给我三舅，我母亲才嫁给我父亲。这带来的盘根错节的亲缘关系，直到很多年后我才明白。据说，外公对这门亲事很满意，不过他满意的并非我父亲，而是我祖父——他们是互有耳闻的。外公也是一个地主，也是一个乡间读书人。前几年，在去表哥家串门时，我还偶然翻到外公在20世纪60年代给《胡氏家谱》写的序，字句清通斐然。解放前，外公的堂弟做镇长，委外公做保长一职。后来，在1950年年末席卷全国的“镇反”运动中，我们镇上一次性枪毙了二十八人。外公不在其中，他是陪着被枪毙的，但他并不知情，家人还准备了竹席去收尸。后来他被批判了很多年，母亲说，她小时还给外公送过饭。我母亲没读过书，在她要读书时，家里已经困顿零落，连五角钱的学费都拿不出来。她两个同父异母的兄长读过书，我的大舅解放前读的是河南大学，解放后又辗转到中南工学院；二舅也读过大学。母亲同父同母的四个兄弟姐妹，有的读了初中，有的读了高中，只有她没读过书，不过她也没觉得有何遗憾。时运如此，怨亦无用。1983年冬天，我是在一场大雪中来到这个世界的。第二天天气放晴，雪地上升起一轮红日，小脚的外婆挎着一篮子鸡蛋来看望我。外婆是个孤儿，父母故去后她跟着哥嫂生活，后来被送到外公家做童养媳，在长房去世后，她便由侧室做了正室，先后生了五个孩子。事实上，外婆和大舅年龄相仿，这一点在他们相继去世之后我才意识到——我把他们一个比作宋美龄、一个比作蒋经国。我常想他们该怎么称呼，又该怎么相待。

外婆出身贫寒人家，1975 年外公去世后，她守了三十多年的寡。晚年，她又患了半身不遂，在床上躺了将近十年，一年四季都在五个儿女家中轮流度过。外婆在我家住的时候，有一次天气很好，我搬出一张藤椅，搀着她坐到院子里晒太阳。而我则拿起一张过时的报纸，给她一则又一则地读上面的新闻。她不识字，耳朵也不好，或许根本听不见也听不懂，但也还是在用力听，又或许她的听并不是听，而是“看”我在读。就母系和父系来说，两边都是地主、读书人和乡绅，还能算得上乡间的大族。新中国成立后，虽然经过历次运动，但两家人身上或都还残留着某种传统和风仪。可能也正是因为这样，在母亲要嫁给父亲时，外公才会难得地表示满意。而事实上，“门当户对”这一古老观念，也是在“根正苗红”的现实不得已中，于我父母身上被反向得到了继承。这一点，在我身上甚至也有所验证。小时候我跟邻居家的小孩子打架，有几次还被对方父母偷偷骂“小地主羔子”。我并没有亲耳听见，是其他小孩后来学给我听的，我便去问父母什么是“小地主羔子”。当然，他们的回答，在很长一段时间内我并不能理解。

每次去镇上外婆家，母亲总会叮嘱我少往大舅那里跑，她的理由是“跟他不亲”，又或许是担心他的“疯”。但我从来都不理会，每次都要偷偷跑出来，悄悄溜过去。大舅有时候在家里，有时候在街边铺子里，他在学校对面开了一家文具店。读小学时，他送过我一支自来水钢笔，墨绿色的，小巧精致，装墨水的部分不是橡胶肚，而是能推拉的一截塑料管。这一度让我引以为傲，同学们用的都是铅笔，最多不过是圆珠笔，而我却有一支钢笔。上课时我就趴在课本上写来写去，一部新课本被画得密密麻麻——老师发现后就让我摊开课本、双手举着在教室里“游街示众”。有一年春节极为寒冷，我去大舅家里找他时，他还躺在床上，他跟我说了三个名字：沈从文、黑格尔、白崇禧。他说，沈从文的文章写得好，黑格尔的学问做得好，白崇禧的兵法了不得。那时候我刚读初中，只听说过沈从文，但也仅限于听说过，对于黑格尔和白崇禧则是一无所知。但大舅不管这些，他对着我感慨陈词，说到激动处手舞足蹈、目眦尽裂或者哈哈大笑，或许他只是想找个人说说话。

我的大舅本名胡暹昌，他以“疯”闻名于方圆一带，所以人称“胡疯子”。解放后，他因为家庭成分不好，在历次运动中受尽冲击，他和二舅都被打成了“右派”，二舅的腿还被打折了，在床上一直躺到去世。大舅的“疯”，或许跟他所受的批斗有关。但在我看来，与其说这是一种疯，倒不如说是一种性情毕露。只是在乡间人眼里，这无异于癫狂。他喜欢书法，每天都要写上几个字。有时候一上午才写几个字，写完一个字就抽根烟，或者出门转转，回来再接着写。在堂屋里，挂着他自己写的中堂，两侧是“春风大雅能容物，秋水文章不染尘”，中间是刘长卿的一首《逢雪宿芙蓉山主人》。后来，我还见过他写的白居易《赋得古原草送别》和一副“谦卦六爻皆吉，恕道终身可行”。他的字以隶书为底，以行草为姿，在笔纸早已零落成尘的山乡间，算难得一见的好字了。大舅是十一年前去世的，时年八十四岁。他去世后的一年，我在表哥家看见过他的很多书法，还找到了他的一本日记。在去世前一年的 10 月 23 日，他这样记道:“在集（镇）上，遇见传昌，畅谈一切人生大事。伊已七十一岁，我比他大十三岁。人人得过，困难者极少。”那一刻，我终于理解了小时候为什么大舅跟我说沈从文、黑格尔、白崇禧，或许那也是他的“畅谈”，“一生负气成今日，四海无人对夕阳”，十一岁的我就是他的“夕阳”。

“七十三,八十四，阎王不叫自己去”，几年之后我大伯去世时，也正好是大舅去世时的年龄——八十四岁。大伯一辈子都在家务农，但是他喜欢唐诗，最喜欢的是王维。“大漠孤烟直，长河落日圆”，“行到水穷处，坐看云起时”，前几年他跌断腿躺在床上，我和堂弟去看望他时，他还对我们吟诵起这两句诗。几乎每次去看他，他都要跟我们讲上几句谁的诗如何如何。跟大舅一样，在乡间也没有人听大伯说这些，而我和堂弟就充当了他聊以自慰的听众。大伯的另一重身份，是村里红白喜事的主事人。因为这一点，家家户户几乎都用得上他，而他也因此显得格外德高望重。他特别在乎礼节，无论是婚丧嫁娶的礼节，还是家中长幼尊卑的礼节，甚至会严苛到不近人情的地步。而躺在病床上的那几年，偶尔还会有人去拜望他，问询他关于婚丧事宜的细节——他当然乐意和盘托出；而如果听说了谁家没按规矩办事，他就会跟我们唠叨上几句，似乎他的“遥控”不再那么有力了。而作为长子，他还相当于我们这个大家族的族长。兄弟之间、妯娌之间，出了什么事也都是由他居间协商。他常说的一句话就是“不能让外人看笑话”。而事实上，也没人会看什么笑话。不知道从哪一年开始，村里的人重心就开始转向赚钱了，赚了钱之后就拼命盖楼房，即使只有一家三口也要盖两三层楼房，而礼节早已不是他们生活中的一部分。只有大伯，还在为那些已经不再合乎时宜的礼节而念叨奔走。有一年，他或许是看出我能续传他的“衣钵”，还写好格式，让我依样为祖父和曾祖父各写了一副牌位。

2001 年夏天，祖母以九十一岁高龄辞世，这也预示了某种伦理图景的瓦解。祖母出身的邻村蒋家，也是大户家族，以擅画兰花而出名，她的父亲蒋老先生是秀才，后来成了远近闻名的私塾先生。可能因为这样的出身，祖母一生谨严，她虽然并不识字，但在言谈举止中却恪守着某种不能形诸言语的东西。她高高瘦瘦的，平日里一身青布衣服，从不见丝毫脏乱邋遢，脑后绾着一个发结。祖母独居，一直到去世前都是自己做饭洗衣，从不假他人之手。小时候，我经常在她屋里陪睡，也不见她有什么吩咐使唤，只在灶里没柴火烧时，她才喊我去取些煤球或者木柴。现在，他们都死了，也带走了让整个家族的某个中心点。我很明白，这是再自然不过的事，自从有以家庭作为生存单元之始就如此，我也无意夸大他们所带走的某种文脉、传统和风气。只是常常在廊前和檐下枯坐时，对着院子里徘徊游移的光阴和逐渐拉长的、将我整个人罩住的巨大阴影，我会有一种莫名的颤抖。但是转瞬间，又升腾起一点微亮的光火：在虚无冷寂的彼岸也有我的人，他们会先于我去经受那个世界——或验证是不是存在那个世界，再以某种近似神祇的方式给我托梦。

其实，跟一般人家相比，在很长一段时间内我家的日子是艰难的。为了供应我和兄长读书，父亲在务农之外，又种了几亩蔬菜。每天凌晨三四点，他就去集市或走街串巷售卖，有时直到日上三竿才回来吃早饭。这种清贫持续了很多年，直到我兄长毕业之后才略有改观。父亲为人极好，作为村中红白喜事的领班厨师，每家几乎都要请他。而他也尽职尽责，为了节省宴席菜料，还经常亲自去赶集采买。一场宴席操办下来，他所得不过两条烟、一瓶酒、一条毛巾，偶尔一尾鱼。他的好人缘，我是在他的葬礼上听说的，那是刚过完 2009 年春节后的几天，很多我不认识的人都前来吊唁，他们说起父亲生前如何好，感叹怎么才六十四岁就去世了。以前很多时候，我觉得父亲一生非常失败。在八个兄弟姐妹中，他什么都不突出，最老实也最笨；在世俗生活中，他也没什么娱乐和爱好，所在乎的无非天气、庄稼、农活、蔬菜和酒席。他很平凡，甚至平凡到窝囊，像所有中国老实巴交的农民一样，胆小，脾气大，目光短浅，经常愁容满面。甚至，我曾为这样一位农民相尽出的父亲去学校为我送粮食，而觉得在同学面前丢了颜面。后来母亲说，他一生最大的成就就是靠着几亩田培养出两个大学生儿子。我听了默然，这一点，在村里他确实无人能及。

从二十岁离开家乡，至今我已在城市生活了十三年。如果不是堂哥又开玩笑提起，我已忘记了六岁时说过的话，我说“我要当记者”，我还说“我要考本科”——因为我兄长读的是专科。事实上，我那时根本不知道何谓记者、何谓本科。那时候我还不知道的，是五十多岁的堂哥今后会找一个痴呆的女子结婚，他那么倔强的脾气会被现实磨得没有一丝棱角；是祖母、大舅、父亲、大伯会一个个先后离我而去——在很长一段时间内我不知道死意味着什么，就像将坟场当乐园的我从未感到恐惧。并非他们是亲人，我就会无端升华其人生。事实上作为十几亿分之一，他们的人生不足为奇，不足为据。但他们离我最近，总会在我的现场复活，我涂抹毛笔字的姿势神情是大舅的，我文字中的水分是父亲在麦子里掺过的沙子和石子——我和已经离世的人仍然在一起。也像布罗茨基说的那样，“我觉得自己仿佛是他们的总和，但又总是小于他们中的任何一个”。他们一张张消逝的脸拼成了我的脸，但这并不意味着生活方面我就胜过他们，而他们卑微且庸常的命运又总让我感到并惋惜某种流逝。

日益单薄的生活样态常会让我感到某种经验的缩水和流失。不单我，可能你觉得也如此。就像回忆起从前，你总会有说不完的从前，但在某个能预见的时刻，比如在明年回忆今年，能不被筛孔漏下去的今年会有多少？对，寥寥无几，很可能竹篮打水、泥沙不存。比起我们——至少是我，远去的家人和附加给他们的命运是具体而微的。我小于他们的“生”，更小于他们的“死”。而在生死之间，我也小于他们的“过往”。在某种意义上，我是他们的受托者，而他们也未必就不是我的。如果说我能带他们不断走向某种未来，而他们则能拖着我不断走向某种过去。而死，既是过去，也是未来。

在十三亿人口中，他们总是被挂在十三亿这个数字后面的、被埋藏的、能被更多人取代的“零”，他们从属于人口的“口”，而不是“人”。或许因为文字，每个我所熟悉的“零”都能被还原成一张小小的人脸，无论它是模糊的、清晰的、愁苦的还是平凡的，总之是存在的，或者存在过的。他们——也包含过去的我，永远是昨天的，而文字则永远是今天的，甚而可能是明天的。如果说文字有某种功能，也许即在于能帮助我确定存在的时间，帮助我从某种虚构的巨大中缩小成自我，不超出，也不小于，而是等于。而在潜意识里，我总觉得，他们一旦进入文字也就意味着进入了某种永恒。尽管，永恒本身也很虚妄！

吉田公墓

1

深圳有一座公墓，叫吉田公墓。如果近些年去过那里，你应该会留意到这样一个细节：在通往公墓的那条宽阔公路上，透过车窗玻璃，你会看到整座城市的高度是在一点点下降的，从数百米的摩天高楼到低矮的城中村民房，再到一排排四四方方的厂房，最后高度会降到零甚至是负数——你的眼前是一片低矮起伏的地面和一个个新兴的工地。吉田公墓就在那些坑洼不平而又热火朝天的新兴工地的包围之中，它的清冷孤寂被它周围那些正发出叮叮当当声的工地衬托得更加清冷孤寂。

在公墓里走上一圈，在眺望完不远处的巨大塔吊臂、和缓起伏的土坡和头顶上那些白得晃眼的云朵之余，如果匆匆瞥一眼那些密密麻麻的墓碑以及墓碑上的照片和字迹，你还会发现这样一个细节：与很多公墓不一样的是，吉田公墓埋葬着很多年轻美丽的女孩，她们名字后面的籍贯是湖北、湖南、江西、四川、河南、黑龙江、辽宁、安徽、广西……几乎就是整个中国的版图了；而如果再用她们籍贯后面的那两个年份——死亡年份和出生年份——做个简单的减法运算，你会不可思议地意识到她们竟然是如此年轻——十八岁、十九岁、二十一岁、二十三岁、二十五岁、二十七岁。黑褐色墓碑上的彩色照片证明着她们的年轻和美丽，那是一个个戛然而止于某个瞬间的年轻和美丽，那也将是一个个永远年轻下去的年轻和永远美丽下去的美丽——与她们墓碑旁那些茂盛的一年四季都在盛开的无名花草一样。

我没有去过吉田公墓，我是从一篇过时多年的新闻中看到这个消息的。十几年前，艺术家刘卓泉曾经带着几个摄影师到吉田公墓里拍摄黄埔军校的纪录片——那里葬着一位军校的高级军官，在漫不经心的闲逛中他发现了一排与自己同样来自湖北却长眠于此的年轻女孩的墓碑。后来，他用两个月时间拍下了这些已经成为墓碑上一张张漂亮照片的姑娘的照片，最后挑选出三百多张照片用磁铁固定在一排围栏上，然后挂上霓虹灯。他把这个作品叫作《葬在深圳的姑娘》，在很多地方进行过展出，他想以此表现那些年轻美丽的牺牲者与一座城市的关系，传递出青春、劳动、梦想、记忆和死亡。“她们几乎没有专门的遗像，这是一个非正常死亡的暗示。年轻的女孩们多死于 20 世纪 90 年代，多是外来务工者，也有白领、公务员。这些女孩没有墓志铭，很难了解她们的生前故事，只能通过仅存的信息推断她们多是非正常死亡，她们的死是一个比现实生活更加复杂的问题。如果她们的死亡只是个独立事件，比如都死于一个油库爆炸、一个工厂火灾，还好理解。但它恰恰不是，恰恰是我们的城市、我们的生活里每天都在发生的事情。年轻人的死因肯定有很多种，但不管是疾病、谋杀、事故，还是精神问题导致，这种集群性持续性的爆发都暴露出一个城市的问题。”

从 20 世纪 90 年代初开始，南方——准确地说是广东——便成为无数年轻人的梦想目的地。我当然还清晰地记得，一辆辆被各种牌子的大包小包、鼓鼓囊囊的彩色编织和带着稚气的年轻面容挤满的开往南方的大巴车，一列列在春节前从南方开往各地又在春节后从各地开往南方的沉闷、拥挤、污浊的绿皮火车（那时候还没有动车），它们就从我的身边和眼前开过去。坐在大巴和绿皮火车上的年轻人中，有我辍学的同学、熟悉的邻居、要好的朋友，更多的是我不熟悉的年轻人。那些陌生的年轻人是我的同学、邻居和朋友的同类项，而不是我的。那时的我与同龄的他们有着完全不一样的人生路向，当他们白天坐在生产车间里由一排排流水线组成的工作台前忙碌不停时，当他们深夜里躺在闷热、潮湿、狭窄的通铺宿舍里喝酒、抽烟、聊天或者夜不成寐时，或者当他们在领取到当月工资之后穿梭在人潮汹涌、霓虹灯闪耀的街头时，我则完全不需要为生活操心，我正坐在窗明几净的教室里或者躺在等待着天亮后去上课的学生宿舍里，某种与他们完全不一样的美好人生似乎正在不远处等待着我。再后来，我和他们理所当然地南辕北辙了，并在这种南辕北辙中渐行渐远，这倒并非是我的故意疏远和势利造成的，而是时间和陌路带来的必然结果。

所以，我不知道他们之间是否也有人像那些年轻美丽的姑娘一样，在打工期间的某一天突然就消失了，消失在了吉田公墓、别的公墓或者家乡的乱坟岗子之中。但是事实上，那些死亡的的确确也有可能发生在他们身上，就像那些死亡在发生之前，谁也不知道它们降临到了那些年轻美丽的姑娘头上一样。有时候止不住地会这样想：他们和她们年龄相仿、家乡相近、命运相连，他们和她们也可能就在同一座城市，他们和她们也可能就在同一家工厂、同一条流水线上，他们和她们还可能座位相连，打过招呼、开过玩笑或者谈过恋爱，但是为什么在那么多的相同、相近、相连和相仿之中，现实带给他们和她们的却那么不一样？这当然可以用城市化过程带来的诸多问题做解释，但是更多的时候，我们会偏向于另外一种解释——不能让人信服而又不得不这样解释的解释：命运。

2

应该说，我们的一生就是在朝死亡迈进，每一天的过去就意味着向死亡更近了一步。只是死亡与死亡的不同在于，有些死亡是漫长生活带来的必然结果，而有些死亡则是必然结果之外的偶然降临。这话很不吉利，也不温暖，却是实情。我见过很多死亡，有平静安详的自然之死，有疾病中的痛苦之死，有飞来横祸的偶然之死，也有自我预示的预料之死。我知道的最通达的死亡来自祖父。据说，他在去世前一个月就告诉家人：“该走的时候我就走了，但我不告诉你们哪一天。”那是1987年7月的一天，头天晚上我的祖母就觉得不对，无论怎么睡也睡不着，她总觉得要出什么事情——但并不知道要出什么事情。到了天快明的时候，她终于迷迷糊糊地睡着了，就在祖母睡着的那一小会儿里，我的祖父撒手归去了。他死得很从容很安详，似乎和死亡秘密达成了某种和解协议。

对于祖父这样的死，对于正常生老病死的死，我们当然可以接受并自我解释，但并非所有的死都是这样。几年前，朋友的父亲讲过一个这样的故事：在他还在读初中时——那是十年动乱的年月，学校里有一个教英文的年轻女老师，很漂亮，也很有才华，但就是一个这样的老师，有一次却因为莫须有的罪名被抓到操场上剃了阴阳头，被拉到台上集体批斗。被批斗后的第二天，女老师戴着一顶毛线帽继续来学校教书，不过她的毛线帽被扯下来，头皮上被刷上了红漆。三天之后，有人在附近的一口池塘里发现了一大片柳树枝，当那个人要把那片柳树枝拉扯上来时，发现了已经死去的年轻女老师。是这样，为了让自己死得更加彻底，女老师钻进那片柳树枝丛里投水自杀——她要跟这个世界坚决撇清关系，毅然决然地去往另外一个世界。

看多了死，就会想着生。记得看过一部电影，叫《127 小时》，改编自登山家艾伦·洛斯顿的自传《在岩石与险境之间》。故事很简单，讲的是 2003 年他在犹他州攀登大峡谷时，右手前臂被巨石压住，被困了五天五夜最后脱险的经历。为了能活下来，艾伦·洛斯顿强忍着剧痛，先是将桡骨和尺骨折断，然后用运动短裤当临时止血带，最后又用一把刀从肘部将右前臂生生切断——就像壁虎断尾那样。从岩石下脱身之后，为了与失血抢时间，他爬过狭窄和风力强劲的大峡谷，借助于缘绳下到二十米深的谷底，然后再步行七八千米后，终于与营救人员相遇，成功生还人间。那真是一场与死亡的较量，他一度陷于绝望，但是又从种种美好之中汲取希望——跟女朋友的甜蜜相拥、缠绵性爱、跟家人的相亲相近以及童年的无忧无虑，这些让他产生了巨大的求生意志，最终活了下来。

比艾伦·洛斯顿更惨也更幸运的，是泰国的十二名少年足球运动员（最小的十一岁，最大的十六岁）和他们二十五岁的教练。他们在泰国北部清莱府坦銮——坤南南暖森林公园的坦銮洞穴群迷失之后，一直等待了十天十夜才被搜救队发现。当英国的潜水员从浑浊的水中浮现出来时，他们发现那群骨瘦如柴的男孩正挤在洞穴的地面上，于是一个潜水员向那群男孩喊道："你们有多少人？""十三个。"其中一个男孩回答。"太棒了。"那个潜水员说。这个数字，意味着十二个少年足球运动员和他们的教练在被困在那条被水淹没的、全长超过十千米的大型洞穴中（泰国第四长的山洞，至今没有人走完全程）长达二百四十小时之后全部生还了。究竟是什么让他们坚持了那么久？良好的身体素质？互相激励的集体力量？还是活下来的动物本能？也许是所有这些因素的综合，也许只是某种难以解释的偶然因素。

有一段我特别迷恋这种荒野求生的故事，尤其向往那些有一身野外生存本领的人。比如英国的退役特种兵、冒险家贝尔·格里尔斯，他在沙漠、沼泽、森林、峡谷等最不适合人类生存的险恶之地靠着意志、勇气、智慧活下来。在面对无处不在的死亡和孤独时，人是很容易崩溃的——尤其是中国人，因为我们向来言生不言死，相比于生，我们缺少的是一种通达的死亡文化，很难直面死亡，对于这种自然而然的人类归宿有一种与生俱来的惧怕。虽然古人会说舍生求义、视死如归，文天祥会自杀守节，谭嗣同会“我自横刀向天笑，去留肝胆两昆仑”，多少人可以以死求仁，但是对于天下的芸芸众生来说，对于烟火人间的匹夫匹妇来说，义并不是他们最后的救赎，国家也不是他们最后的归宿。在尘世之中，他们所要寻找的只是一份现世的光明和温暖，而非死及其升华。

3

人之将死，或者说人在死亡随时都会逼近的那种境地之中，到底会怎么样？前几年，有一个话题经常被拿出来讨论——“濒死体验”。据很多有过濒死经历的人回忆，在死亡降临前的那一刻，他们竟然会感受到一种安静、温暖、轻松的归属之感，而并不是进了十八层地狱或者飞升到了天国。1918 年，十九岁的海明威也经历过一次灵魂离体。当时，他正在意大利前线的救护车队服役，7 月 8 日午夜时分，一枚弹片击中了海明威的双腿，使他身受重伤。事后，他告诉朋友盖伊·希科说：“我觉得自己的灵魂从躯体内走了出来，就像拿着丝手帕的一角把它从口袋拉出来一样。丝手帕四处飘荡，最后终于回到老地方，进了口袋。”

所有人都是要死的。人会死，猫会死，狗会死，树会死，花会死，草会死，地球上有生命的一切都会死——很多的生命已经死了，更多的生命还在从生到死的路上，这是一种必然规律。那么地球呢，一个不是生命却由生命组成的地球会不会死？是死于一场必然，还是一场偶然？当然，这是另外一个问题了。这个问题来自很多年前的一个春天的周日下午，那时候我是一个胡思乱想的初中生，那天下午我读到了一本讲天文学的书——书中正好说到地球灭亡这个问题。当时的情景应该是这样的：我捏着书页的手心里出了一层细汗，但我的目光没有落在那页文字上，而是落在了太阳透过窗户射在地面的一块光斑上——我想到亿万年之后地球被太阳吞噬时的画面，人类的所有文明都将万劫不复，不但我此时此刻的努力毫无意义，地球上任何一个人和任何一种生命的努力也都毫无意义。我陷入一种无边无际的巨大恐惧，我想说那是一种人之为人、人之为人类的恐惧。我不知道怎么办，就那样呆坐了一个下午。窗外明亮，一派春色，生机盎然，但与我无关。

十几年后，现在的我终于可以回答十几年前的我提出的那个问题了，也即地球的灭亡问题。我对那个读初中时的我的答复：如果你去一趟深圳的吉田公墓，看到那些密密麻麻的黑褐色墓碑上的一排排彩色照片，想到她们生前忙碌不堪的流水生产线、潮湿拥挤的工棚宿舍、每天十几个小时的工作强度，当你猜测她们最后葬身于一台机器、一场大火或者一次车祸，当你又突然意识到她们充满稚气的脸庞、青涩的微笑和微笑在她们嘴角边上形成的那一抹微弯，无论她们的死亡出自什么原因，也无论她们在迎接死亡到来的那一刻是不是产生过“濒死体验”，你都会深深地意识到自己曾经的麻木、浅薄和无聊。如果你有了一份这样的意识，那么也就回答了自己提出的那个问题：与她们年轻美丽的还未经铺展就已经结束了的死相比，地球的灭亡问题完全不是一个问题，或者只是一个微不足道的小问题。

在墓地

恐怖片能轻易区分出两种人，或者说让人产生两种相反的反应。一种是让你看着看着就看进去了，越看越害怕，但你又忍不住好奇，想一探究竟；另一种是让你一直游离在外，越看越不感到害怕，你甚至看穿了那些拙劣的表演，在最恐怖的镜头前忍不住哈哈大笑。在许多跟恐怖片一样让人感觉两极的事物中，墓地于人的感受可能与它最接近，有些人很怕去墓地，那让他们联想到死，待上几分钟就会觉得魂魄会被摄走，时刻准备着逃离；而另一些人则把在墓地的逗留视为难得的安静，一般来说，那里人烟稀少、青山绿树、小花开得比别处格外明丽，他们能找到跟死亡相反的东西。

我可能属于为数不多的后一类人中的一个。我对墓地的记忆来源于对穷和钱的记忆，那是一个六七岁的少年为数不多的记忆。据说 1990 年前后河南农村地区的年人均收入是 526.95 元——假定这是真的，这一数字换算成月是人均 43.91 元，换算成天是人均 1.46 元。也很少吧？但统计学的鬼把戏还是掩盖了距离这一数字仍旧遥远的一些真相，譬如我家，两段私人记忆更能透露当年的真实情形：五角钱一包的“天方牌”方便面乃是一种奢侈品，每包中都必带的一小包辣椒面足以让我当菜吃上好几顿；而几年后，五块钱一本的《新华字典》仍让我的母亲瞻前顾后，思量再三，最后她觉得还是不买为好。那时候分币还很流行，柜台找零时还不敢轻易抹去或者换成几颗糖，所以一毛也是一笔不小的款子，何况我还是个孩子，在我以角为计量单位的收入中只有极少几种途径。途径之一就是搜集树上的蝉蜕（我们当地叫“爬蚱皮”）卖给江湖郎中，一块钱一斤。中医说了，蝉蜕能入药，有宣散风热、退翳明目、透疹利咽、祛风止痉之功效。

一斤这个数量词是很好理解的，不好理解的是一斤什么。譬如这么说吧，如果是棉花，一斤就意味着一大包；如果是铁和铜，一斤只需要小小的一块；而如果是中子星或白矮星什么的天文物质，那样的一斤你根本就看不见。当然，一斤蝉蜕没有那么夸张，但也绝不像一块废铜烂铁那么小，事实上它有现在菜市场常见的那种白色塑料袋三四袋那么多吧，每袋二三两，换算成蝉蜕的数量是三四百只。那就意味着一斤需要千把只蝉蜕，如果一棵树上平均能捉到两只蝉蜕，那就需要去光顾至少五百棵树，但这是理论上的，是统计学上的，现实中办不到。现实中你需要光顾八百棵树甚至更多，因为你不能保证每棵树上都会有蝉蜕，即使每棵树都有，你也不能保证每棵树上的蝉蜕都一定会被你收入囊中，事实上像我这样想以此发点儿毛财的小孩儿不止一个。

每年刚一入夏，我每天一大早就拎着一根长竹竿和一口布袋去村头，那里有一片遮天蔽日的树林，浓荫中没完没了的嘶鸣和聒噪胜于任何音乐，因为那表明将会有不错的收获。蝉蜕出现的地方有时是树干上，有时是枝头上，有时是地面上，有时又是草叶上。绝大部分蝉蜕都能借助我那根长长的竹竿捕获，例外的情况非常少见，但并不是没有。比如趴在高高的树叶背面的那一两只，你踮起脚尖几乎可以用竹竿顶上的铁丝弯钩够到，你努力试了几次，却总是差了那么一点。现在你旁边正好是一方坟头，你怎么办？我的选择是站到坟尖上把那只蝉蜕够下来，让心情随着维管束在阳光下反转的一闪而瞬间明亮。对，在那种情形之下你根本不会把它当成坟墓，不会想到里面埋着死人的骨殖，它只是你的一块垫脚石。

事实上，坟头不但是垫脚石，还是很好的缓冲地带。我发明过一种从树杈上往下跳的游戏，看谁跳下来的树杈最高，只问树杈高度，不问落地高度。也就是说你可以跳到地面上，可以跳到麦秸垛上，也可以跳到另一枝树杈上。于是坟头就成了绝好的落地点，一是因为高度，二是因为上面松软的浮土能有效吸收冲击力而免于受伤。我几乎每次都能准确地把落点锁定在坟尖上，但也有失手的时候，就跌落在坟头的缓坡上，摔成狗啃泥是常有的事，最怕的是脚下一打滑，就顺势跌成了双膝下跪的姿势，这让我们隐隐感觉到某种神秘，后来就很少跳坟了。而我那“极少数几种途径”收入的另外几种——挖一种能止血的菌类、捡拾完整的玻璃瓶和废弃牙膏皮，也都和那片树林有关，准确地说和那片坟场有关。那片树林有几十亩，一座挨一座地挤满了上百个坟头，被亲切地称为“老坟”——是不是有某种宗祠的意味，以区别于新逝者的新坟。反正从我记事起，那里就再没新下葬过什么新人，每座坟头的年龄几乎都在二十年以上，我的曾祖父曾祖母就葬在那里——我从不知是哪一个。在我们的意识中，老坟和老年人慈祥、和蔼、宽容、达观的品格有关，他们都是老死的，不是喝药、上吊、投河、出车祸等横死的。逝者长已矣，不再牵念人间恩怨，更不会有什么灵异的兴风作浪。这让我们觉得老坟是温情的，也是安全的。

奇怪的是，尽管老坟有上百个坟头，却没有一块墓碑，这固然是因为我们那里缺少山石，但最重要的原因是勒石刻碑的造价不菲。当然，如果有墓碑的话，我最先认识的一些字就不会是“中国人民”“站起来了”“人口手”“上中下”，而是“先考”“先妣”“大人”“孺人”“之墓”这些了。所以老坟注定不是教室和课本，只能是我们的玩乐之地，我们在那里捉蝉、爬树（我肚皮被树皮磨出来的血痕从未断过）、掏鸟窝、捉迷藏、打土仗——以一个个坟头为掩体，我和一个同伴还在一座坟尖上模仿郭靖和哲别比试过摔跤（当时正放映《射雕英雄传》），甚至某天中午我还在那里睡过一觉。睡在坟场是因为我扒拉琉璃砖头时把堂弟的肩头砸伤了，怕我那脾气暴躁的叔叔抓住我乱打一通才跑去树林躲了起来。最开始我爬到一棵泡桐树上，像猴子一样把自己卡在树杈中，搭起凉棚像窥视敌军般四下张望我叔是不是追来了，但他一直没来。在确认暂时安全之后，我下到坟前惊魂未定地呆坐着，懊悔、惊慌和累使我倒下来，睡着了。从坟堆里醒来时是害怕的，但比害怕更多一点的是庆幸。四周空空荡荡，一片安静，遍地的死者隐遁在鳞次栉比的坟头里，只有我一个活物，只有我闭上眼睛又睁开了。我就到处拍打拍打，弄得尘土漫天的样子，然后坐在坟头前看着一束束的浮尘在光柱中上下起舞，或者使劲儿喊上两嗓子，对着粗壮的树干跺上几脚，直到惊飞了枝头的麻雀，扑扑棱棱窜入远处或更高的树冠，我才像又活了过来，全身蓄满了对付叔叔的力量。

我还在坟头与坟头之间寻觅过一种木本植物，在土话里它被叫作“小拐棍”，小拐棍长大了顶端会分叉，正适合弯下来一个把儿做成拐杖的扶手。有些小拐棍已经长很大了，能拿来直接做拐杖，有些还是初具雏形的幼苗，可以剜出来移到自家庭院或菜园里栽种。我经常去坟场里给祖母找小拐棍，她那时已经八十多岁了，经常拄拐。我移栽过很多株小拐棍，但是要么没种活，要么就是没能长到足够高大，总之祖母也就一直没用上我种的拐棍。再后来她就死了，那几年政策刚规定人死后要火化，火化了再装进棺材掩埋，如果不火化，被发现了要浇上汽油就地焚烧，浓浓的黑烟在绿油油的麦田里一团团扶摇直上，我见过。祖母很怕火化了被烧成灰，但我们更怕不化火被扒出来后就地焚烧，所以最终还是把她烧成了灰。我的祖母没有埋在老坟，而是和先她十几年就死了的我的祖父一起，埋在了风水不错的一块麦田里。

后来我出去读书，再回来还去过那片老坟。老坟还是以前的老坟，但是总觉得没有以前大了，树林也没以前密了，这或许是因为时间作用于人的感受的缘故。跟我在别处见过的坟场一样，老坟也到处散布着生活垃圾，露出棉絮的破袄子、布条褴褛的裤衩、饮料瓶、塑料袋、铝皮罐头盒、破铜烂铁、廉价塑料招贴画等。但是就数量而言，这些垃圾还没有别处的坟场那么多，我见过垃圾最多的一个坟场简直可用小山来形容，事实上那已经成了一个垃圾场，每隔一段就有卡车把垃圾倒过去，也不做任何处理，就这么摊开着，冷风一吹，四下里起舞，颇为热闹。五六年前，我有次回家发现老坟完全不见了，坟平了，树砍了，一大片翻耕过的田地刚冒出绿油油的麦苗。我哥还在感叹补偿款给少了，我觉得还好，平坟还耕嘛，还了耕起码就不会弄得像那个垃圾坟场一样，平坟让死去多年的人重新又死了一回，好像之前他们一直还活着。

人山人海

1

喜欢时间是因为喜欢光线。或者准确地说，是喜欢光线中那种近似于停滞的状态。黎明醒来时，你所看到的那一束光，既是从窗台穿过舞动的细微浮尘斜射到地面的，也是从地面穿过舞动的细微浮尘斜射到窗台之外的。这两束反方向的光，相遇，重叠，既运动又静止，但你看到并看中的是它们互相抵消而停滞的那一部分。而如果足够留心，这样的抵消在正午的回廊下、密林的缝隙中、某个人和地面上的投影之间都在发生，甚至你目之所及的任何地方都在发生——即使光线逐渐落幕的傍晚也同样具有黎明时分光线初出的样貌，一部分人的黎明正对应着一部分人的傍晚，反之亦然。

无论你是一个蹒跚的孩童、矫捷的少年还是垂垂老者，只要愿意，你就可以身轻如燕——如一粒尘埃，就能乘坐这趟由光线做成的列车，没有子弹的子弹头，没有流线的流线形。它的左右两端都装有前进的引擎，往左通向细节已经成型的往昔，往右通向褶皱还未展开的将来，如果能够回放，它是一帧一帧由光所形成的画面组成的。你拥有的是想象——这种光速甚至超光速移动的能力，但或许你只是想坐上去，坐在自己的座位上，既不往前，也不往后。在某个至今还被铭记在记忆深处的春日午后，我曾经驾驶着这样的光线前往未来——一场已经长大成人的白日梦，而后又游荡回过去——并未太过久远的童年记忆，最后我又返回到那透过树荫洒下来的光线的静止不动中。

太初有光，而每天都莫不是在轮回一次太初。自从意识到时间的存在开始，在古老而原始的意义上，是光在帮助我们确定时间的流逝——虽然我们常常会忘记这种存在和流逝，尤其是在手表的实用功能也逐渐让位于它的装饰性之后。在武汉这座城市，就我所熟悉的它的一部分——彭刘杨路、解放路、张之洞路、胭脂路、古楼洞、后长街、复兴路来说，晴日里在街道上游走——即使是宽阔的大马路上——经常可以见到在很多地方已经消失的一种运输工具：平板车。现在主要用于拉煤球、运垃圾以及短途转移家具与货物的平板车，它们在柏油马路上所投下的缓慢前行的车轮影子和拉车人的影子，会一再地提醒我与这个时代的日新月异相反的某种过去。又或许，它与我少时记忆中的那些现在已经近似于永远的画面重叠到了一起。然而事实是，它的确又走到了我的眼前。

光赋予人以人性和超人性，无论农民、僧侣、流浪汉、富人、站街女、嫖客、孩童、父母，更无论他的年龄、职业、高矮、心情和身在何处，光从其头顶照下来时，总会投给他一种更本质化和更形而上的东西，在五官雕出的轮廓上呈现出组合着表情的明暗，在身体前后留下或疾或缓或大或小的一块移动的面积。而无论你身为光线下的那个人还是观看者，你看到的每一刻都是第一刻同时也是最后一刻，它的形成就是它的消逝，光既是见证也是参与。或许应该说，人的范围还是太窄了，一切有生命的对象都如此——而没有生命的对象光也会赋予其一种人格进而赋予其生命，前提在于被你看到，被你的第二双眼睛看到——用现实中的相机，或者是虚拟意义上的。这就是它的通神之处，就像芭芭拉·摩根所说的，光给了你创意的形状和脚本，也给了让你成为摄影师的原因。尽管它没有形状、体积和面积，它的被观看取决于被照射物，取决于被照射物的角度、形状和质地，也取决于观看的时间和观看的你，但是作为一种表达介质，光具有色彩、色调、范围、感情、变化等诸多呈现向度，它类似语言所具有的绝大多数属性，拥有人们通常只会赋予语言——说出的和写出的特质。它可以让画面锐化或者柔和，可以改变画面的意义，或者就是画面本身，在更高的层面上，用光线书写的画面同类项于用文字书写的纸页，虽然相机比文字迟到人间至少五六千年。

在生命的意义上，万物生长靠太阳，是光带来了万物以及万物的生长与蓬勃。而在非生命的意义上，万物的之一还应该包括相机——与其说相机的出现是为了保存光，不如说是光的特性派生出了相机，当然派生本身也是为了保存。但是对于从某个时间点开始将摄影作为爱好的一个摄影者来说，在拥有一台相机之前，他一定先用眼睛——最原始的相机——拍摄过无数次光和光覆盖下的万物的样子，睁开眼帘就是打开镜头盖，闭上眼帘就是按下快门，而照片就是回忆中那些单帧或连续性的画面。在拍摄的无意识和下意识变成显意识之后，他会想拥有一种现实的、物理性的拍摄，他需要一台相机。世间万物，如果说是神对光的一种奖励，那么一台相机则是光对它的一种奖励。

犹如一个温暖的吻，犹如枪手的一次射击，犹如心理师的那张躺椅，这是布列松关于徕卡相机的形容。而我的形容是，它还犹如你胸口贴肉的那枚温润的玉质平安扣——可能是从山坡上被冲入古老的河床中被流水摩挲经年的籽料，也可能是来自昆仑山脉原生矿中的山料，无论其产地、质地、硬度、色泽、油脂感如何，它都是紧贴着肉身的、被赋予了某种魔力的。不过，一台相机和一枚平安扣的区别在于，前者虽然躺在胸口那层棉质衣服的最表层，但是作用于它的力量却来自穿过衣服、平安扣和皮肤的最里层——它来源于内心深处。相机是作为一个创造物出现的，在物的层面上它有材质、色彩、结构、线条、触感、质量等属性，在物和功能的双重层面它都有着优和劣。在某些时候，与其说我们是对摄影作为一种艺术方式而迷恋上了它，对相机保存了某段时空中的对象物、隐秘情感或艺术性而迷恋上了它，不如说是在物的意义上对它迷恋——而徕卡、哈苏、禄来等品牌作为虚荣的象征则强化了对其的迷恋。至少对我来说如此，至少在最初的一段时间内如此。

2

去年夏天，当我俯身于珠海海边一栋公寓楼中摆着一台徕卡 M240（俗称大 M）的桌子前，机身和镜头那层银灰色镀镍、可口可乐标志一样的“Leica”和带着渊源于巴纳克在 1913 年所赋予那台 Ur-Leica 的血统折服了我——准确地说在到来之前的想象中和数次在专柜前的徘徊与抚摸中已经折服了我，这种珍视和虚荣在那一刻达到了它的顶点。用一台最末流的相机也能拍出第一流的照片，这样的说法固然没错，不过就此即认定我的虚荣落脚于对徕卡品牌的炫耀也未必正确。低层的虚荣来自对品牌和器材的占有，更高一层来自对历史和传统的认可，来自对这种审美和精神凝结物的认可。虚荣的说法是准确也是正确的，更正确的是正视和承认虚荣——这是不虚荣的开始。而在不再那么虚荣之前，你得到的是某种似乎只有虚荣才能产生的原动力：去使用它，去珍惜地使用它，最后慢慢忘记它。这台跟随我整整一年的二手相机——接受“二手”也更意味着对“一手”的更加仰视，曾经从桌子边沿滑出去掉在水泥地面上，曾经从我的脖颈里脱落线绳跌落在悬崖中，也曾经从没有扎紧的小牛皮口袋里被飞甩出去过。当然，这些不幸都是在梦境之中发生的——再也没有比梦中的不幸让人更幸福的事情了。但是这些虚假的不幸，也正喻示着它在我的心中所占据的地位。对一位男性摄影者寸步不离其相机最寻常的比喻是——胜过其女人和情人，从中当可以看出其受宠程度。但是女人、情人与一台被珍视的相机的区别在于，前两者和她们的拥有者最好的关系也莫过于彼此平等、互相爱慕与深度理解，而后者则可能并不需要平等、爱慕和理解——它是你手指上的手指和眼睛中的眼睛。它是助力于你理解平等、理解爱慕乃至于理解“理解”的一种工具。

我非常理解那位一直在收藏徕卡相机的老先生。每天后半夜，他总会从床上准时爬起来，拉开棕黄色橡木柜的铜质门把，拿出那台如影相随了几十年的徕卡轻轻按下快门，黑暗中传来的那一声只有黄铜机件才能发出的——为了体会刚才我也按了一下——先上扬然后下行着滑下去的“咔嚓”是让他安睡的最好催眠剂。徕卡的快门声被公认最轻，也最美妙，美妙得乃至让一些骨灰级的发烧友不惜买来只是想听听快门声。从技术上说，这样的声音当然用其他器物模拟也可以发出，然而其心理效果完全是另一个概念。这当然是病态的，器材党、抚摸党、快门声迷恋党们的心理都是病态的，但只有病态的才是可取的，健康是平庸最舒服的温床和最出色的保护色。不过我更理解的是那些明明病态却从未意识到病态的摄影者，他们是病态的躬行者——将之通过相机释放到所见的一切图景中进而用画面固定下来，或许这里所说的“病态”应该加引号，它指向并非表态的表象而是病态的极端态度。就摄影表达的态度而言，我从来都不认为镜头是客观的，它的主观性在于镜头是朝着对象物的但更是朝着自己的，对象是镜头的素材，而拍摄是对“我”的拍摄，你的病态心理和对病态的躬行在最终的价值上是通过相机更接近真实地呈现你自己，而最迷人的是你竟然没有意识到这一点。

如果天气晴朗，傍晚就会拥有一天当中最为迷人的色彩，但是我们却更愿意把这样的迷人交给双手而不是双眼。那是很多年前，在它们藏起来之后，我要做的是把它们一个个从隐秘的角落中拎出来，只需要用手那么轻轻一捞，它们就会把此前的屏气凝息切换成“咯咯咯”的大笑声。等轮到你作为被寻找的对象时，你会躲在一截树桩背后、一张老式槐木床下或者一扇门板的夹缝里，在那个猎手到来之前你既心生欢喜又忐忑不安，你多么希望不被它找到，同时又多么希望被它找到。在你对这种悖论的享受中，秒针追赶分针，分针追赶时针，夕阳落下地平线上的最后一个屋檐，笑声和脚步声逐渐散去，直至消失于你这一生最发达的听力之中。你悄无声息地独自走出来，最后发现是你找到了你自己。自从拥有一台属于自己的相机之后，尤其是在拥有一台徕卡大 M 之后，即使在我不带相机出门时，我也时常会感受到一股眯起右眼的意识。那种右眼角周围肌肉的紧张感，来源于一个开口呈 160 度角的前方——从一米之外到无限远处之间——的某些画面。与此同时我的左眼会睁得更大一些，通过某种虚有的边框去裁切一个或多个场景。这不是摄影，而是模拟摄影或摄影意识——它在我胸口占据的时间要远多于一台相机。把流放从历史和刑罚的语境中释放出来之后，流放——在自我放逐意义上的——有两种截然相反的方式，一种是画地为牢、足不出户式的，另一种是远走他乡、告老不归式的。如果把它从地理的概念中再放大一点，再形而上一点，那么就会出现第三种流放，时间意义上的。每一个眯起右眼等待按下快门的人都是囚禁的施与者，每一张照片的边线都是囚禁室。但与其说这是一种囚禁，不如说是一种流放，为了流放而进行的囚禁。把囚禁的瞬间流放到更多的瞬间之中去，把囚禁的对象流放到更多的对象之中去，更多对象的眼睛之中去。

3

十二年前在大学课堂上听到的那几节基于传统相机的摄影课，对我来说简直如坐针毡。我完全没有兴趣——不懂光圈、快门、感光度、白平衡、焦距、曝光补偿、色温、噪点、测光等术语及其相互关系，而冲洗胶片所涉及的显影液、定影液、容器、温度计等物质的化学属性和暗房的窒息感更是让我意兴阑珊。即使后来的摄影课换成了那位胖胖的、来自中文系的、对我非常照顾的张秉政老师，我也对摄影纯技术性的一面颇为排斥——虽然当时我也明白那有多么重要。改观来自我就读的那所大学驻地县区内的一座千年古镇，在旅游开发的观念还没完全席卷这片土地之前，临涣古镇还能以其并非被修缮出来的“古”迎接它的观看者，青石板路、牌坊、土坯墙、茅草顶、黑瓦、褪色的朱门、属于过去的某种字体、陶罐、釉色暗沉的茶杯、冒着白气的铁皮壶、一尺多长的烟袋各安于自己的位置，茶铺里须发皆白的老者和蹒跚走路的孩童也都还没有跌进某种崭新。当地人操着的脱胎于北方语系的方言，每种方言都是一种生活方式，也暗示着时间某种绵延不绝的作用，但这种作用显示的是他们的当下和日常，而并非遥远而虚幻的过去——时间还没有被作为历史进行书写，这些景象与我当时读书的那座正在高歌猛进中的皖北小城形成了一种完全相反的路向。

挂着那台从学校实验室借出来的镜头盖被用一根红头绳拴着的胶片相机——我已经忘了型号，我拍下了充满时光意味的街头、烟雾缭绕中的老者、指缝间盛满红润茶汤的陶杯、屋檐下水滴石未穿的石槽，拍下了从压井中汲水的妇人、几只挂在店铺墙壁上的纸风筝、街口一群由老母鸡带队的小鸡崽，我得意于自己用相机捡拾起了古镇具有人文意义的一天。后来我一个人溜到古镇外面绿树环绕着的一片池塘边，又拍下了水面上的群鹅、断壁残垣中的新叶、当年被掺进泥墙里的蒿草，以及尾随在我身后的一只土狗抬腿在树桩下撒尿的情景，时间就像从我脚下的那条黄土路上快速回返——我重新回到了无比熟稔的那种乡村生活，它不但带回来了我，还通过我带回来了镜头。

那座海拔三百五十多米、土石混杂相间、名为“相山”的荒山，就坐落在校园缓缓上升的最北端——更准确地说它就斜靠着我们刚刚建成入住的宿舍楼。我已经忘记了四年中我究竟爬过它多少次了，绝大多数时候都是我一个人沿着枯草掩映的狭窄山道漫无目的地往前走，最远的一次我甚至以为马上就要走到相邻的另一座城市——徐州了，在夕阳落下去之前我沿着两边无比空旷开阔的山脊一路飞奔回来，在那座我当时唯一爬过的山上我有过惊慌失措的最壮丽的眺望：灰黑色地平线上巨大的落日，逐次被点亮成一大片的万家灯火，风中此起彼伏的松涛的波浪。那一次，如果有另一双眼睛从天空看过来，它也一定会看到惊慌失措的最壮丽的奔跑：一个孱弱的身影奔赴在大地隆起的山脊上，他既有一种对地壳突然开始运动的担心，又不免留恋着远方的落日、灯火和松涛。很多时候，我也会翻到相山的另一面。那里有着一座被山谷环抱着的、四分之三的围墙都是山体的巨大公园，有一座一千七百多年的寺庙——显通寺，有一片游人稀少、常有鸽群环飞的湖，有很多棵挺拔高大、颜色灿烂的银杏树，还有无数条从任何一条都可以走到另外一条的山间小路，所有的它们都看见过一个背着相机的我。从相山公园穿出来之后，沿着一条两边种满了高大法桐的老街道走到公交车站，再花一块五买一张车票就能穿过大半个城市回到学校的东门，这个把一半的山坡、一大半的城市、整座公园和整个校园都纳入其中的大圆是我和相机画下的。这样的大圆，我在四年之内画过很多次。

当七楼通往楼顶的那扇玻璃门被砸破之后，天台就成了男女同学在夜半时分的幽会之地——而在白天它更多时候是属于我的。天气好的时候，我把在相山、临涣古镇、街道上所拍的照片在天台上摆成一排，有数码的也有胶片的，有黑白的也有彩色的，但无论是哪一种拍摄方式和哪一种颜色，我发现我拍下的绝大多数照片都充满了人和人的象征。这一点，或许跟性格和血缘里的某种凭吊心理有关，又或许还跟阅读和文字书写有关，我总是会从一段文字中幻想出它所对应的画面，也总会看着那些黑白的、彩色的照片去解码它们对应的文字——当然，这种转换并不意味着彼此能精确到严丝合缝。这段最初意义上的、在心态和能力上都堪称业余的拍摄岁月，事实上并未给我留下任何一张值得留下的照片——即使私人纪念性质的，但又不断在我后来的拍摄中被回溯，最重要的是它唤醒并指认了我的拍摄方向——人的和拟人的，而我的文字书写则和这种拍摄形成了互文。

光线先于我的眼睛到达你那里，我的眼睛又先于我按下的快门到达你那里，而你可能先于我的快门到达另一种状态——也可能是静止于同一种状态。一个人，一只鸟，一片云翳，一处角落，或一阵虚空，都可以是你。

4

事实上，需要承认的一点是我对摄影的理解能力要远大于我对摄影的操控能力——这在很多摄影者身上应该也是一种常例。从坏的方面说，这意味着你永远都在接近某个顶点的过程之中，但是却永远都不会达到；而从好的方面说，这未必全然尽是坏处，因为事实上如果一旦你能完全操控拍摄——你拍出的完全等于你的理想画面，没有任何意外和超出的部分，那么摄影即沦为摄影本身，它的边界被固定了，你也被固定了。从观看的意义上来说，每一幅值得观看的照片都是一处遗址，是光的、时间的、事件的或者情感的遗址，它是一座平面化的纪念碑，但照片本身并不是思索的产物，而是让你思索的开始。与文学、电影或戏剧等形式的不同之处在于，摄影是直觉的，是第一感的，也是第六感的，没有规律可能要大于你需要遵守的规律。勉强地说，如果有任何规律可言的话，那我的规律就是：在你熟悉的对象身上寻找陌生感，而在你陌生的对象身上寻找熟悉感。

今年4月，当我们到达乐平里时，夕阳已经挂在了高高耸立的屈原庙对面硕大山坡的正上方，已经守庙守了三十多年的八十八岁的徐正端，正闲坐在庙后面土坡上一处破败房子前等待吃晚饭。我们一边架起摄像机一边和他谈起遥远的往事，夕阳在这样的聊天中越来越下沉，直到摄像机中徐正端的脸庞越来越昏暗不明，最后几乎就要完全融入他身边的背景色之中。刘德东导演放弃了他原先想要的正常光线中的画面，而是改拍这样的“拍不出来”——声音还在不断说出。摄像不等于摄影，但这种拍摄所反映出的要义并不在于是一帧还是无数帧，而在于拍摄本身溢出了它固有的边界，一切刻度都回到了没有刻度，技术等于零，只有感性在运转。就像站在一条马路的边缘，对于想横穿过马路走到对面的你来说，一辆疾驰而来的汽车是你最大的安全风险，但你能够在几秒内计算出你通过和它到来的时间差吗？不，你靠的是一种能准确判断安全通过时机的天然禀赋，虽然你并不知道是怎么拥有的、为什么会拥有以及它的运转法则。它是模糊的精确，也是精确的模糊，它既是本身也是超越本身。

时光如锯，我对这个已经被过度泛滥使用的比喻最形象的理解永远停留在1998年。是年，大型联合收割机第一次开进了我在当年秋天离开的那个村庄夏天的田野里。当超负荷的备考落幕于华北平原的麦收季，站在没腰深的金色麦浪中，我第一次见到白色锯齿锋利地斩断一排排麦秆——然后将之置放于田垄的一边，它的所到之处只剩下一片低矮整齐、断口光洁的麦茬。对记忆中某个时间点及其之前和之后的理解，再没有比刚才直挺挺的站立和眼前的匍匐更直观了。对于颜色的记忆跟这样的斩断如出一辙。在某个年龄段之前，现在看来应该是受了黑白电视的影响，我还曾经把古代的世界——我把自己所处的那个年代之前的所有年代都称为古代——天真地想象成只有黑和白两种颜色：鲜花是黑白的，服饰是黑白的，彩虹是黑白的，春天是黑白的，鲜血是黑白的，表情也是黑白的，而黑白永远隶属于古代。

后来对这一认识的改变，我不知道是该归功于彩电的普及，还是该归功于年龄所带来的成熟，总之是改变了，斩钉截铁地改变了。赤橙黄绿青蓝紫把所有历史都带到了眼前，也让我对所置身的眼前周遭第一次有了明确的色彩意识，一个五颜六色的当然也是其本来颜色的世界逐渐向我打开。不管对象是美还是丑，都是真实的，它们把自己从过去中解放出来。但是，事实上一台十二英寸的熊猫牌黑白电视机所能给我带来的想象和真实的情绪情感，并不会比一台二十四英寸的康佳彩电所能带来的更少——事实上颜色并不能增加内容和增强主观感受。当然，它们永远也不会有机会同时拥有同一双眼睛。不过即使时光真的具有倒流的功能，让我先看到彩电而后再看到黑白电视机，相信我也不会改变这样的看法，而且也不会对彩色的偏爱更多于黑白——事实上肯定是相反。我对于黑白照片的偏爱，来源于我开始摆弄相机之时——第一台属于我支配的相机出现在 2003 年，固定于我把“摄影”从“拍照”的概念中抽取出来之后——现在可能仍然还处于抽取的过程中。我很庆幸的是，自己在很早之前就对黑白有了那种错误的认识和想象，至少它让我意识到一种独立于颜色之外的东西，或者说是一种只有黑白二色才能进行本质表达的东西。

“格调不够，黑白来凑”，这句话在怀旧和修辞的意义上确乎有一定道理。黑，白，理所当然地会浪漫化和情感化我们的主观感受，即使对不是偏爱黑白摄影的人来说，一张照片的内容也应该会被它后期处理成的黑白颜色所加冕。这样的伎俩，我曾经在拍出的彩色照片上乐此不疲地尝试，并为之暗自窃喜。但与此同时的一个事实是，如果你对相机的拍摄模式一开始就设置为黑白，在看到这种本来面目就是黑白的照片之时，你不禁会悄然修正之前的窃喜和自得。这两种黑白的最大不同或许不在于肉眼所见的画面，而在于你对拍摄对象本质的索取能力，虽然在相机视窗中你的所见可能仍然是彩色——我从不赞成打开实时视窗（即使黑白），但即使如此，你也仍要在视网膜和大脑深处将之处理成黑白。只有黑白及由它们组合而成的从淡到浓的灰才能呈现某种神韵，一如水墨。

在单纯作为记录的层面，我并不特别在意一张照片的颜色。尽管我偏爱黑白，但事实上彩色对某些题材和大众审美及消费来说的确有必要，人手一机（手机也在相机化）的普及也早已成为现实。但是在指涉艺术和摄影的意义上，我固执而偏执地站在黑白摄影这一边，即使是在相机诞生之初就可以进行彩色摄影相信我也会选择同样的站队，这并非出于怀旧，也并非受二元思维的影响至深。梦如果有颜色，一定会是黑白的，而梦醒了之后我所面对的事实是，一年之中我难得见到一次彩虹，一天之中除了夕阳和日出我所见到的绝大部分光线也都是白色的——以及它被遮蔽形成的黑色影子，即使是我难忘的阳光透过疏密相间的叶片投下来的细碎光斑也都是由黑到白的过渡。就属性而言，黑色内敛而收缩，白色则发散而膨胀，它们的矛盾之处在于互相抗衡和无法调和，而它们的迷人之处也正在于此。黑白具有梦一般的抽象性和形而上学性，它喻示着一种这样的人生真相：如果把肉身看成黑色的，那么时光就是白色的——也只能这样说，它们永恒的矛盾与迷人就是我的理由。

5

一生中唯有童年阶段最幸福这个判断，现在应该已经成为绝大多数人的共识了。如果深入问下去，你可以得出童年最幸福的诸多理由，天真烂漫，衣食无忧，自由自在，既没有人情世故的牵绊，也没有被赋予的必须要完成的任务。如果所有这些理由汇集成一条理由，那就是：闲散。但是问题在于，你在置身其中时永远也不会想到，闲散也将会是你在未来最向往的状态——无论你做什么，你得到的都是所做事情本身带来的快乐，而不做什么，你得到的也会是不做什么本身带来的快乐。对，摄影的理想状态可能也正在于此。那是 1995 年或者之前更早的事情了。我正在读小学，学习很差，我的各门功课都处在一团糟的状态，但没有任何人在意这种一团糟——即使我自己。在父母整个上午或下午出门之后，我最乐于做的事情就是一个人躲在家里，和时间待在一起。我可以在现在已经荡然无存而记忆中枝繁叶茂的院子里什么都不做，也可以把自己关在堂屋东侧的耳房里修手表、手电筒、随身听的音箱、从电器上拆下来的小马达，美其名曰称为“修”，实际上是毫无头绪地拆卸与安装——那是当年我手上一项项巨大而浩繁的工程。作为闲散的两种状态，无论前者还是后者都给我带来事情本身的快乐，而非达成某种目的带来的成就。

作为一个挣扎在尘世中的人，如果还有梦想的话，在童年消逝之后我最大的梦想并非是返回童年，只是想找回那种闲散的生命状态，成为一个不成为任何人的人、一个无所事事和游手好闲的人，也即波德莱尔和本雅明所说的那种“游荡者”——被无数颗星星包围着的一颗孤星、人群中的陌生人和多余者，永远怀揣着擦肩而过主义，不参与也不回避，只是一个过路者，怀揣着围观的热情。

不过自从消费时代开始的那一天起——尤其是在人成了人自身的工具之后，闲散这种状态就离我们一天比一天遥远了。即使是一个最不缺少时间的现代人，他也不可能成为一个闲散的人，他没有不成为任何人的野心——更不可能没有不成为自己的野心，他不是用力地生活在当下就是用力地生活在远方，他的有力和无心成反比例关系。即使如此，也不乏一个这样的事实，即到目前为止我的绝大部分拍摄都是在目的地不甚明确的行走和围观之中完成的。这种行走，可能是漫无目的地走街串巷，也可能是人在异乡的旅途辗转或者随便走走。作为一个既非专业也非职业的摄影者，我之所以会带上并随时随地带着相机，并非出于某种炫耀，也不是为了预想着要拍什么，而是为了在有什么发生的时候正好能拍下来。或者说，我是一棵已经准备好了的、时刻都在移动着的株，只是为了等待那一头或几头撞上来的兔，而撞不撞得上来、有多大概率撞上来并不重要。那撞上来的“兔子”中的其中一只，是两年之前在拉萨哲蚌寺某一间破矮的屋顶上劈木材的某个喇嘛，在我从逼仄而陡峭的楼梯上走下来和他处于同一个平面时，他扶起那根圆滚粗壮、刚好到腰间的木桩，一个穿着暗红色藏袍、象征着神的人和一截木桩正好组成一个“人”字，我恰好举起相机留下这样的影像。而在当我再想多拍几张备选时，只是在一转眼之间他就一闪不见了，仿佛飘进了天空，或者掉进了尘世。

一首好诗的标准可以有很多个，其中一个标准可以是这样：写得很好，却一点也不用力。就像在浅层水区域挖水，你只是轻轻掘出一锹土，亮晶晶的水就汇聚着冒了出来；就像夏天的早晨你去树干上捉蝉，在你蹑手蹑脚地把手掌曲成一个窝将要按下去时，长出翅膀刚能飞起来的幼蝉一下子飞到了你的掌心里。闲散就是那样的轻轻一挖、一按，就是那样的轻轻压下快门，不动声色中的咯噔一下，你在百分之一秒内定格了黄金分割般的几何比例和动人心魄的画面内容。与之背道而驰的摆拍和多拍未必不能拍出好的照片，但摆拍——我也常常会这么干——不会让你想忏悔吗？而啪啪啪的一秒八张连拍和不计数量的多拍则是一种消费骗局，事实上一张和一万张可以是等值的，不，或许砝码往“一张”还会更靠近一些，数量营造出来的虚假盛大是微不足道的安全感和虚荣心的避难所。

在我的父亲一生留下的极少数照片中——只有几张是我所拍的——有这样两张揭示着他作为一个人的身份：一张是带有线格花纹的老式身份证上的证件照——何年何月在何地方由何人所拍已经不知，这是他在芸芸众生之间的档案身份；另一张是香炉背后嘴角微微向上翘起的遗照——翻拍于他的哪张照片也已没有蛛丝马迹可循，这意寓着他不再拥有被社会标记的人间身份，也可说是他作为人间一员的身份让渡于私人性的父亲身份，无情的身份让渡于有情的身份。在只有每年春节才会被摆上案几的父亲的这张遗照前，我曾经呆呆地出神。的确，它只对我、对我母亲、对我兄长一家和有限的几个亲人有追怀价值，而对除此之外的任何人都不具有价值——无论是情感的还是艺术的。当然，它也并非作为一幅摄影作品而存在。我想说的是，私人情感大于普遍情感的照片可能都不是严格的摄影。我不反对拍摄者的个人偏好和情感介入，事实上它们都是必要的甚至是唯一必要的，但更必要的是要在个人中体现人类，在私约中体现公约。一幅最好的照片应该是这样的，它既具有个人的选择偏向和你不拍下来就没有人会见到的唯一性，又具有视觉心理价值的普遍性。

万人如海，这个比喻的贴切除了说明人潮和海的形似，还说明了人和水的某种一致：即都具有黏性。事实上，你永远无法从一片水中打捞出一滴确定的水珠，也永远无法把一个人从一群人中彻底分离出来。这在摄影上带来的结果是，无论你遇到谁、拍下谁、怎么拍，其实都在指向一个终极：你拍任何一个人就是在拍所有人，你拍不同的人只是为了拍出一个人的全面性。这种人和人的相似，在本质上源自一种同为动物的相似。譬如，父亲早年一个人蹲在墙角吃早餐时的凄然身影和后来我隔着洁净明亮的高脚杯所见的那个富豪的落寞身影都有让我出神之处，这与情感的远近和身份的贵贱并不相关，相关之处在于他们都处在无法挣脱的永恒枷锁中。天网恢恢，疏而不漏于众生，斯芬克斯之谜是一道套用于所有人身上的魔咒。早上四条腿、中午两条腿、晚上三条腿的比喻，也形象地指出了肉身的沉重和公平性——虽然在被时光清算之前很少有人会意识到这一点。在目前为止的所有拍摄中，我最有兴趣也最擅长的是拍人——不一定就是肖像照，无论是我熟悉的身边人还是旅途中遇见的陌生人，即使在看不到对方五官和表情的状态下，我也一样会把镜头投向他们——一个背影、一个侧面、某种姿势或者融合在背景之中的某个跳不出来的点。我有一种近似于盲目的偏执，确信那对走出当时之后的我会有价值，对能看到那张照片的人也一样。

6

“你必须将相机放在一个人的皮肤和他的衣服之间”，我已经忘记这句话出自谁人之口，但我一直记得。这说明它说出了对人的拍摄的某种精髓。最像衣服的衣服都不穿在人身上，我这个印象源于过去某些遥远的死亡之日。华北平原农村的一个风俗是，人在死亡之后他的一件衣服要被抛在屋顶上，黑灰色的老棉袄、粗蓝布中山装或棉絮外露的一件棉裤，带着死者生前气味和形状的衣服代替他本人升天。这让我后来在见到所有被穿过却又没穿在人身上的衣服——最常见的是阳光下在晾衣绳上翻飞的那一排——都有一种想象，对于肉体既是空的同时又是满的想象。将相机放在一个人的皮肤和衣服之间，揭开那层他穿着却不会永远穿着的衣服，就是对我那种想象的满足。

你见过一小时后就要去往另一个世界的人吗？你应该见过，但你见过夕阳那么明亮的光线洒在一小时后就要去往另一个世界的人身上吗？你应该没见过。我见过，我不但见过洒在孱弱的、奄奄一息的、行将离去的那尊肉身上的光，还见过那样的光被遥在 1.5 亿千米之外的太阳一点点抽去，当光从他的头顶移动到脚踝——他盖着一床由自家种植的棉花缝制的棉被，当最后一丝光线在他脚边完全黯淡下来，他这辈子最后的那点光阴就被完全抽走了。那时候我还很小，或许还没有读书，还不会用行为去表达应有的情感，然而我永远记得的是那被一点点抽走的光和一点点到来的黑。可惜那时候的我不是现在的我，既没有一台相机，很可能也并不知道世界上还有相机这种东西，更遑论拍摄能力。而当时如果这些条件都具备，我会毫不犹豫地拍下来这一幕，但随之可能带来的另一个疑问是——是不是应该拍下来？从某种道德伦理上来说，相机类似于武器的性质决定了它的暴力色彩，拍摄这样的场合更是一种入侵——即使是亲人，它的确有不敬和不人道的一面，惊扰了灵魂安息的道路。然而如果出于更大和更超越的伦理而言，如果在这个世界上只有一刹那这样的画面，而你正好在场，而你的相机正好在场，不拍摄是不是更应该被视为一种不敬和不人道？“如果图像是伤害的话，那么我的文字可以算是忏悔”，在补偿的意义上，诗人于坚的这句话让我得到某种安慰。

事实上，人群是一个被想象和抽象出来的幻象，就像“人民”这个词语。当我们把“人”这个字写出来，你能想象到它的所有指向其实都不那么恰当，人生、人家、人们、人物、人类、人口、人员、人均、人脉、人气，它们在统计学和生物学上的意义淹没了人本身的真实、细节和温度。这一点我在理论上明白得很早，然而深刻的体会却是在旅途中才逐渐感受到的，并非出于自我夸奖地说，这与我骨子深处潜藏的不安分与到处流荡的天性有关。自 2006 年开始，或者更早，我就养成了一个人上路的习惯，独自旅行的不好处有太多，但它的好处也显而易见：你的感受系统会异乎寻常地敏感起来，陌生感和被突出来的自我意识会在你的身体周遭甚至更远处形成一个感觉场域，它所捕捉到的一切都会通过你的镜头内化到你的画面之中。

一场充满地方色彩的葬礼将在广西马山县古零镇乔老屯的一户人家举行。在我面前，一面写满了道符的旗帜被一个围着纸筒转圈的瘦高个男子举着，两个壮汉一边敲锣打鼓一面翻着泛黄的书页用方言吟唱古老的曲调和文辞，不远处的广场上支着几口刚翻炒过眼下正冒着热气的大铁锅——为流水席准备的各式菜品已经摆满了几面方桌。去年某天早饭之后，我是在不经意的游走中闯进这些画面里去的，但最打动我的并不是悲伤和某种地方丧葬风俗，而是几个在额头与腰间都缠着白布条的七八岁模样的男孩子和女孩子。与葬礼庄严的仪式感、对亲人的情感或传统道德相违背的是，他们正围坐在一面桌子前打扑克牌，稚嫩的脸庞和眼睛中时而流露出胜负于对手而带来的快乐与气馁——他们在场之中达成了一种缺席。更重要的是，我觉得应该把这种碰巧赶上的“在场的缺席”拍下来。然而更重要的是，当一张照片被拍下来之后，它却又总会让你想到没有拍下来什么——那一瞬间的之前和之后、之外和之内。从观看和理解一张照片的角度来说，你要拍的事实上是你没有拍到也拍不出来的东西，你要用点去表达面，甚至要用有去表达无，你拍出来的三分之一是由水面以下的三分之二决定的——冰山原则在这里同样适用。这或许就是摄影为什么有必要作为一种记录形式而存在的原因，它并没有自己的语言，它的语言是被拍摄对象的语言，我们所能做的也只能是在那一瞬间把那一瞬间从无数瞬间中孤立出来，然而那一瞬间又会不断地召唤和苏醒另外的瞬间。对于我——一个既在人山人海中找人、也在山海之间找人的拍摄者而言，在那一瞬间，我的镜头不单是朝外的同时也是朝内的，拍摄者在被拍摄者身上看到了“我”，以及更加整体意义的“我”——人。

在一个摄影正在祛魅、摄影者等于过路者的年代，摄影仍被保有的诸多种理由中的一种是，拍下并非为了“见证”——据说马克·吕布一生最讨厌的就是这个字眼，也并非为了展览、贩卖或者被看到，无论被自己置身的时代看到还是被历史看到。作为一个对摄影永怀一种业余心态——纯粹性，并将之作为终生爱好——迷恋性的摄影者来说，他能得到的最好的结果应该没有比这更好的了：在垂暮之际，他在所有拍过的对象中看到了并弥补加深了他自己，他在人山人海中放弃自己，但是又通过这种放弃重建了自己，他从来不会对自己没有像被拍下的人那样生活过而感到遗憾，也从来不会因为自己消失在画面中而失落。

据说，人在离开这个世界的最后时刻会经历一种“濒死体验”，脑海中会快速回放自己的一生影像。令人安慰的是，如果真有这样的时刻，那么一个摄影者在他回放的所有画面中都没有看到自己，而经历这种时刻的、他一生中所拍摄的每一个对象都会再一次看到他。

出 品 人：许　永
责任编辑：许宗华
特邀编辑：林园林
装帧设计：海　云
印制总监：蒋　波
发行总监：田峰峥
投稿信箱：cmsdbj@163.com
发　　行：北京创美汇品图书有限公司
发行热线：010-59799930

创美工厂
微信公众平台

创美工厂
官方微博